Regina Nössler, Ein widerliches kleines Gefühl

Regina Nössler

Ein widerliches kleines Gefühl

Thriller

Konkursbuch
Verlag Claudia Gehrke

Am Sommerhimmel trieben ein paar flauschige Wolken träge dahin. *Weiß und ungeheuer oben.* Warum fielen mir jetzt Gedichte ein? Poetisch war die Angelegenheit ganz sicher nicht. Bald kam der Herbst. Ich musste das Problem lösen, bevor der Herbst kam. Ich hatte schon viel zu lange gewartet. Das, was mir vorschwebte, entsprach nicht der Art, wie ich normalerweise Probleme anging. Immerhin gestand ich mir endlich ein, dass es sich um ein Problem handelte – und zwar ein echtes und ernstes –, was ich lange geleugnet hatte. Es war weder mit Freundlichkeit zu lösen noch mit einem Gespräch, mit Gut-Zureden oder Argumenten. Für Argumente war diese Person sowieso nicht empfänglich. Diese Person suchte mich nicht der Freundschaft wegen auf. Ganz im Gegenteil. Sie wollte keine Zuneigung, sondern zerstören. Mich zerstören. Und deswegen musste ich sie loswerden. Bald. Bevor sie noch Schlimmeres anrichtete.

Von der Überlegung, auf finsteren Seiten im Internet nachzuforschen, ob es hierfür ein buchbares Dienstleistungsangebot gab, und was das kostete, hatte ich wieder Abstand genommen. Das war nichts für mich. Passte nicht zu mir. Ich musste mich selbst darum kümmern, was ich gewöhnlich gut beherrschte. Lösungsorientiert denken. Dinge zum Laufen bringen, die Schwachstellen erkennen. Doch ich hatte keine Idee. Und gleichzeitig so unendlich viele Ideen, die auf mich niederprasselten und nachts nicht schlafen ließen. Mitten in Berlin, in einer Altbauwohnung in der Kulmer Straße? Wohl kaum. Die Vorstellung an sich, grundsätzlich, war mir erstaunlicherweise nicht so zuwider, wie ich erwartet hatte. Schließlich befand ich mich gewissermaßen in einer Notlage. Doch ich sah mich mit den ganzen praktischen Fragen konfrontiert: Wo. Wie. Wann. Und was danach.

Diese Person war gerade im Begriff, mein Leben zu ruinieren. Darauf legte sie es an. Und sie war erfolgreich. Alles ging den Bach runter. Ich merkte es jeden Tag, den Strudel, in den ich geraten war und der mich immer weiter nach unten zog. Ich musste diese Person stoppen. Ich musste sie irgendwohin locken. Ein leeres Gelände, verdreckt, vermüllt, verlassen, ohne Menschen. Gab es so etwas heute überhaupt noch? Hier in der Stadt? Vielleicht irgendwo an der Spree. Dort war inzwischen aber alles zugebaut. Das Wie war mir völlig egal. Hauptsache, ich brachte es schnell hinter mich. Schnell und sicher. Messer. Kopf auf Stein. Stein auf Kopf. Ich hatte mich sogar informiert, mit welchen Griffen man jemandes Genick brechen konnte. Eigentlich ganz simpel. Den Arm von hinten so um den Hals legen und dann mit der anderen Hand den Kopf ruckartig –

Vor die U-Bahn stoßen. Es gab viele Möglichkeiten, die nachts, wenn ich nicht schlafen konnte, meine Gedanken beherrschten. Nein, halt, nicht vor die U-Bahn stoßen. Schlechteste Variante. Dort hingen überall Kameras. Also doch ein freies Gelände ohne Menschen. Im Tegeler Forst zum Beispiel. Allerdings ganz schön weit weg. Ich konnte einen langen Spaziergang vorschlagen, unter schattigen Bäumen, die viel Sauerstoff spendeten, statt in der drückenden Steinwüste. Die Stadt war so groß, ich lebte schon so lange hier, so viele Möglichkeiten in der großen Stadt, doch mir fiel keine geeignete ein, und das machte mich ganz verrückt. Leider waren jetzt im Sommer draußen viel mehr Leute unterwegs. Das Südgelände am Priesterweg. Der ehemalige Friedhof Eisackstraße in der Nähe des Innsbrucker Platzes, direkt neben der Stadtautobahn. Diese Gegend in Kreuzberg beim Tempelhofer Feld, Jüterboger Straße. Schrebergärten und lauter Buden, in denen man Nummernschilder stanzen lassen konnte, nachdem man das Kennzeichen vorher bei der Kfz-Zulassungsstelle erhalten hatte. Keine Wohnhäuser. Spätabends war dort bestimmt nichts los. Allerdings lag es vielleicht ein bisschen zu nah an der Polizeidirektion. Also auch nicht günstig. Die DHL-Packstation neben dem Baumarkt an der Yorckstraße. Am einfachsten – nur ein kleiner Spaziergang von meiner Wohnung. Unbehaglich im Dunkeln und wenn der Baumarkt geschlossen hatte, wie ich wusste, weil ich dort schon einige Male abends ein Paket abgeholt hatte. Gab es an DHL-Packstationen Kameras? Zurzeit wurde es erst gegen acht, halb neun dunkel. Falsche Jahreszeit. Aber ich konnte nicht warten, hielt es nicht mehr lange aus. Es musste jetzt erledigt werden. Bald. Irgendwo an der Beusselstraße oder beim Westhafen, wo mein Kollege wohnte. An sich keine schlechte Idee, aber zu weit weg. Ich musste geordnet und logisch denken. Mich für eine Möglichkeit entscheiden. Und es dann durchziehen. Noch jetzt im Sommer, bevor der Herbst richtig begann.

Ich war höflich. Zivilisiert. Gut, ich hatte mich in letzter Zeit ein kleines bisschen gehenlassen, aber das war nichts, was ich nicht wieder in den Griff bekam. Ich konnte jetzt schon mal damit anfangen und endlich die Waschmaschine befüllen und einschalten. Einkaufen gehen. Kochen, etwas Gesundes essen. Auf dem Balkon stand ein Topf Basilikum. Musste mal gegossen werden. Ein guter Anfang zum Kochen. Hatte ich das Basilikum gekauft? Ich konnte mich nicht erinnern. In letzter Zeit entglitt mir so einiges.

Ich war höflich. Zivilisiert. Kultiviert. Freundlich zu meinen Mitmenschen. Ich vermied schlimme Umweltsünden, hatte ein Hochschulstudium abgeschlossen, ging zur Arbeit, beglich meine Rechnungen, zahlte Steuern und alles. Mit anderen Worten: Ich war nicht so. So war ich überhaupt nicht. Das entsprach mir nicht. Diese Person hatte mich so weit gebracht.

1

An diesem Tag lag etwas in der Luft. Etwas Dunkles, Ungutes. Das hatte sie von Anfang an gespürt, gleich, als sie wach wurde. Sie hatte dafür nämlich dieses besondere Sensorium.

Im Nachhinein wäre es schön gewesen, wenn sie das hätte behaupten können. Doch so war es nicht, und außerdem fehlte ihr ein solches Sensorium. Evelyn Beckmann wachte in ihrem Bett auf wie an jedem anderen Morgen auch. Sie erinnerte sich an keine schlechten Träume, die es ihr hätten vorhersagen können, eigentlich an gar keine Träume, und alles fühlte sich so an wie immer. Mit dem kleinen Unterschied, dass sie verschlafen hatte. Das passierte Evelyn so gut wie nie. Zwar lag sie noch fast in der Zeit, musste sich aber mit ihren üblichen Morgenroutinen vor der Arbeit beeilen. Am Abend hatte sie darauf verzichtet, die Kleidung für den nächsten Tag rauszulegen, was sie jetzt bereute. Normalerweise legte sie abends immer die Kleidung für den nächsten Tag raus. Evelyn achtete auf sich. Normalerweise trank sie nach dem Duschen zwei Tassen Kaffee, las dabei in der Zeitung, zumindest das Wichtigste, um einigermaßen über die Welt informiert zu sein, und aß eine Schale Müsli. Heute blieb es bei einer Tasse Kaffee, im Stehen, das Müsli aß sie nur zur Hälfte, und die Zeitung fiel ganz weg. Mit halb nassen Haaren verließ sie das Haus. Nasse Haare Anfang Februar zogen bestimmt eine Erkältung nach sich, die sie jetzt gar nicht brauchen konnte. Doch wann konnte man die schon brauchen. War eine Erkältung allein wegen nasser Haare überhaupt möglich?

Ein absaufender Motor. Ein dröhnendes Straßenkehrfahrzeug der Berliner Stadtreinigung. Stickige, drückende Luft und schlecht gelaunte Leute in der U-Bahn. Immerhin trockneten Evelyns Haare dort allmählich. Auch in der U-Bahn meldete sich keine Vorahnung, die ihr verriet, dass heute etwas passieren und sich ihr Leben grundlegend ändern würde.

Zwanzig Minuten später betrat Evelyn das Büro in Moabit. »Nanu, so spät?« Ihr Kollege Rafael, mit dem sie es teilte, blickte von seinem Bildschirm auf. »Du bist doch sonst immer so überpünktlich.«

»Ich habe verschlafen …«, begann Evelyn, doch Rafael unterbrach sie: »Keine Sorge, ich werde dich schon nicht verpetzen. War bloß ein Scherz. Alle kommen mal zu spät. Und jetzt sogar du. Dass ich das noch mal erleben darf. Außerdem, falls du dich erinnerst, haben wir doch gar keine festgelegten Arbeitszeiten. Und eine Teamsitzung steht heute auch nicht an. Ich bin froh, dass du auch nur ein Mensch bist.«

Dass du auch nur ein Mensch bist. Evelyn fragte nicht weiter nach, was Rafael damit meinte, weil sie es sowieso wusste. Sie war der Typ morgens-die-Erste-und-abends-die-Letzte. So gut wie nie krank. Überkorrekt. Erledigte ihre Arbeit, ohne Ausnahme, gewissenhaft und gründlich. Evelyn war wie gemacht für den Bereich Qualitätssicherung. Sie war die Streberin. Alle dachten es, aber so direkt sprach es niemand aus.

Auch bei der Arbeit geschah nichts Ungewöhnliches, abgesehen davon, dass Rafael heute ausnahmsweise die meiste Zeit schweigsam war und tatsächlich zu arbeiten schien. Was für eine Wohltat. Allerdings meldete sich Evelyns Magen viel früher als sonst. Ihr Magen war genauso an Regelmäßigkeit gewöhnt wie sie selbst. Muss denn alles immer so sein, wie du es kennst?, hatte ihre Ex-Freundin Mona oft genörgelt. Jeden Tag das Gleiche, bloß keine Abweichung. Sei doch mal spontan! Sei doch mal locker!

Vielleicht galt das als erstrebenswert, aber es entsprach Evelyn nicht, woran die Beziehung mit Mona auch nach acht Jahren gescheitert war. Seit Monas Auszug vor einem Jahr lebte Evelyn allein in der ehemals gemeinsamen Wohnung. Sie musste jetzt die gesamte Miete tragen, konnte es sich mit ihrem Gehalt aber leisten. Sie genoss es, nicht mehr dazu aufgefordert zu werden, doch mal locker zu sein. Hatte alles auch seine Vorteile.

Nach der Arbeit fuhr sie mit der U-Bahn auf direktem Weg nach Hause. Draußen, kurz vor ihrer Straße, hörte Evelyn einen herumbrüllenden Mann: Ist doch scheiße, ist doch alles scheiße, ja, komm bloß her, los, komm schon, ich mach dich fertig. Sie hörte eine heulende Bodenschleifmaschine, die seit Tagen von früh bis spät in Betrieb war, auch am Wochenende. Aggressives Hupen. Stampfende Musik aus einem stehenden Auto. Eine Frau, die ihr Kind scharf zurechtwies. Das Kind verschluckte sein Heulen. Weiter weg Züge und S-Bahnen. Wenn der Wind entsprechend stand, so wie jetzt, war sogar das Warnsignal der sich schließenden S-Bahntüren zu hören. Ihr Abendessen würde Evelyn auf dem Sofa vor dem Fernseher einnehmen und sich dabei vorstellen, wie sehr Mona das hasste. Ein weiterer Vorteil des Allein-Lebens. Mona hatte vor einem Jahr eine andere kennengelernt. »Ich bin so verliebt, ich kann nichts dagegen machen.« Dann war alles ganz schnell gegangen und Mona bald ausgezogen.

Evelyns Eifersucht hatte sich längst gelegt. Erst war sie scharf und beißend gewesen, nach ein paar Monaten gedämpfter und dem Gekränktsein gewichen. Heute war auch vom Gekränktsein kaum noch etwas übrig. Heute war Evelyn froh, aufrichtig froh, dass es vorbei war.

Gerade als sie ihre Tür geschlossen, Schuhe und Jacke ausgezogen hatte, an irgendetwas von der Arbeit dachte, dass der Test der Anwendung immer noch nicht vollständig durchgelaufen war, in der Küche zwischen Pizza und schnellen Nudeln schwankte und sich nicht entscheiden konnte, klingelte es.

»Du bist alt geworden.«

Das war das Zweite, was Jennifer zu ihr sagte. Da hatte sie sich bereits in Evelyns Wohnung geschoben und ihren Mantel an die Garderobe im Flur gehängt, als wäre sie eingeladen worden. Unten am Saum des Mantels war ein Loch zu erkennen.

»Oh, sorry, das klang jetzt nicht so nett.« Jennifer lachte. »Ich habe das ganz anders gemeint, als es sich anhört. Sorry! Du siehst gut aus, echt, und ich habe dich auch sofort wiedererkannt.«

Sie lachte erneut. Was war so lustig? Das »alt geworden«? Oder das »sofort wiedererkannt«?

Umgekehrt war es übrigens nicht der Fall. Auf der Straße wäre Evelyn achtlos an Jennifer vorbeigegangen. Nichts hätte sich in ihr geregt, kein Wiedererkennen. Zuerst hatte sie gedacht: Warum steht eine fremde Frau vor der Tür? Sie ist sehr dünn. Ist das eine neue Nachbarin, von der ich nichts mitbekommen habe? Allerdings zog in Berlin inzwischen kaum noch jemand um. Zu teuer. Will sie mir einen Kabelanschluss verkaufen, zweihundert Fernsehsender inklusive? Einen neuen Stromvertrag? Für Weihnachtskarten, SOS-Kinderdorf oder so etwas, war es jetzt im Februar eindeutig zu spät. Warum sieht mich diese dünne Frau so herausfordernd an?

Als Erstes, vor dem »alt geworden« und noch im Treppenhaus, hatte Jennifer gesagt: »Hi, Elli. Überraschung!«

Elli. So hatte sie seit ewigen Zeiten niemand mehr genannt.

»Ich war gerade in der Gegend und dachte, ach, ich schaue mal vorbei. Lange her, was? Störe ich etwa?«

Etwas hatte sich in Jennifers Gesicht gegraben, oder fast eingemeißelt, das früher noch nicht da gewesen war. Oder doch? Hatte sich dieser Zug, leicht bitter, leicht böse, in Wahrheit bereits damals gezeigt und jetzt nur verfestigt? Evelyn wusste es nicht. Es war so lange her. Mehr als dreißig Jahre. Jennifers verfilzte Strickjacke war an den Ellbogen fadenscheinig und überall von Wollknubbeln übersät. Wie nannte man diese Knubbel noch gleich? Es gab dafür doch einen bestimmten Begriff. Evelyn kam nicht darauf, und das machte sie ganz verrückt. Als hinge ihr Leben von einer Vokabel ab, die ihr nicht einfiel. Das fehlende Wort war bloß ein Nebenschauplatz, das wusste sie. Um ihren Verstand abzulenken.

»Lass uns am besten in die Küche gehen«, sagte sie. »Da entlang.«

Wohnzimmer war zu einladend. Wohnzimmer war etwas für erwünschten Besuch, nicht für jemanden, der nach Jahrzehnten an einem dunklen Februarabend unangemeldet vor der Tür stand.

Evelyn ließ Jennifer den Vortritt und ging ein, zwei Schritte hinter ihr. Jennifers Jeans sah speckig aus. Schwer zu sagen, ob die Hose total verdreckt war oder uralt. Oder beides. Und die Absätze ihrer Schuhe waren schief getreten. Immerhin gleichmäßig schief, also wohl kein orthopädisches Problem, sondern ein finanzielles. Oder es kümmerte sie nicht.

»Ich bin einfach hier aufgekreuzt«, sagte Jennifer und lachte wieder, »ich wusste natürlich gar nicht, ob du überhaupt zu Hause bist.«

Woher hast du meine Adresse?, dachte Evelyn.

»Ich habe oft an dich gedacht in den ganzen Jahren«, sagte Jennifer.

Ich an dich gar nicht, dachte Evelyn.

»Wie lange ist das jetzt her? Ach, egal. Ganz schön lange jedenfalls, oder? Ich bin nur ein paar Tage in Berlin, war schon am Kudamm und in der Friedrichstraße und am Brandenburger Tor. Und am Reichstag. Leider nicht oben, die Aussicht soll ja toll sein, habe ich gehört, aber da muss man sich wohl erst anmelden oder ewig warten oder so. Dazu hatte ich keine Lust. Ich würde ja gern noch so eine Fahrt mit dem Schiff machen, ihr habt doch hier Kanäle, oder? Obwohl dafür jetzt natürlich nicht die beste Jahreszeit ist. Also verzichte ich darauf vielleicht. Du, ich kann auch morgen wiederkommen, wenn es dir jetzt nicht passt.«

Evelyn Beckmann war passiv. Sie sagte nicht, was sie wollte und auch nicht, was sie nicht wollte. Evelyn nahm alles klaglos hin und beschwerte sich erst viel später. Zumindest, wenn sie anderen Glauben schenkte, die das oft von ihr behauptet hatten. Daran musste sie denken, als sie neben Jennifer in ihrer Küche stand. Sie wusste genau, was sie jetzt wollte. Sie wollte, dass diese Gestalt aus der Vergangenheit in ihren schäbigen, abgewetzten Klamotten augenblicklich ihre Wohnung verließ.

Auf dem Tisch stand noch die Schale mit dem halb gegessenen, längst eingetrockneten Müsli vom Morgen. Es sah unappetitlich aus. Jennifer bemerkte es auch, noch ehe Evelyn die Schale wegräumen konnte.

»Isst du abends Müsli?«, fragte sie. »Oder hast du gerade erst gefrühstückt?« Sie lachte, als wäre das eine ungeheuer komische Frage. Hatte sie in der Schulzeit auch so oft gelacht? Eher nicht. In der Schulzeit war sie der Freak gewesen und hatte keinen Grund für ausgelassene Heiterkeit gehabt.

»Gefrühstückt? Ich komme von der Arbeit.« Evelyn fiel selbst auf, wie streng und empört sie diese beiden Worte betonte. *Gefrühstückt? Arbeit!*

»Klar, du kommst von der Arbeit. Was anderes habe ich auch nicht von dir erwartet. Du warst ja früher schon sehr fleißig.«

Das war Evelyn in der Schule keineswegs gewesen, sie hatte nur das Nötigste getan, aber sie korrigierte Jennifer nicht. Hatte Jennifer das vergessen? Erinnerte sie sich falsch? Aber welchen Erinnerungen war nach Jahrzehnten schon zu trauen.

Inzwischen hatte Jennifer am Tisch Platz genommen. Evelyn stellte die Müslischale auf die Arbeitsplatte, setzte sich auf den anderen Stuhl und stand sofort wieder auf. Der Tisch war klein, und Jennifer saß viel zu nah. Evelyn kehrte ihr den Rücken zu und schaufelte die Müslireste in den Müll. Willst du was trinken? Das hätte sie jetzt eigentlich sagen müssen. Besuch bot man etwas zu trinken an. Doch sie wollte Jennifer nichts anbieten. Sie wollte es ihr nicht auch noch gemütlich machen. Was sollte sie überhaupt mit ihr anfangen? Sie konnten ja schlecht über Lehrer oder Klassenkameraden lästern, an die die Erinnerung längst verblasst war, oder was man in der fünften, sechsten oder siebten Klasse so tat, während sie abwechselnd Süßigkeiten und Kartoffelchips in sich hineinstopften. Wobei es Süßigkeiten und Kartoffelchips eher nur bei Evelyn zu Hause gegeben hatte, nicht bei Jennifer. Evelyn verspürte plötzlich das unbändige Verlangen nach einem Glas Rotwein und nach Kartoffelchips, schließlich war sie noch gar nicht zum Essen gekommen, aber sie würde jetzt den Teufel tun und eine Flasche Wein auf den Tisch stellen.

»Hast du vielleicht was zu trinken?«, fragte Jennifer. »Einen Tee? Also nur, wenn es nicht zu viele Umstände macht.«

»Ja, sicher. Ich habe Kamille und Pfefferminz. Und irgendeinen Kräutertee, glaube ich.«

»Dann nehme ich den Kräutertee.«

Evelyn füllte den Wasserkocher, schaltete ihn ein, nahm die Teepackung und zwei Becher aus dem

Schrank und hängte in jeden einen Beutel. Sie blieb die ganze Zeit mit dem Rücken zu Jennifer stehen, den Blick stur auf die Arbeitsplatte gerichtet, auf die Spüle, die Fliesen an der Wand und den Wasserkocher. Als wäre es total spannend, ihm bei der Arbeit zuzusehen. Die Fliesen müssten mal wieder geputzt werden. Sie spürte Jennifers Anwesenheit hinter sich.

Anschließend blieb ihr nichts anderes übrig, als sich mit den beiden Bechern wieder auf den anderen Stuhl zu setzen. Statt in ihr Gesicht sah sie auf Jennifers verfilzte Strickjacke. Sie musste sich beherrschen, nicht den Arm auszustrecken und die Wollknötchen der Reihe nach abzuzupfen. Was sie davon abhielt, war nicht die Tatsache, Jennifer vor über dreißig Jahren das letzte Mal gesehen zu haben, sondern die Nähe, die es bedeutet hätte.

»Schöne Wohnung«, sagte Jennifer, und Evelyn fragte sich, woraus sie das schloss. Sie hatte nur den Flur hinter der Eingangstür gesehen und die Küche, in der sie jetzt saßen. »Ist bestimmt teuer in Berlin, oder? Was man so hört.«

»Geht so«, sagte Evelyn. Du könntest es dir sicher nicht leisten, dachte sie, so, wie du aussiehst. »Aber stimmt schon, billig ist es nicht. Die billigen Zeiten sind hier vorbei.«

»Du hast einen einträglichen Job, nehme ich an.«

»Ich kann mich nicht beklagen.«

»Und du hast eine Spülmaschine. Hätte ich auch gern.«

Hatte heute nicht jeder eine Spülmaschine?

Jennifers strähnige Haare, früher aschblond, wiesen einen breiten grauen Ansatz auf und hätten dringend Farbe und einen Schnitt gebraucht. Unter der Strickjacke trug sie ein verwaschenes blaues T-Shirt. Vorne auf der Brust prangte ein heller Fleck. Joghurt vielleicht. Pudding. Oder Soße. Der Kräutertee schmeckte widerlich. Evelyn wusste auch gar nicht mehr, wie alt er war und weshalb die Packung im Schrank stand. Wahrscheinlich noch ein Überbleibsel ihrer Ex Mona. Jennifer trank ihn ganz ungerührt, ohne eine Miene zu verziehen.

Eine Viertelstunde verging. Dreißig Minuten. Sie redeten und gleichzeitig nicht. Viel später, als sie im Bett lag, hätte Evelyn nicht mehr wiedergeben können, worüber. Berlin? Wohnungen? Das elende Nest, aus dem sie stammten? Essgewohnheiten? Sportliche Betätigungen, Yoga, Joggen? Welche Musik sie hörten? Gerade, als Evelyn überlege, wie sie Jennifer am besten zum Gehen auffordern sollte, ohne allzu unhöflich zu wirken, als sie sich innerlich wand und im Geist Formulierungen probte, eine präferierte und im nächsten Moment wieder verwarf, weil sie entweder zu unfreundlich oder zu durchschaubar war oder, noch schlimmer, sogar zu einladend hätte wirken können – sie musste zum einen dafür sorgen, dass Jennifer auf der Stelle ihre Wohnung verließ, und zum anderen unbedingt verhindern, sie am nächsten oder übernächsten Tag, oder wie lange auch immer sie noch in der Stadt blieb, wiederzusehen –, gerade, als sie all diese Überlegungen anstellte, stand Jennifer auf, richtete ihre ausgeleierte Strickjacke an den Schultern, stelle ihre Tasse auf die Spüle und sagte: »Ich glaube, es wird Zeit. Ich gehe jetzt besser. Du musst morgen bestimmt früh raus. Ich habe mich echt gefreut, dich wiederzusehen. Nach … wie lange ist das jetzt her? War eine ganz andere Zeit, oder?«

»Ich bringe dich zur Tür«, sagte Evelyn. Hoffentlich war ihr die Erleichterung nicht allzu deutlich anzusehen. Warum scherte sie sich überhaupt um Höflichkeit?

»Danke, aber den Weg hätte ich auch allein gefunden.« Jennifer lachte. »Na dann.«

»Mach's gut. Und ich hoffe, dein Berlin-Aufenthalt war schön.« Statt in Jennifers Gesicht blickte Evelyn auf den Saum ihres Mantels, den sie wieder angezogen hatte. Im hellen Flurlicht war das Loch deutlich zu sehen.

»Er war total interessant. Großstadtflair und so. Habe ich nicht so oft. Bis irgendwann mal.«

Evelyn schloss die Tür. Blieb dahinter stehen, ohne sich zu rühren. Jennifers Schritte entfernten sich viel zu langsam, fand sie. Sie sah durch den Spion. Nichts. Leere. Gleich hatte Jennifer das Haus verlassen. Dann hörte Evelyn, vielleicht ein oder anderthalb Stockwerke tiefer, wieder dieses Lachen. Laut und übertrieben und künstlich, genauso wie am Küchentisch. Warum und worüber lachte Jennifer jetzt im Treppenhaus? Ganz mit sich allein? Evelyn wartete. So lange, bis das Licht hinter dem Türspion erlosch. Sie hatte Jennifer gar nicht danach gefragt, wo sie in Berlin untergekommen war. Konnte sie sich ein Hotel leisten? Doch sie verfiel automatisch in das Denken von früher, vor mehr als dreißig Jahren, als es bei Jennifer zu Hause keine Kartoffelchips gegeben hatte, zumindest nicht die bevorzugte teure Sorte, es sei denn, sie hatte welche gestohlen, wofür sie ein gewisses Geschick besessen hatte. Warum sollte sie sich kein Hotel leisten können? Wegen des Lochs in ihrem Mantel? Der schief getretenen Absätze? Der verfilzten, alten Strickjacke? Evelyn wusste gar nichts über Jennifer. Und sie wollte auch nichts wissen.

Pilling nannte man diese unschöne Knötchenbildung auf Wolle, jetzt fiel es ihr endlich ein.

Damals

Die Vorhänge im Wohnzimmer waren immer zugezogen, sommers wie winters. Im Wohnzimmer saß der Vater bei Kunstlicht am Tisch und beschäftigte sich mit Stift und Papier. Berge von Papier stapelten sich neben ihm. Worum genau es sich dabei handelte, erkannte ich nicht, weil ich nicht richtig hinzusehen wagte. Er durfte nicht gestört werden.

Den Vater anzusprechen oder auch nur zu beachten, war verboten. Trotzdem sah ich jedes Mal, wenn ich kam, verstohlen zum Tisch. Um in die Küche zu gelangen, musste man durch das höhlenartige Wohnzimmer gehen – staubig und düster und mit allem möglichen Kram vollgestopft –, ein Blick auf den Vater, und sei er auch noch so flüchtig, war also unvermeidlich. In der Küche waren die Vorhänge nicht zugezogen. Dort standen ein Tisch und Stühle, eine altmodische Anrichte und ein Käfig mit einem Kanarienvogel. Der Kanarienvogel hatte kleine schwarze Augen und trällerte manchmal. Oft blieb er aber auch stumm. Er durfte nie fliegen. Die Möbel, die ihre besten Zeiten schon lange hinter sich hatten, waren abgewetzt und von Kratzern, Flecken und auch ein paar Brandlöchern übersät, die gepolsterten Sitzflächen der Stühle glänzten speckig.

Der Vater bewegte sich nur sehr wenig, wenn er mit Stift und Papier am Tisch saß. Er wirkte ein bisschen wie ausgestopft. Oder als wären seine Batterien zur Neige gegangen. Neben ihm standen eine Tasse und ein Glas mit einer klaren Flüssigkeit. Wasser, was sonst. Das Glas war ursprünglich ein Senfglas gewesen, der Aufdruck noch schwach zu erkennen. Der Vater saß in dem abgedunkelten, staubigen Raum bei Kunstlicht und schrieb etwas. Es sah ungeheuer wichtig aus. Es musste wichtig sein, da er ja nicht gestört werden durfte. Dass es Kreuzworträtsel waren, die leichte Sorte, und keine philosophischen

Abhandlungen oder eine komplizierte Buchhaltung, erschloss sich mir erst viel später, kurz bevor ich gar nicht mehr zu Besuch kam, und ebenso, dass sich in seinem Senfglas kein Wasser befand.

Der Kanarienvogel in der Küche saß manchmal für längere Zeit vollkommen starr auf seiner Stange, sodass ich mich fragte, ob er möglicherweise ausgestopft war. Wie der Vater. Über den Vater wurde nicht gesprochen und eigentlich auch nicht über den Kanarienvogel. Es wurde verlangt, das benutzte Glas auf die Spüle zu stellen, das gehörte sich so und bewies gute Manieren. Gute Manieren hielten alles zusammen und adelten jede Person, auch diejenigen, die nicht auf der Sonnenseite des Lebens standen. So wurde das immer genannt: Es stehen nicht alle auf der Sonnenseite. Stand ich auf der Sonnenseite? Eher nicht. Aber vielleicht nicht ganz so im Schatten wie sie. Ich hielt mich stets an diese Anweisung und stellte mein Glas auf die Spüle, bevor ich ging. Beim Verlassen der Wohnung führte der Weg erneut am Vater vorbei, wieder begleitet von dem leisen – fast geflüsterten – Verbot, ihn anzusprechen oder sonst wie zu stören.

Später dann durfte ich gar nicht mehr in die Küche, sondern nur noch ins Jugendzimmer, das ein Stockwerk höher unter dem Dach lag. Über die Gründe dafür wurde nicht geredet – »Ist besser so« –, und ich hinterfragte es nicht. Im Winter war es unter dem Dach furchtbar kalt, sodass ich manchmal meine Jacke anbehielt.

»Wie schläfst du hier eigentlich?«, fragte ich. »Ist es nicht viel zu kalt?«

»Manchmal fühlt sich die Bettdecke wie gefroren an, wenn ich aufwache«, sagte sie. »Dann würde ich am liebsten gar nicht aufstehen. Nicht zur Schule gehen. Einfach liegen bleiben.«

Nicht, dass die Verbannung mich gestört hätte. Das benutzte Glas auf die Spüle zu stellen, fiel hiermit weg. Außerdem waren mir ihre Eltern ein bisschen unheimlich. Ich hatte den Verdacht, dass der Kanarienvogel nicht mehr lebte. Der Vater vielleicht auch nicht? Obwohl, wenn der Vater gestorben wäre, hätte man ihn ja auch nicht mehr im abgedunkelten Wohnzimmer bei seinem Papierkram stören können. Vielleicht hatte er irgendeine Lichtkrankheit. Es gab so viele Krankheiten. Dass das Herz nicht mehr mitmachte, dass irgendwo im Körper etwas wuchs, was nicht dorthin gehörte, und allerlei mehr. Auch Krankheiten im Kopf gab es. Wenn im Hirn etwas falsch geschaltet war. Die Mutter bekam ich noch zu Gesicht, weil sie Limonade und manchmal belegte Brote ins Jugendzimmer brachte. »Es ist besser«, sagte sie, »wenn ihr hier oben bleibt. Ist besser so. Ist doch auch viel gemütlicher. Hier seid ihr unter euch. Und ungestört.« Die Mutter arbeitete halbtags als Putzfrau. Der Vater arbeitete gar nicht.

Die Limonade war herrlich süß – nach Süße war ich als Kind geradezu süchtig, das Depot musste immer wieder aufgefüllt werden –, hatte aber meistens zu wenig Kohlensäure und schmeckte abgestanden und alt. Die belegten Brote mochte ich nicht, ekelte mich sogar ein wenig davor. Und irgendwie mochte ich sie doch. So wie alles, das Ganze, zugleich abstoßend und anziehend war. Die stets dunkle Wohnzimmerhöhle, das künstliche Licht, selbst wenn die Sonne schien, der Vater mit seinen Papieren am Tisch, der Kanarienvogel, seine kleinen schwarzen Augen, die ärmliche Küche. Schwer zu sagen, was davon überwog. Vermutlich das Anziehende. Eine Weile zumindest. Das Gras in Nachbars Garten. Es war in diesem Fall jedoch nicht grüner, kein bisschen. Aber es war eindeutig anders als alles, was ich zu diesem Zeitpunkt kannte.

Sie war immer traurig, wenn ich ging. Und auch ein bisschen wütend. Oft war das bei ihr schwer zu unterscheiden. »Ach, bleib doch noch. Meine Mutter hat nichts dagegen.« Ein flehender Ausdruck im Gesicht, kombiniert mit dem Anflug von Zorn.

»Ich muss nach Hause. Ich kriege Ärger, wenn ich zu spät komme.«

Das stimmte zwar, war aber nicht der einzige Grund, warum ich es nie wirklich lange dort aushielt, weder in der Küche mit Mutter und Vogel noch im Jugendzimmer unter dem Dach. Es war reizvoll, keine Frage, denn es war fremd, aber es stieß mich auch ab. Als könnte es auf mich abfärben und etwas davon an mir haften bleiben oder ich mich damit anstecken.

Eines Tages, unter dem Dach war es nicht kalt, sondern heiß und stickig, vielleicht gab es diesmal Cola statt Limonade, aber wenn, dann garantiert nicht die richtige Cola, sagte sie zu meiner Überraschung: »Mich mag keiner, das weiß ich.« Nichts weiter, nur das.

Nicht, dass es nicht zutraf, es war verblüffend scharfsichtig beobachtet, tatsächlich mochte sie keiner, aber so etwas gab man doch nicht zu.

Ich ging auf ihre Bemerkung nicht ein. Ich hätte auch nicht gewusst, wie. »Ich muss nach Hause«, sagte ich stattdessen auf eine Art, die ich für abgeklärt hielt, für erwachsen, und trank rasch meine Cola aus.

»Jetzt schon?«, sagte sie. »Ich dachte, du bleibst noch.«

Wieder dieser flehende Blick. Zeigten sich nicht auch Tränen in ihren Augen? Das wollte ich auf keinen Fall sehen. Ich mochte diesen Blick nicht, er bewirkte scheußliche Gefühle und erweckte in mir den Wunsch, ihm so schnell es ging zu entfliehen. Ich mochte ihn genauso wenig wie die abgestandene Limonade, die Brote mit billiger Wurst, den halb toten Kanarienvogel und das Abgenutzte, Schäbige, Armselige. Irgendwann fand das Reizvolle sein Ende.

»Ich muss jetzt wirklich gehen. Meine Mutter macht sonst echt Ärger.«

»Aber du kommst doch bald wieder, oder? Morgen?« Wut im Blick. Wut und Traurigkeit. »Oder am Freitag?«

»Klar.«

Doch ich kam nicht mehr wieder, was ich in diesem Moment jedoch noch nicht wusste. Sympathie und Abneigung wechselten in dem Alter schnell und wurden gleichermaßen intensiv und heiß empfunden. Der Nachmittag mit der schalen Cola sollte der letzte in der Wohnung gewesen sein. Mit dem Vater im abgedunkelten Raum, den anzusprechen verboten war. Mit dem Kanarienvogel. Dem Zimmer unter dem Dach, wahlweise viel zu kalt oder zu heiß. Mit all dem, was ein bisschen seltsam und auch eklig war. Und dann geschah ja auch noch etwas. In dem stacheligen Gestrüpp, in dem ich mir eine lästige Hautreizung einfing. Etwas geschah, das ich aber schnell wieder vergaß, abgesehen von der Hautreizung. Die Hautreizung blieb hartnäckig, und meine Mutter bestrich sie so lange mit einer stinkenden Salbe, bis sie endlich abklang und nichts mehr davon zu sehen war. Und bald darauf begannen die langen Sommerferien. Danach war sowieso alles anders.

2

Die nächsten Tage verliefen weitgehend ereignislos. Evelyn saß oft länger im Büro, wenn alle anderen längst gegangen waren, und widmete sich in ihrer gewohnten Gründlichkeit einem bestimmten kniffeligen Problem, das sie während der normalen Arbeitszeit nicht hatte lösen können. Ohne Rafael im selben Raum konnte sie sich viel besser konzentrieren. Sie mochte das. Die Stille. Rafaels Dauerfreundlichkeit und sein großes Kommunikationsbedürfnis strengten sie an. »Ich war ein Einzelkind«, sagte er gern. »Ich brauche das. Ich brauche Trubel und Leute um mich herum.« Eine wirklich blöde Idee, dass Evelyn sich ausgerechnet mit ihm das Büro teilte. Entscheidung von oben, obwohl es bei flachen Hierarchien genau genommen ja gar kein Oben und Unten mehr gab, sondern nur noch gleichberechtigtes Miteinander. Dass die anderen hinter ihrem Rücken über sie redeten – und zwar nicht immer freundlich –, wusste Evelyn. Streberin. Will sich unentbehrlich machen. Hat wohl kein Privatleben. Evelyns Bereich, die Qualitätssicherung, stand in ihrer Firma, die Software für Unternehmen entwickelte, alle paar Monate zur Disposition. Nicht grundsätzlich, aber zumindest in der derzeitigen Größenordnung. Vielleicht stimmte es und sie wollte sich unentbehrlich machen. So oft hintereinander war sie jedoch noch nie länger im Büro geblieben, und diesmal ging es in Wahrheit auch nicht um die Arbeit und die Stille abends allein. Evelyn fürchtete sich insgeheim davor, nach Hause zu fahren, aus Angst, dass nun jeden Abend ungebetener Besuch vor der Tür stehen könnte.

Das war natürlich Unsinn. Jennifer war längst wieder abgereist. Am übernächsten Tag, hatte sie zum Schluss im Hausflur gesagt, werde sie zurückfahren. Mit dem Zug. Oder hatte sie Flixbus gesagt? Egal, Hauptsache, sie war nicht mehr hier. Dieser übernächste Tag war inzwischen verstrichen. Es drohte keine Gefahr mehr. »Gefahr«, was für ein großes, übertriebenes Wort für eine ehemalige Klassenkameradin. Sie war nichts weiter als eine flüchtige Geistererscheinung an einem Abend im Februar, gar nicht real, die Evelyn jetzt schnell vergessen musste. Das sollte ihr eigentlich nicht schwerfallen, hatte sie doch seit dreißig Jahren keinen Gedanken mehr an Jennifer verschwendet. Februar, so hieß es, war in Berlin ein besonders trister Monat, der die Leute schwermütig machte, und nun hatte ihr der Februar zusätzlich einen üblen Streich gespielt. Aber irgendwann kam der März. Irgendwann kam immer der März.

Jennifer musste damals, in der achten oder neunten Klasse, so genau konnte Evelyn sich nicht mehr erinnern, von der Schule abgehen. Sie war dem Unterricht einfach nicht mehr gewachsen gewesen. Und andere Gründe hatte es auch noch gegeben. Schwerwiegende Gründe. Aber das war ein anderes Thema, und Evelyn hatte es längst vergessen. Seliges Vergessen. Es war tragisch mitanzusehen, wie alle an Jennifer vorbeizogen und die Versetzung schafften, sogar die simplen Geister mit den schlechten Noten, zumal es ihr sicher nicht an Grips gemangelt hatte. Oder doch? Wer wusste das schon. Von der Grundschule bis zu den ersten Jahren am Gymnasium hatte sie zu Evelyns gewohntem Alltag gehört. Sie hatte nicht groß über Jennifer nachgedacht. Jetzt im Nachhinein, drei Jahrzehnte später, erschien sie ihr reichlich seltsam. Ein seltsames Kind und eine nicht minder seltsame Jugendliche. Auf ungute Weise auffällig. Von den meisten gemieden. Sie war anders, und das sahen und spürten alle. Angefangen mit diesen ausgeleierten, zigmal geflickten Klamotten, die sie immer trug. Kein Wunder, ihre Eltern hatten kein Geld. Auch nicht für die Klassenfahrt, an der Jennifer folglich nicht teilnahm. War sie zu diesem Zeitpunkt überhaupt noch an der Schule gewesen? Heute wusste Evelyn nicht mehr, ob sie Jennifers Scheitern damals tatsächlich *tragisch* fand – tragisch, schon wieder so ein großes Wort – oder nicht vielmehr erleichtert war. Manche blieben halt auf der Strecke. Hauptsache, nicht sie. Möglicherweise, das schloss sie nicht aus, hatte sie nach Jennifers Abgang mit den anderen schadenfroh über sie gelästert. Nein, stopp, das hatte sie bestimmt nicht getan, so war Evelyn Beckmann nicht. Und falls doch, dann auf freundliche Art.

Der dritte Tag in Folge, an dem sie lange im Büro geblieben war. Jetzt konnte Evelyn endlich aufatmen und ihr gewohntes Leben weiterführen. Das hieß, zu normalen Zeiten Feierabend machen und abends ohne die Sorge, dass eine unliebsame Überraschung in abgerissener Kleidung auf sie wartete, in die Kulmer

Straße biegen. Jennifer war fort. So wie in den vergangenen dreißig Jahren.

Evelyns Leben verlief im Großen und Ganzen gut. Sie hatte ihr Auskommen, mochte ihre Arbeit, meistens zumindest, und dass sie seit einem Jahr allein war, störte sie – noch – nicht. Im Gegenteil. Sie genoss die damit verbundenen Freiheiten. Keine Rechenschaft ablegen müssen. Über gar nichts. Kochen und essen, wann und was sie wollte, auch ungesunden Fraß, wenn ihr danach war. Kein *Hast du mir nicht zugehört.* Kein *Musst du wieder so rumhängen, lass uns doch irgendwas machen.* Das Wort »Rechenschaft« hätte Mona empört. Sie wäre ausgerastet. Auf ihre Mona-Weise ausgerastet, ohne Herumbrüllen. Eine endlose Litanei wäre gefolgt, dass es in einer Beziehung um so etwas wie Rechenschaft doch nicht gehe. Und nach dem ersten Drittel der langen Belehrung hätte Evelyn gar nicht mehr gewusst, wovon Mona eigentlich sprach. Vielleicht war sie kein Beziehungsmensch. Oder die Beziehung war die falsche gewesen. Doch war es möglich, acht Jahre lang einem Irrtum erlegen zu sein und nichts davon zu bemerken?

Nach Monas Auszug vor einem Jahr war Evelyn sofort dazu übergegangen, abends auf dem Sofa vor der Glotze zu essen. Sie sah Fußball oder Dokumentationen über Wildtiere, ferne Planeten und schwarze Löcher so lange sie wollte. Oder alte, herzzerreißende Melodramen von Douglas Sirk, *All that heaven allows*, für die sie eine Schwäche hatte. Wobei die

Naturdokus angesichts der gerodeten Wälder, ausgebleichten, toten Korallen, zerstörten Lebensräume und bedrohten Arten zunehmend deprimierten. Mona hatte das gehasst und als Untergang jedweder Zivilisiertheit betrachtet. Sie wollte in die Oper und in die Philharmonie, in angesagte Ausstellungen, und zwar am liebsten dann, wenn sie garantiert am vollsten waren und die Leute sich gegenseitig auf die Füße traten. Sie hatte auch immer auf einem gemeinsamen Frühstück bestanden, wenn die Jobs es zuließen. Da die Jobs es jedoch nicht immer zuließen, war gemeinsames Frühstück am Wochenende heilige Pflicht. Zuerst galt es, das ganze Zeug aus dem Kühlschrank zu holen. Dieses und jenes aufbacken, nicht vergessen! Das ganze Zeug aus dem Kühlschrank schön anrichten, das war wichtig, es auf Tellern und in kleinen, extra dafür vorgesehenen, farblich aufeinander abgestimmten Gefäßen drapieren. Die Teller und Schalen hatte Mona nach und nach angeschafft und war dann vor einem Jahr zusammen mit ihnen ausgezogen. Und wenn der Frühstücksgottesdienst ausreichend vorbereitet war, wurden noch die Kerzen angezündet, bevor es losging. Evelyn hatte meistens viel früher Hunger verspürt als Mona, und wenn es endlich so weit war, hing ihr längst der Magen durch. Gab es nicht diese Geschichte mit dem Ehepaar, das erst nach Jahrzehnten feststellte, dass einer der Partner in Wahrheit die untere Hälfte des Brötchens bevorzugte, vom anderen aber als Liebesgabe stets die obere gereicht bekam, jahrzehntelang, in der falschen Annahme, sie wäre ihm lieber? Und hatte in dieser Geschichte nicht einer den anderen aus heiterem Himmel wegen der falschen Brötchenhälfte am Frühstückstisch abgemurkst? Jahrzehnte hatten Mona und Evelyn nicht geschafft, nur acht Jahre, aber Züge davon hatten sich auch bei ihnen eingeschlichen. Evelyn hatte meistens gekuscht, damit Frieden herrschte. Das brachte ihr dann die häufig fallende Bemerkung ein, dass sie, laut Mona, *so passiv* sei. Du bist immer so passiv. Du musst mehr aus dir herausgehen. Sag doch, wenn dir was nicht gefällt.

Hätte sie Jennifer an dem Abend in der Küche nicht nach einem Partner fragen müssen? Nach Kindern? Ihrem Beruf? Danach, wie es Jennifers Eltern ging? Ob ihre Eltern überhaupt noch lebten? All diese Dinge, nach denen man sich erkundigte. Erst recht nach dreißig Jahren. Evelyn hatte nichts von all dem wissen wollen und Jennifer ihrerseits nicht so gewirkt, als erwartete sie solche Fragen oder wollte sie beantworten. Sie hatte auch kaum welche gestellt, abgesehen von: Lebst du hier allein. Hast du es weit zur Arbeit. Aber in Berlin ist das ja sicher kein Problem. Gefällt dir Berlin, Elli? Ich sollte mich vielleicht auch verändern. Umziehen oder so. Weg von zu Hause. – Mit zu Hause war der Ort gemeint, in dem sie beide aufgewachsen waren und Jennifer heute noch lebte. Rund fünfzigtausend Einwohner, zwischen Ruhrgebiet und Münsterland gelegen. Keine größere Stadt, aber auch kein Dorf. Nichts Halbes und nichts Ganzes. Schlechte Nahverkehrsverbindungen, Autobahn ganz in der Nähe. Einige Zeit, sagte Jennifer, habe sie woanders gelebt. Sie nannte weder Ort noch Grund.

»Und dann bist du wieder zurück?«

»Ja, sicher. Ich brauchte was Vertrautes. Und wo sollte ich denn sonst hin?«

Den scheußlichen Kräutertee hatte Evelyn nicht ausgetrunken, Jennifer hingegen sichtlich genossen. Sie hatte sogar um eine zweite Tasse gebeten, woraufhin Evelyn wieder aufstehen musste, um den Wasserkocher neu zu befüllen und einzuschalten. Mit dem Rücken zu Jennifer. Das war ihr nur recht. Sie nicht ansehen müssen. Sie nicht und auch nicht die Knubbel auf der Strickjacke und den Soßenfleck auf der Brust. Durchatmen. Für die Zeit, die der Wasserkocher zum Aufheizen benötigte – hoffentlich brauchte er ewig –, nicht die eigenen Gesichtszüge unter Kontrolle halten müssen. Evelyns Gesicht war schon ganz verkrampft gewesen vor lauter geheuchelter Freundlichkeit.

Plötzlich hatte Jennifer neben ihr gestanden, viel zu nah, Evelyn hatte ihren Strickjackenarm an ihrem eigenen gespürt und sich beherrschen müssen, nicht zurückzuschrecken. Jennifer hatte die Teepackung in die Hand genommen und sie gründlich studiert. Auch sie war inzwischen Mitte vierzig und musste die Packung ein ganzes Stück von sich weghalten, um den Text entziffern zu können. »Ach, das ist

Bio«, hatte sie anerkennend gesagt. »Das ist gut. Ich muss nämlich auf mich achten.« Anschließend hatte sie laut und unendlich langsam die Inhaltsstoffe des Kräutertees vorgelesen und Auskunft über ihre heilende Wirkung gegeben. Melisse: Beruhigend. Lavendel: Beruhigend, entkrampfend, schlaffördernd. »Ich schlafe seit einiger Zeit so schlecht.« Brennnessel. Schafgarbe. Lindenblüte: Krampflösend, schmerzstillend, entzündungshemmend. Sie sprach auch von *Antioxidantien*, was Evelyn kurz verblüffte. In der Schule war Jennifer in den naturwissenschaftlichen Fächern besonders schlecht gewesen und hatte sich keinen einzigen Begriff merken können.

Und gerade, als Evelyn sich fragte, Jennifers Arm immer noch viel zu dicht an ihrem eigenen, ob sie eine esoterische Öko geworden war, was gar nicht zu ihr passte – andererseits, woher sollte sie nach dreißig Jahren wissen, was zu ihr passte –, sagte Jennifer: »Mir geht's nämlich nicht so gut, weißt du. Also gesundheitlich, meine ich.« Dabei verzog sie, nur ganz kurz, das Gesicht zu einer Grimasse, die alles hätte bedeuten können: Genervtsein. Widerwillen. Abscheu. Schmerzensreiche Pietà. Sie fasste sich erst auf den Bauch, dann seitlich auf den Rücken. Evelyn hätte sich erkundigen müssen. Wieso, was ist denn los, was hast du? Jeder hätte das getan. Auch sie. Normalerweise. Wenn es sich nicht gerade um Jennifer gehandelt hätte. Sie wollte Jennifer aus der Wohnung haben und nicht auch noch selbst dafür verantwortlich sein, die Dauer dieser Begegnung unnötig in die Länge zu ziehen – und hinter all dem, Grimasse, sich an Bauch und Rücken fassen, steckte vermutlich eine traurige Geschichte, die zu erzählen Zeitaufwand erforderte und am Schluss wiederum Reaktionen von Evelyn, angemessene Reaktionen –, und sie wollte es auch gar nicht wissen. Das war nicht nett von ihr. Wirklich nicht nett. Möglicherweise hatte Jennifer eine schlimme Krankheit. Unheilbar. Hatte sie krank ausgesehen? Vielleicht. Eigentlich nicht. Oder doch? Evelyn wusste es nicht.

Jennifer wurde in der Schule nicht von Mitschülern drangsaliert. Es war vielmehr so, dass niemand, nicht einmal die letzte graue Maus, etwas mit ihr zu tun haben wollte. Jennifer wurde gemieden. Sie hatte zu keiner Gruppierung gehört, weder zu den angepassten Braven noch zu den Vorlauten, Frechen und Frühreifen. Der neben ihr sitzenden Evelyn hatte sie oft kleine Zettel zugeschoben, auf denen akribisch vermerkt war, welchen anderen Mädchen sie die Pest an den Hals wünschte – und warum – und wie dies am besten in die Tat umzusetzen wäre. Der Streberinnen- und Ich-mache-mich-beim-Lehrer-beliebt-Liga, denjenigen, die mit ihrem eigenen Pferd in irgendeinem Stall in der Pampa angaben, den Sportskanonen mit ihrer strahlenden Gesundheit und Frische, den Lästerzicken und den Schlampigen mit den unterdurchschnittlichen Noten, die deprimierende Musik hörten und denen alles egal war. Selbst die mochten Jennifer nicht. Andere Mädchen zeichneten im Unterricht Pferdeköpfe, Jennifer Messer, Galgen und Pistolen. Jennifer und die gemeinen Züge, die sie an den Tag legte, waren Evelyn manchmal unheimlich gewesen, sie hatte sie regelrecht abstoßend gefunden, auch wenn sie sich das nicht eingestanden hatte. Vielleicht war das Gemeine, leicht Bösartige einfach eine Folge dessen, dass keiner sie mochte. Oder verhielt es sich andersherum und es hatte schon immer in Jennifer gesteckt? Was war Ursache und was Wirkung. Schwer zu sagen.

Einige von Noahs Schulsachen lagen noch auf dem Küchentisch. Auch dieser blöde Dinosaurier, ein Velociraptor, wenn Evelyn sich nicht täuschte, für den er mit seinen fast vierzehn Jahren allmählich wirklich zu alt war. Zurzeit liebte Noah türkisfarbene Füllertinte. Steckte man mit vierzehn nicht längst in der Pubertät? Allzu viel war bei ihm davon noch nicht zu bemerken, abgesehen vielleicht von seiner schlechten Laune in letzter Zeit, die er, wenn sie aufkam, ausgiebig zelebrierte. Interesse für Mädchen hatte er bisher nicht geäußert. Auch nicht für Jungs. »Der passt auf dich auf«, mit diesen Worten hatte er den Plastiksaurier bei Evelyn zurückgelassen. »Ist doch gut, oder?« – »Ja, ganz toll.« – Erstens musste niemand auf Evelyn aufpassen, erst recht kein Fast-Vierzehnjähriger, und zweitens war Noah ihrer Meinung nach auch für solche Äußerungen zu alt. Sie musste mit Peter unbedingt ein Gespräch über Entwicklungsverzögerungen führen, obwohl das nicht ihre Aufgabe war. Außerdem hatte sie es schon versucht, mehrfach, doch Peter wollte es nicht hören, nannte seinen Sohn »hochsensibel« und wehrte dieses Thema jedes Mal ab, sobald sie es zur Sprache brachte.

Jennifer hatte Noahs Dinosaurier interessiert betrachtet, ihn sogar in die Hand genommen und sein bewegliches Maul auf- und zugeklappt, aber nichts dazu gesagt. Ihre Augen waren die ganze Zeit ruhelos in der Küche hin und her gehuscht, hatten wie ein Scanner alle Gegenstände und Oberflächen abgetastet. Evelyn hingegen hatte sie fast nie direkt angesehen. Sie hatte immer schnell den Blick abgewendet, sobald sich ihre Augen trafen. Als sie endlich gegangen war, hatte Evelyn sofort die Tassen in die Spülmaschine gestellt, dieser ekelhafte Tee, und den Stuhl, auf dem Jennifer gesessen hatte, zurechtgerückt. Die verbliebenen Teebeutel hatte sie in den Müll geworfen. Es sollte alles wieder so aussehen wie vorher. Sie wollte nicht am nächsten Morgen als Erstes an den Besuch erinnert werden.

Zwar hatten sie über bemerkenswert wenig gesprochen, im Grunde über gar nichts, aber immerhin hatte sie Jennifer gefragt, woher sie eigentlich ihre Adresse kannte. Seltsamerweise hatte Evelyn sich nicht wirklich über Jennifers Auftauchen gewundert. Es erschien ihr selbst nach dreißig Jahren fast – natürlich. Etwas, womit früher oder später zu rechnen gewesen war.

»Ein alter Bekannter aus der Schule hat mir deine Adresse verraten. Er wohnt auch in Berlin.«

Einen Namen erwähnte Jennifer nicht. Und Evelyn fragte nicht nach. Sie hatte in Berlin keinen Kontakt zu Leuten aus der Schulzeit. Sie kannte überhaupt niemanden mehr von damals, auch nicht außerhalb Berlins, und wusste nicht, von wem Jennifer sprach.

Nach dem zweiten Tee hatte Jennifer sich ungewöhnlich lange im Badezimmer aufgehalten, sodass Evelyn schon versucht gewesen war, von außen an die Tür zu klopfen. Hallo? Alles in Ordnung? Doch man klopfte nicht an die Badezimmertür, um den Besuch zum Herauskommen aufzufordern, oder? Die Vorstellung, dass sie all das benutzte, Toilette, Waschbecken, Handtuch, war nicht schön. Hoffentlich wusch sie sich überhaupt die Hände. Die Vorstellung, wie sie im Schrank herumschnüffelte, Evelyns Hautcremes ausprobierte, ihre Finger hineintunkte, Evelyns Bürste benutzte, wie sie in alles ihre Nase hängte und es begrapschte, war sehr unschön.

Sie hatte sich vor der geschlossenen Tür auch kurz gefragt, ob Jennifer einen Schwächeanfall erlitten hatte. Sich übergeben musste. Igitt, bloß das nicht. Sie hatte doch etwas von einer Krankheit angedeutet. Evelyn hatte vor ihrer eigenen Badezimmertür gestanden, die Hand schon zum Klopfen gehoben, als Jennifer auf der anderen Seite die Klospülung betätigte. Wie beruhigend. Schlimm genug, dass sie hier aus heiterem Himmel und ohne Vorwarnung aufgetaucht war. Nicht auch noch irgendwelche Scherereien ihretwegen. Ihr helfen müssen. Den Notarzt rufen. Eklige Sachen aufwischen.

Nach diesem Abend geschah nichts mehr. Kein Klingeln. Keine unerwünschten Personen vor der Tür. Kein Anruf. Anruf, wieso Anruf? Sie hatten nicht ihre Telefonnummern ausgetauscht. Es nicht einmal angesprochen, wie in stiller Übereinkunft, dass dies eine einmalige Sache blieb, ohne Wiederholung. Doch wenn Jennifer aus unerklärlichen Gründen ihre Adresse kannte, galt das vielleicht auch für ihre Telefonnummer. Und für alles mögliche andere. Vielleicht wusste sie, was Evelyn im Fernsehen sah. Was sie aß. Dass sie niemals Geld spendete. Dass sie im vergangenen Herbst nicht geholfen, sondern sich wie zig andere Leute auch schnell verdrückt hatte, als ein Mann draußen von ein paar Jugendlichen verprügelt und zusammengetreten wurde. Dinge, die man nicht erzählte und am besten schnell wieder vergaß.

Was für ein Unsinn. Jennifer war heute eine völlig Fremde, die rein gar nichts über sie wusste. Und sie hatte sich längst wieder in ihrem Nest zwischen Ruhrgebiet und Münsterland verkrochen, wohin sie auch gehörte. Evelyn hätte in dieser trüben Februarwoche unbesorgt jeden Tag pünktlich Feierabend machen können. Sie hätte nicht wie die Oberstreberin, als die sie ohnehin schon galt, länger im Büro bleiben müssen. Und sie hatte es ja auch gar nicht aus

Pflichtbewusstsein oder eines Übererfüllungszwangs wegen getan, sondern einzig deshalb, weil sie sich nicht nach Hause traute.

Sie hätte gern Mona von diesem Besuch erzählt. Aber Mona und sie hatten seit einem Jahr so gut wie keinen Kontakt mehr. Sie waren nicht im Guten auseinandergegangen, im Gegenteil. Und in Wahrheit ging es Evelyn viel besser ohne sie. Doch jetzt, und zwar nur jetzt, hätte sie ausnahmsweise gern mit Mona gesprochen. Allerdings hatte sie ihr gegenüber Jennifer niemals erwähnt. Sie hätte also zuerst mit der Vorgeschichte beginnen müssen. Ich kannte Jennifer aus der Grundschule, sie war ziemlich seltsam, na ja, sie tat mir halt leid, sonst hat sich niemand mit ihr abgegeben, und dann später noch auf dem Gymnasium, da tat sie mir immer noch leid. Oder noch viel mehr. Manche kommen mit dem System einfach nicht klar. Ach, ich habe nie über sie geredet? Wirklich nicht? Ich dachte, ich hätte. Ich konnte das nicht mit ansehen, dass keiner sie mochte und sie immer ganz allein war, ich war schon als Kind sehr empfindlich, wenn jemand so behandelt wird.

Als sie sich nach und nach beruhigt und den Besuch – die Heimsuchung, wie Evelyn ihn insgeheim für sich nannte – vergessen hatte, das Loch in Jennifers Mantel, den Fleck vorn auf dem T-Shirt, die ins Gesicht gemeißelte Bitterkeit, bemerkte sie, viele Tage später, unter den Füßen von Noahs Plastiksaurier, dem sie bisher keine Beachtung geschenkt hatte, einen zusammengefalteten Zettel. Darauf Jennifers Mobilnummer. Evelyn riss den Zettel in kleine Fetzen und warf sie in den Müll. Aus den Augen, aus dem Sinn. Leb wohl und komm nie wieder. Und noch etwas später, als Normalität eingekehrt war und sich das Gefühl der Bedrohung, das Evelyn überkam, sobald sie ihre Straße in Schöneberg erreichte, gelegt hatte, fand sie in einer Ecke ihres Badezimmers, im untersten Fach des Regals, eng hinter die dort lagernde Toilettenpapierpackung gequetscht, schmutzige Taschentücher und einige zerknüllte Kassenbons und U-Bahntickets. Evelyn wunderte sich, dass Jennifer überhaupt ein Ticket für die U-Bahn löste. Und sie fand dort eines ihrer Handtücher, das sie seit einer Weile vermisste. Es war zu einem unförmigen, leicht feuchten Klumpen zusammengedrückt und bis nach ganz hinten gerutscht, zwischen Regalbrett und Wand. Beim Auseinanderziehen entstieg dem Handtuch ein übler Geruch, und seine innen liegende Fläche war von einem Schimmelbelag überzogen.

3

Neulich hatte seine Mutter wieder mit dem Doppel-H angefangen. Hausarrest und Handyverbot. Hin und wieder versuchte sie zwar, sich etwas Neues auszudenken, aber Hausarrest und Handyverbot blieben ihre Favoriten. Hausarrest, was war das überhaupt für ein Wort? So redete heute doch kein Mensch mehr, außer vielleicht bei irgendwelchen politischen Gefangenen. Sein Vater war sofort dagegen gewesen, das bringt nichts, aber Noahs Eltern waren schon lange nicht mehr einer Meinung. Falls sie das überhaupt je gewesen waren. Vielleicht in Noahs Embryozeit. Oder kurz danach, in der Frühkindphase, an die man später keinerlei Erinnerung mehr hatte. Ausschlaggebend war dann auch nicht der Einwand seines Vaters – Was soll das denn bringen, das macht doch alles noch schlimmer, er muss doch auch Gelegenheit haben, seine Freunde zu treffen –, sondern seine Mutter. Sie hatte es nämlich ziemlich schnell wieder vergessen. Seine Mutter vergaß ständig irgendwas, vor allem, wenn es Noah betraf. Und ihr neuer Kerl mischte sich sowieso nicht ein, hielt sich lieber aus allem raus, es sei denn, es ging um das neue Kind. Manchmal machte er einen auf Kumpel, aber das hielt nie lange an und war eher peinlich. Noah konnte sich nicht entsinnen, je ein Gespräch mit ihm geführt zu haben, das länger als zwei, drei Minuten gedauert hatte. Zwei, drei Minuten war sicher noch übertrieben. Nicht dass Noah selbst bekannt für lange Gespräche gewesen wäre. Er wusste nach kurzer Zeit nichts mehr zu sagen, egal, mit wem er sich unterhielt, die Worte waren zwar irgendwo in ihm drin, hatten sich aber gut versteckt und kamen nicht heraus. Wenn er eines abschaffen würde, hätte er die Macht dazu gehabt, dann wäre es diese rote Birne, die unweigerlich folgte, wenn er nichts zu sagen wusste.

Grundsätzlich hatte Noah nichts gegen das neue Kind. Nichts dagegen und auch nichts dafür. Es war ihm gleichgültig. Ein weibliches Kind und noch so klein, dass sowieso nichts mit ihm anzufangen war. Noahs Mutter, die auch die Mutter des neuen Kindes war, brachte sich seinetwegen halb um. Dauernd war irgendwas, und alles war immer sofort dramatisch und besorgniserregend. Geschrei. Hautausschläge. Erhöhte Temperatur. Eklige Pupse, daraufhin noch mehr Geschrei vom neuen Kind. Noahs Mutter war schon zweiundvierzig. Viel zu alt für ein neues Kind. Das war Noah auch peinlich. Immerhin passte ihr Alter zu Worten wie »Hausarrest«.

Hausarrest und Handyverbot für eine Woche hatte sie wegen der Sache mit Kasimir, Mustafa und Dragan angedroht. Sie hatte nichts falsch verstanden. Noah hatte es falsch erzählt. Er erzählte häufig etwas falsch. Falls überhaupt. Schweigen war im Zweifel klüger als Lügen. Über Lügen stolperte man irgendwann, es sei denn, man verfügte über ein fotografisches Gedächtnis oder so was. Eigentlich hätte seine Mutter zur Klassenlehrerin gemusst, aber das hatte er gerade noch abwenden können. War auch nicht so schwer, weil wieder irgendwas mit dem neuen Kind war. Wahrscheinlich ein Pups oder ein Rülpser oder grüngestreifte Babykotze. Noahs Vater hingegen kannte die Wahrheit. In Teilen zumindest. Nicht die ganze, natürlich nicht. Er war zur Klassenlehrerin gegangen. Woraufhin seine Eltern sich wieder stritten. Noah hatte nur die Seite seiner Mutter mitbekommen, sich aber denken können, was sein Vater am anderen Ende des Telefons sagte. Sie glaubte, er könne sie nicht hören, war extra ins Schlafzimmer gegangen, das sie sich mit ihrem neuen Kerl teilte, und hatte die Tür geschlossen, aber Noah hatte sich nah herangeschlichen. Man sollte meinen, bei seiner Mutter, ihrem neuen Kerl und dem neuen Kind stünde er mehr unter Aufsicht, aber das Gegenteil war der Fall. Hatte manchmal auch seine Vorteilc, hier zu leben. Anders als bei seinem Vater. Sein Vater wollte immer alles haarklein wissen, am Telefon, per WhatsApp und erst recht, wenn sie sich sahen, nervig, als müsste er damit etwas nachholen oder wiedergutmachen, und so hatte es schließlich nicht lange gedauert, bis Noah mit der Sache mit Kasimir, Mustafa und Dragan herausgerückt war. Es war nicht der erste Vorfall dieser Art, aber dass es schon öfter passiert war, hatte er seinem Vater dann doch lieber verschwiegen. Sonst hätte er sich gekümmert und gekümmert und immer weiter gekümmert – oder was er sich darunter vorstellte – und Noah nicht mehr in Ruhe gelassen.

Das Gebrüll vom neuen Kind ging ihm schon gewaltig auf die Nerven. Bloß nicht in seine Nähe kommen, dann wurde es meistens noch schlimmer. Aus irgendeinem Grund fing sie in seiner Anwesenheit besonders laut zu schreien an und konnte sich dann gar nicht mehr einkriegen. Wenn es ganz unerträglich wurde, verzog sich Noah in sein Zimmer und setzte Kopfhörer auf. Diese teuren, echt guten Dinger, die er von Evelyn zum Geburtstag bekommen hatte. Unter ihnen war die Umwelt komplett ausgeblendet. Zu Evelyn ging er gar nicht mehr so gern wie früher. Es war schöner gewesen, als Mona noch dort gewohnt hatte, obwohl er Evelyns Freundin fast nie zu Gesicht bekommen hatte. Dass sich die Erwachsenen immer trennen mussten. Genau wie seine Eltern. Warum überlegten sie sich nicht früher, ob sie zueinander passten? So schwer konnte das ja wohl nicht sein. Evelyn war streng und sagte ihm dauernd, er solle sich konzentrieren. Er hatte aber nicht die geringste Lust, sich auf dieses Zeug zu konzentrieren. Er hatte Wichtigeres zu tun. Früher war Evelyn noch lustig beim Strengsein gewesen. Heute ging das Lustige immer mehr unter. Evelyn fragte viel genauer nach als seine Mutter, sogar genauer als sein Vater. Sie kam ihm so allein vor, seit Mona ausgezogen war. Vielleicht wusste man in dem Alter nicht, was wichtig war, vielleicht kam das im Laufe der Jahre abhanden. Evelyn war seitdem anders, so viel stand fest. Noah hätte übrigens gewusst, was gut für sie war. Er hatte zu vielem gute Ideen, bloß interessierte das niemanden. Seine Mutter sagte: Ich habe jetzt keine

Zeit, Noah, ich muss mich um deine kleine Schwester kümmern, das siehst du doch. Sein Vater sagte: Was weißt du denn schon vom Leben, vom Geldverdienen und von Verantwortung. Evelyn sagte: Du musst dir wirklich ein bisschen mehr Mühe geben. Streng dich doch mal an. Von nichts kommt nichts.

4

Ungefähr einen Monat nach dem unerwünschten Besuch, inzwischen war es Mitte März, hatte Evelyn das Gefühl, er hätte niemals stattgefunden, so unwirklich kam es ihr vor. Wie aus einer anderen Welt, ohne Schnittmenge zu ihrer eigenen. Seit dem Abend im Februar hatte sie nichts mehr von Jennifer gehört. Eine Weile hatte sie befürchtet, dass es nicht zu Ende war und noch etwas nachkam, erneuter Überraschungsbesuch, Anruf, E-Mails, SMS, Post im Briefkasten, doch das war nicht geschehen. Eine richtige Freundin war Jennifer nie gewesen. Sie hatte Evelyn leidgetan, und eine Art Pflichtgefühl hatte sie damals an Jennifer gebunden. Ein Hauch Sympathie, die Kinder ja gern und großzügig verschenken, war sicher auch im Spiel gewesen, hauptsächlich aber Mitleid. Nicht schön, aber so war es. Und bewies es nicht im Nachhinein Evelyns feines Gespür für die

Benachteiligung anderer und dass ihr deren Unglück schon als Kind nicht gleichgültig gewesen war?

Zwischendurch fragte sie sich, ob sie das Ganze womöglich nur geträumt hatte. Die Sorte lebensechter, intensiver Traum, samt Gerüchen und allem. Zähe, quälende Gespräche über nichts. Teetrinken am Küchentisch. Ein feuchtes, stinkendes Handtuch hinten ins Regal gestopft. Das Handtuch mit dem Schimmelbelag war allerdings äußerst real gewesen. Evelyn hatte keinen Versuch unternommen, es noch zu retten, sondern es sofort weggeworfen. Im Grunde dachte sie kaum noch an die Begegnung in ihrer Küche. Aber manchmal blitzte es aus heiterem Himmel auf. Bei der Arbeit, wenn Rafael wieder endlos monologisierte und ihre Gedanken zu wandern begannen. In einer Bar, wenn eine draußen am Fenster vorbeigehende Frau entfernte Ähnlichkeit mit Jennifer aufwies. Plötzlich wiesen eine Menge Frauen entfernte Ähnlichkeit mit Jennifer auf. Kurz vor dem Hinübergleiten in den Schlaf. Dann war es besonders unangenehm. Evelyn schreckte hoch, brauchte einen Moment, um sich zu orientieren. Es kam vor, dass sie sich immer noch wunderte, warum Mona nicht neben ihr lag. Nach über einem Jahr sollte sie allmählich daran gewöhnt sein.

Abgesehen von diesen kurzen Momenten jedoch dachte sie kaum noch an Jennifer. Und trotzdem hatte sich seit dem Abend im Februar etwas Ungutes eingeschlichen, das nicht weichen wollte. Unterschwellig war es immer da. Ein widerliches kleines Gefühl.

Auch nach einem Monat hatte sie niemandem davon erzählt, obwohl sie wusste, dass es ihr wahrscheinlich guttäte. Doch wenn sie es erzählte, so ihre Befürchtung, würde es automatisch wahr werden, *richtig* wahr, würde sich festsetzen und nie mehr verschwinden. Sie wollte vergessen, und das ließ sich am ehesten dadurch erreichen, es nicht auszusprechen. Also schwieg sie. Bis zu dem Morgen, an dem sie ihren Arbeitskollegen Peter ansah und beschloss, mit ihm nach der Arbeit ein Bier trinken zu gehen. Dafür war er fast immer zu haben. Seit Peter geschieden war, verfügte er über eine Menge Freizeit, die er, soweit sie wusste, nicht besonders sinnvoll füllte. Hin und wieder ging er joggen oder ins Fitnessstudio, allerdings nur sehr halbherzig. Er trauerte seinem Familienleben mit Frau und Sohn hinterher, wenngleich er es damals nicht besonders zu schätzen gewusst hatte, wovon er heute allerdings nichts hören wollte.

Gerade, als sie darüber nachdachte, nahm Peter sie beiseite und schob sie in die Teeküche.

»Noah ist vor ein paar Tagen in der Schule verprügelt worden«, sagte er.

Probleme mit Noah waren nicht neu, Prügeleien hatten bislang aber nicht dazugehört.

»Wart ihr in der Schule?«, fragte Evelyn.

»Ich war bei seiner Lehrerin. Anke natürlich nicht. Anke hat ja jetzt ihre neue Familie. Für Noah bleibt da keine Zeit. Manchmal denke ich schon darüber nach, ob ich ihn zu mir holen soll.«

Davon sprach Peter zwar oft, aber Evelyn wusste, dass er nur von einer Idealvorstellung träumte, er und Noah, Vater und Sohn in trauter Zweisamkeit, die zusammen Fußball spielten, Drachen auf dem Tempelhofer Feld steigen ließen und Radtouren in Brandenburg unternahmen, und alle Probleme wären gelöst. In Wahrheit brachte er meist nicht genug Geduld für Noah auf.

»Wie ist das denn passiert?«, fragte sie.

»So genau hat er es nicht erzählt. Du weißt ja, wie er ist. Immer so verschlossen. Alles muss man ihm aus der Nase ziehen. Es waren wohl ein paar ältere Jungs, die ständig Ärger machen.«

Noah hatte seit der Grundschule Probleme mit der Konzentration und dem Lernen. Deswegen gab Evelyn ihm einmal pro Woche Nachhilfe. Es hatte sich so ergeben. Was ursprünglich nur für ein paar Wochen, höchstens Monate gedacht war, bis zur Versetzung, hatte auch die nächste und übernächste Klasse überdauert und hielt bis heute an. Damals hatte Peter von den schulischen Problemen seines Sohnes berichtet. Von seiner Frau und ihm »nahm er nichts an«, so ähnlich hatte er sich ausgedrückt. Einige Tage nach diesem Gespräch hatte Noah sich mitsamt seinen Schulsachen bei Evelyn eingefunden, von Peter gebracht. Inzwischen fuhr er mit der U-Bahn oder dem Fahrrad. Evelyn und Mona hatten gerade die Wohnung in der Kulmer Straße bezogen, im Glauben, es wäre für immer. Nun lebte Evelyn allein dort, und Peter und Anke waren geschieden. Und Noah hatte nicht nur schlechte Noten, sondern geriet auch noch in Schlägereien.

»Kannst du nicht mal mit ihm reden?«, fragte Peter. »Dir erzählt er doch viel mehr.«

Neuerdings fing Peter immer damit an, Noah zum Klavierunterricht zu schicken. Woran er, soweit Evelyn wusste, nicht das geringste Interesse hatte. Wozu soll das gut sein?, fragte sie Peter. – Vielleicht lernt er dann, sich zu konzentrieren. Evelyn riet ihm davon ab. Das war nichts für Noah. Dass die Mittelschicht-Bildungsbürger das Heil ihrer Kinder immer im Klavierunterricht sahen, als würde er alle Probleme lösen.

Evelyn ging an diesem Tag kein Bier nach der Arbeit mit ihrem Kollegen trinken, und genauso schnell, wie das Bedürfnis aufgekommen war, ihm von Jennifers Besuch zu erzählen, war es auch wieder verflogen. Sie wollte ja nicht wirklich darüber reden. Sie wollte es nicht in allen Einzelheiten schildern, Jennifers Aussehen, das Loch im Mantel, der unappetitliche Fleck vorn auf dem T-Shirt, das leicht Verwahrloste. Sie wollte die ganze Geschichte vergessen und nicht auch noch künstlich am Leben erhalten.

Der Anblick, der sich am U-Bahnhof Yorckstraße bot, war fast immer der gleiche, im Winter mehr als im Sommer, abends stärker als tagsüber. Abgerissene

Gestalten, die hier herumlungerten oder vielleicht auch dauerhaft campierten, zumindest so lange, bis die BVG nachts das Gitter zum Eingang verschloss. Elend. Die einzigen Habseligkeiten in Plastiktüten auf den Bänken verteilt. Fast immer Gegröle und lautstarker Streit. Evelyn ignorierte es in der Regel, sah nicht hin, so wie alle anderen auch, und machte, dass sie diesen Ort schnell verließ und an die Oberfläche zurückkehrte. Heute ging sie langsamer als sonst und blickte sich um. Überwiegend hielten sich hier Männer auf, aber ein paar wenige Frauen waren auch darunter. Sie hätte sich nicht gewundert, Jennifer unter den ganzen Gestrandeten zu entdecken. Aber nein. Jennifer war längst wieder daheim. Dort, wo es keine U-Bahnstationen gab und wohin sie gehörte.

Auf der Straße rief eine Frauenstimme hinter ihr laut »Elli«, und Evelyn schrak zusammen. Jennifer. Das musste Jennifer sein. Sie war wieder hier. Oder seit Februar nie weggewesen. Als hätte Evelyn sie durch bloßes Denken heraufbeschworen. Seit der Schulzeit hatte sie keiner mehr Elli genannt, und sie hatte diesen Namen völlig vergessen. Zumindest hatte sie das rund dreißig Jahre lang gedacht. Evelyn war kein Spitz- und Kosenamenmensch, und tatsächlich hatte sie auch damals niemand so genannt, ihre Eltern und ihre zwei Brüder nicht, keine sonstigen Verwandten und auch keine Mitschüler. Nur Jennifer. Evelyn wusste nicht, wie sie darauf gekommen war, Elli, und hatte auch nie nachgefragt. »Du bist jetzt

Elli«, hatte Jennifer eines Tages verkündet, »meine Elli.« Evelyn war anfangs durchaus davon angetan gewesen und hatte eine Weile damit geliebäugelt, künftig für alle so zu heißen, Elli, nicht Evelyn. Sie war nach einer Tante ihres Vaters benannt, die dieser wohl besonders verehrt hatte, und hatte ihren Namen lange Zeit gehasst. Altmodisch. Zu einer ganz anderen Generation gehörend. Irgendwann hatte sie sich dann an ihn gewöhnt, so wie man zwangsläufig auch seinen Frieden mit den eigenen Haaren machte, der Augenfarbe, der Gestalt und dem meisten anderen. Den Namen Elli, der nie wirklich ihrer gewesen und ihr immer fremd geblieben war, wurde sie los, sobald sich ihre und Jennifers Wege trennten. Er gefiel ihr plötzlich auch nicht mehr – falls ihr der Name überhaupt jemals gefallen hatte und die Behauptung, ihn zu mögen, nicht eher eine freundliche Geste Jennifer gegenüber gewesen war, weil sie es so schwer hatte.

Evelyn wagte kaum, sich umzudrehen. Und dann bemerkte sie erleichtert und auch ein bisschen peinlich berührt, weil sie gar nicht gemeint war, aber felsenfest davon überzeugt gewesen war, gemeint zu sein, eine Frau auf der anderen Straßenseite, rund zehn Jahre jünger als sie, die jetzt freudig jemandem zuwinkte. Eine andere Frau, diejenige, die gerufen hatte, lief ihr entgegen, sie umarmten sich. Es hatte nichts mit Evelyn zu tun. Keine Jennifer, die einen Monat später immer noch hier herumgeisterte und sie heimsuchte. Sie lachte erleichtert auf, viel zu laut und dem Anlass nicht angemessen, es klang in ihren eigenen Ohren schrill und fast hysterisch, was allerdings keiner sonderlich zur Kenntnis nahm. Auffälliges Verhalten war hier nicht weiter ungewöhnlich, wenngleich Evelyn eine Weile gedacht hatte, in einer etwas besseren Gegend zu wohnen.

Damals

Das sommers wie winters abgedunkelte Zimmer sowie den Vater bei Kunstlicht bekam ich nicht mehr zu Gesicht, was mich nicht störte. Im Gegenteil, er war mir nicht geheuer. Es hatte sich eingebürgert, dass ich nach oben unters Dach geführt wurde, wenn ich sie besuchte. Gescheucht, besser gesagt. »Komm, lass uns gleich hochgehen.« Genau genommen wusste ich nicht, ob der Vater immer noch da war, im finsteren Raum über seinen Papieren. Einige Väter hauten ja ab. Oder waren tot. Manchmal hörte ich Gepolter von unten, wenn wir eine Etage höher in ihrem schäbigen Jugendzimmer saßen. Ob das der Vater war? Sie schwieg sich darüber aus. Reagierte gar nicht darauf.

Ich sagte: »Was war das?«

»Was?«

»Na, von unten. Hast du das nicht gehört?«

»Weiß nicht, was du meinst. Ich habe nichts gehört.«

Ich hegte inzwischen Zweifel, ob sich im Senfglas des Vaters wirklich Wasser befand. Irgendwann war es also nicht nur tabu, ihn zu stören, sondern auch, ihn bloß zu erwähnen. Das war nicht immer so gewesen. In der Grundschulzeit hatte sie durchaus noch Auskunft über ihren Vater gegeben, wenn auch nur spärlich. Er sei Frührentner und deswegen immer zu Hause. Meine eigenen Eltern sprachen manchmal abfällig über einen Onkel, zu dem wir keinen Kontakt hatten. Obwohl noch vergleichsweise jung, war dieser Onkel ebenfalls Frührentner. In meiner Vorstellung bedeutete das entweder, dass er sehr krank war oder sehr faul. Meine Eltern nannten jenen Onkel, zu dem wir keinen Kontakt hatten, faul. »Der macht sich ein schönes Leben«, sagten sie, »und wir rackern uns ab.«

Nicht nur mit ihrem Vater verhielt es sich anders, als ich es kannte, auch sie war anders. Das war mir schon ganz früh bewusst gewesen. Oder vielleicht nicht unbedingt bewusst – ich hatte es gespürt. So wie unsere Klassenkameraden, die zwar über sie tuschelten, sie aber weitgehend in Ruhe ließen, auch. Sie wurde instinktiv gemieden. Bekam nie Besuch von anderen Kindern. Nur von mir. Und auch später, als wir Jugendliche wurden, nicht von Mitschülern und Mitschülerinnen oder von Gleichaltrigen aus der Nachbarschaft. Es waren wohl mal andere Kinder dort gewesen, aber nie mehr wiedergekommen. Darüber sprach sie nicht.

Der stumme, nicht arbeitende Vater, der mit seinem farblosen Getränk, das ich lange für Wasser gehalten hatte, hinter zugezogenen Vorhängen saß. Der Kanarienvogel, der nie fliegen durfte und es vielleicht gar nicht mehr konnte. Die sehr bemühte Mutter, auf schroffe Art freundlich, die eine Mischung aus Mitleid und Abscheu in mir hervorrief. Die unübersehbare Armut. Die verrückten Sachen, die sie in ihrem Jugendzimmer manchmal von sich gab, wirklich verrückt und gleichermaßen faszinierend. Niemand, den ich kannte, sagte so etwas, auch nicht meine Brüder. Sie sagte Sachen wie: »Die Charlotte kann ich gar nicht leiden.« – So weit, so gut. Charlotte konnte ich auch nicht besonders gut leiden. – »Die erzählt dauernd von ihren Klavierstunden.« – Das traf zu. Unsere Mitschülerin Charlotte erwähnte ihren Klavierunterricht, auf den sie mächtig stolz war, oft. – »Findest du nicht auch, der sollte man die Finger brechen, knack, knack, knack, ich kann das richtig hören, einen nach dem anderen, und dann ist Schluss mit den Klavierstunden. Das findest du doch auch, oder?« – Und wie zur Illustration zerbrach sie nacheinander ein paar der faden Salzstangen, knack, knack, knack, die es anstelle von teuren Kartoffelchips gab.

Oder sie ließ sich fachkundig darüber aus, wie man sich die Pulsadern aufschneidet.

Ich deutete einen Schnitt quer über die Innenseite meines Handgelenks an. »So, oder?«, sagte ich. Im Alter von neun, zehn oder elf Jahren hatte ich noch nie über aufgeschnittene Pulsadern nachgedacht.

»Mensch, bist du blöd«, entgegnete sie daraufhin, »du kennst dich wohl gar nicht aus. Man muss so schneiden, hier, siehst du« – sie demonstrierte mit ihrem Finger einen Längsschnitt – »sonst geht es wieder zu und bringt überhaupt nichts. Es muss doch was bringen. Sonst kann man's ja gleich lassen. Du traust dich das natürlich nicht.«

Manchmal kramte sie etwas hervor, das sie in dem Laden nebenan hatte mitgehen lassen. Nichts Besonderes. Eine Tüte Weingummi, diese gemischten, zusammen mit Lakritz, die wir beide mochten, ihre Mutter ihr aber nie kaufte und die ihr deswegen umso begehrenswerter erschienen. Filzstifte. Glitzerstifte. Teure Kartoffelchips waren schlecht zu stehlen, weil man die voluminöse Tüte nur schwer unentdeckt unter den Pullover stecken konnte, was nicht hieß, dass sie es nicht probierte. Dinge, mit denen wir beide nichts anfangen konnten: Kondome. Shampoo. Schminksachen. Illustrierte mit Kochrezepten.

Ich fand das schräg und außerdem schlimm. Man darf nichts stehlen, so war ich erzogen. Meine Familie war auch nicht reich, aber Stehlen, das taten nur solche weit unter uns, und wir bildeten uns eine Menge auf unsere Rechtschaffenheit ein. Ich entschuldigte sie jedoch damit, dass sie in so armen Verhältnissen aufwuchs und sich dann eben manchmal etwas nehmen musste, weil sie es sonst nicht bekam.

Genauso wie das Diebesgut aus dem Laden versteckte sie auch Zeichnungen in ihrem Zimmer. Vor den Augen ihrer Mutter, vermutete ich, denn außer mir bekam sie ja nie Besuch. Die Zeichnungen waren alle mit Bleistift ausgeführt, nicht mit den Wasserfarben, mit denen wir im Kunstunterricht immer zugange waren. Sie liebte das Schraffieren. Manchmal kritzelte sie so etwas auch im Unterricht an den Heftrand, was Lehrer, falls sie es mitbekamen, zu Äußerungen anregte wie: dass sie ja durchaus eine gewisse Begabung erkennen lasse, ihre Motive aber überdenken solle. Sie zeichnete gern Waffen. Scharfe, spitze Gegenstände. Außerdem seltsam ineinander verschlungene Leiber, die mir irgendwie sexuell vorkamen, obwohl sie nur entfernt als Menschen zu erkennen waren. Vielleicht ja auch gar keine waren. Sondern irgendwelche Weichtiere. Oder Außerirdische.

5

Falsche Zeit, falscher Ort. Pech für Noah. Er war schon oft ungeschoren davongekommen, an diesem Tag jedoch nicht. An diesem Tag hatte es ihn voll erwischt.

Kasimir, Mustafa und Dragan hatten ihn zuerst ein bisschen getriezt, wie sie es mit allen taten. Ihn in eine Ecke des Schulhofs gedrängt. Hin und her geschubst. Schwule Sau und Spast und Opfer zu ihm gesagt.

»Dich liebt ja nicht mal deine Mutter, du Missgeburt.«

Das traf ihn, weil vielleicht etwas dran war. Sie hatten Geld von ihm verlangt, das sie unter Gelächter »Schutzgeld« nannten. »He, Alter, wir kriegen Schutzgeld von dir.« Noah hatte nur knapp fünfzehn Euro bei sich, die er sofort hervorkramte und Dragan in die Hand drückte.

»Mehr hast du nicht? Deine Alten haben doch Kohle, oder?« Dragan zerrte an Noahs Jacke und trat auf einen seiner neuen weißen Sneaker, sodass ein Fleck zurückblieb. Er steckte den Zehn-Euro-Schein ein und warf die Münzen neben Noah auf den Boden.

Noah befürchtete, dass sie als Nächstes sein Smartphone verlangten. Mit zehn Euro gaben sie sich ganz sicher nicht zufrieden. Sein Smartphone, bloß das nicht! Wie sollte er das seiner Mutter erklären? Es wäre das zweite innerhalb von nicht einmal sechs Monaten gewesen.

Doch daran zeigten sie heute kein Interesse. Fiese Typen, die drei, unterirdisch. Sie hatten ihn in die Enge getrieben und nicht von ihm abgelassen. Niemand bemerkte etwas. Vor allem keiner vom Lehrpersonal. Die sahen, wie Noah wusste, aber sowieso gern weg. Der Schulhof lag verlassen da. Wie ausgestorben. Wo waren denn die ganzen Leute? Noah hatte getrödelt. Er war manchmal verträumt und vergaß die Zeit. Zuerst hatte er gedacht, es läuft so ab wie immer, sie hauen ihre Sprüche raus, drohen ihm ein bisschen, nehmen das Geld, fuchteln mit einem Messer vor seinem Gesicht herum, mindestens einer von ihnen trug immer ein Messer bei sich, obwohl das natürlich streng verboten war, und gut ist, blöde Arschlöcher, hoffentlich fliegt ihr bald von der Schule.

Aber diesmal war es anders, und ein verbotenes Messer kam gar nicht zum Einsatz.

Mustafa zog lautstark Rotz hoch und spuckte ihn auf den Boden.

»Leck das auf«, sagte er.

»Was?«

»Bist du taub? Behindert oder so? Du sollst das auflecken.«

Das meinte er doch nicht ernst?

»Nein, das mache ich nicht.«

»Los, runter mit dir, schwule Sau, bück dich und leck das auf!«

Bis hierhin hatte Noah es noch für einen Scherz gehalten. Oder eine Art Missverständnis. Im nächsten Moment würde einer von ihnen sein Smartphone verlangen. Ganz sicher. Sie würden sich über sein panisches Gesicht kaputtlachen und sagen: Da haben wir dir aber Angst gemacht, was? Noah hätte bereitwillig sein Handy geopfert, auch wenn das unweigerlich großen Ärger mit seiner Mutter nach sich gezogen hätte, er war sogar kurz davor, es von selbst anzubieten, wenn das bedeutete, das Ganze unbeschadet zu überstehen, he, wollt ihr nicht mein iPhone? Ist ganz neu! Aber dann dämmerte ihm, dass es keins von beidem war. Weder ein Scherz noch ein Missverständnis. Sie meinten es ernst. Sie verlangten das jetzt wirklich von ihm. Und noch immer war niemand in Sicht, der ihn hätte retten können. Hätte ihn überhaupt jemand gerettet?

»Hast du nicht gehört? Runter mit dir! Auflecken! Mach schon!«

Mustafa versetzte ihm einen Tritt, Dragan kurz darauf einen Schlag ins Gesicht, und beides zusammen warf Noah auf die Knie. Er hörte einen kläffenden Hund und eine Polizeisirene. Die Polizei kam bestimmt nicht zum Schulhof, um ihn zu retten. Er hörte Kasimir, Mustafa und Dragan dreckig lachen. Direkt vor ihm der schleimige, dickflüssige Batzen. Noah drehte sich der Magen um. Schon beim bloßen Gedanken daran kam ihm alles hoch. Er konnte das nicht tun, nein, er konnte einfach nicht. Sein Kopf wurde nach unten gedrückt. Fast direkt in die ekelhafte Spucke hinein. Die Hand auf seinem Hinterkopf drückte unerbittlich. Tief. Noch tiefer. Noah schloss die Augen – in der Hoffnung, dass es weniger schlimm wäre, wenn er es nicht sehen musste. Irgendwo hörte er Vögel fröhlich trällern. Wie unpassend. Wie konnten die so gute Laune haben? Sähe Noah gleich sein ganzes Leben vor sich ablaufen, wie es immer hieß? Weil er vor Scham und vor Ekel starb? Er dachte an seinen Vater. An Urlaube mit seinen Eltern, als seine Eltern noch ein Paar waren. Vor allem an die in Brandenburg, als sie noch nicht so viel Geld hatten. Das waren die besten Urlaube gewesen. Eigentlich war in seinem Leben schon lange nichts Gutes mehr passiert. Er dachte, das kann nicht sein, das passiert jetzt nicht wirklich. Hoffentlich sieht mich keiner. Wenn das jemand mitbekommt, kann ich mich nirgendwo mehr blicken lassen. Dann bin ich tot. Tot. Tot. Und dann streckte er die Zunge raus und tat es.

Niemand achtete auf ihn, als Noah nach Hause kam. Der neue Typ seiner Mutter war sowieso nicht da, seine Mutter mit dem neuen Kind beschäftigt. Sie sagte nur kurz Hallo und sah ihn dabei nicht einmal an. Noah ging in sein Zimmer, warf die Schultasche auf den Boden, Jacke und Schuhe hinterher, stürmte ins Bad und schloss die Tür hinter sich ab. Erst hier kamen die Tränen. Er hatte sich die ganze Zeit zusammengerissen, das konnte er gut, auf dem Schulhof, dem Weg nach Hause. Nun flossen sie ungehindert, der Rotz lief ihm aus der Nase, er schämte sich unendlich. Planlos suchte er im Badezimmer herum. Waschen. Wegwaschen. Sich reinigen. Das Rasierzeug des neuen Typen. Er hasste es.

Der ganze Schmink- und Schönheitskram seiner Mutter. Und wieso brauchte sie so viele Produkte für die Haare? Was stellte man mit einer Spülung und einem Conditioner an? Haare waren doch sowieso schon tot. Hatten sie neulich in Bio. Sein Vater verlor immer mehr davon und war dazu übergegangen, alles ganz kurz zu rasieren. Der neue Typ seiner Mutter hingegen hatte viele Haare. Vielleicht hatte sie sich ihn ja deswegen ausgesucht. Wozu brauchte seine Mutter drei Gesichtscremes? Der ganze Frauenkram störte Noah genauso wie das Rasierzeug des neuen Kerls.

Er musste sich beeilen, denn bald, das wusste er, würde seine Mutter an die Tür klopfen und fragen, was er so lange im Bad mache. Er griff zum Duschgel auf dem Badewannenrand, das sie alle benutzten, natürlich aus dem Bioladen wie das meiste in diesem Haushalt. Reinigen. Säubern. Auswaschen. Er neigte den Kopf nach hinten und drückte sich, ohne nachzudenken, eine ordentliche Menge davon in den Mund. Viel hilft viel. Daraufhin traten ihm noch mehr Tränen in die Augen, und er fing an zu würgen. War das nicht Bio und Öko und gesund und alles? Er unterdrückte Würgen und Heulen. Versuchte, das Duschgel wie ein Mundwasser in seiner Mundhöhle zu verteilen. Bemühte sich, das Zeug so lange im Mund zu behalten wie möglich. Er musste sich reinigen. Es musste alles ausgewaschen werden, diese widerwärtige, zähflüssige Spucke. Dann hielt er es nicht mehr aus, spie das aufgeschäumte Zeug ins Waschbecken und fing wieder an zu würgen. Übergeben hatte er sich schon auf der Straße direkt neben dem Schulhof, nachdem Kasimir, Mustafa und Dragan abgezogen waren.

Noah ging in sein Zimmer und legte sich aufs Bett. Ständig stieg etwas Beißendes, Heißes in seiner Speiseröhre hoch, das er mit aller Macht zurückdrängte. Darin war er gut. Er war stark. Konnte sich kontrollieren. Irgendwann klopfte seine Mutter an die Tür. »Noah, essen«, rief sie. »Kommst du?«

Inzwischen war ihr neuer Typ zu Hause und schwafelte in seiner üblichen Art herum. Noah hörte ihm meist gar nicht zu. Lohnte sich auch nicht. Der Tisch war gedeckt. Noah war total übel, sein Mund schmeckte nach Seife, obwohl das ja gar keine Seife war, sondern gesund und gut für die Haut, aus einem der Bioläden hier in Prenzlauer Berg. Erst hatte sich sein Mund besudelt angefühlt, jetzt verätzt. Er wollte nichts essen. Der neue Typ kümmerte sich nicht groß um ihn, seine Wir-sind-Kumpel-Anwandlungen hatte er schon vor längerer Zeit aufgegeben. Seine Mutter aber sah ihn jetzt aufmerksam an. Sie sah, dass Noah das Essen mit der Gabel von einer zur anderen Seite des Tellers schob. Und vor allem sah sie den sich entwickelnden Bluterguss in seinem Gesicht. Den hatte Noah völlig vergessen.

Sie wollte wissen, was das war. Spielte sich plötzlich als die fürsorgliche Mutter auf. Auch ihr neuer Kerl blickte nun zu ihm. Noah versuchte es mit »Ach, ist gar nichts«, dann mit »Ist im Sport passiert«, woraufhin seine Mutter bemerkte, dass er heute gar keinen Sportunterricht gehabt hatte. Dass seine Mutter seinen Stundenplan zu kennen schien, überraschte Noah. Sie ließ nicht locker, und so gestand er ihr schließlich, nach der Schule in eine Prügelei geraten zu sein. »Halt unter Jungs.« Was sich genau zugetragen hatte, verschwieg er natürlich.

Bald darauf verzog er sich in sein Zimmer. Er hörte seine Mutter mit ihrem neuen Kerl reden, aber sie waren so leise, dass er nichts verstand. Hoffentlich sprachen sie nicht über ihn, sondern über das neue Kind oder sonst was. Er musste immer noch würgen, wenn er an die ekelhafte Spucke auf dem Pflaster des Schulhofs dachte. Wenigstens waren sie allein gewesen. Die drei Arschlöcher und er. Davon durfte nie, wirklich niemals jemand erfahren. Das wäre Noahs sozialer Tod gewesen.

Wobei die drei das ja mit allen machten. Sie waren nicht wählerisch – Hauptsache, jünger und allein, Hauptsache, leichtes Spiel. Deswegen mieden die meisten sie weiträumig. Normalerweise auch Noah, aber heute hatte er nicht aufgepasst, und so hatte es ihn erwischt. Trotzdem, es ging gar nicht um ihn, das musste er sich immer wieder vergegenwärtigen. Sie hatten sich an einem Tag X ein zufälliges Opfer ausgesucht.

Noah hörte nichts mehr von seiner Mutter und ihrem neuen Kerl. Wahrscheinlich kümmerte sie sich wieder um das Baby. Oder sie hatten Sex. Ekelhaft. Er hatte sie schon mal dabei beobachtet. Jedenfalls ein bisschen. Manchmal wurde Noah die Aufgabe übertragen, auf seine kleine Schwester aufzupassen. Nur selten und auch nie allzu lange, höchstens für eine halbe Stunde, wenn seine Mutter noch einkaufen musste und ihr neuer Kerl nicht zu Hause war. Noch mehr als diese äußerst lästige Aufgabe hasste Noah die Zweifel im Gesicht seiner Mutter, ihr Zögern. Sie traute es ihm nicht zu, das war offensichtlich, dachte, er wäre zu blöd dafür, hatte aber keine andere Wahl. Was gab es hierbei schon groß zu beaufsichtigen? Das neue Kind lag die ganze Zeit in seinem winzigen Bett, konnte weder sprechen noch gehen, strampelte nur mit seinen unförmigen Beinen und glotzte ihn an. Manchmal, wenn es ausnahmsweise nicht schrie, war Noah sein Blick fast unheimlich. Er hatte nichts gegen das neue Kind und nichts dafür. Seine plötzlich in die Welt gefallene Existenz hatte sogar positive Seiten – seine Mutter achtete seitdem nicht mehr so genau auf ihn, und Noah konnte seiner Wege gehen und sein Ding machen. Er hatte nichts gegen das neue Kind. Und nichts dafür. Es war ihm egal. Wenn es bloß aufhören würde zu brüllen. Mit Vorliebe brüllte es bei seinem Anblick, sobald Noah nur in seine Nähe kam. Sie war ja nicht mal seine richtige Schwester. Nur halb. Die zweite – fremde – Hälfte stammte vom neuen Kerl seiner Mutter. Das waren bestimmt keine guten Gene. Andererseits konnte dieses madenartige Ding, das immer in pastellfarbenen Frotteebeuteln steckte, ja nichts dafür. Wenn sie brüllte, versuchte Noah sie zu beruhigen. Eititei, kitzel kitzel, kuckuck, kackack. Aber nichts half, sie hörte nicht zu schreien auf. Neben allem anderen war Noah auch ein bisschen gekränkt, weil sie sich vor allem bei ihm so aufführte. Er hatte diesem blöden Gör doch gar nichts getan.

6

Im April, zwei Monate nach der Heimsuchung, ging Evelyn abends los, um draußen eine Kleinigkeit zu essen. Sie war mit Katharina verabredet. Keine wirklich enge Freundin, aber eine, die Evelyn schon lange kannte. Nach Monas Auszug war Katharina überraschend zur Retterin geworden. Geduldig hatte sie sich Evelyns Klagen – Wut, Trauer der Verlassenen und alle möglichen Mischformen davon – angehört. Seitdem trafen sie sich regelmäßig zum Essen, auch wenn der akute Schmerz längst abgeklungen und dumpf und chronisch geworden war.

Neulich hatte Mona angerufen, als Evelyn gerade in einer Besprechung mit ihrem Team saß. Evelyn hatte einen Blick auf das stumm geschaltete Handy geworfen und sich ein kleines bisschen belästigt gefühlt. Was wollte Mona? Mussten sie immer noch Dinge austauschen? Vergessene Kleidungsstücke? Bücher? Stand noch eins ihrer geschmackvollen Schüsselchen in Evelyns Schrank? Unwahrscheinlich. Die Trennung der Güter war vollzogen. Evelyn hatte es damals so schnell wie möglich hinter sich bringen wollen.

Nach der Besprechung hatte sie in ihrem Büro überprüft, ob Mona etwas auf ihrer Mailbox hinterlassen hatte. Nichts. Auch keine schriftliche Nachricht. Am besten, sie blockierte ihre Nummer. Oder sollte sie zurückrufen? In den vergangenen Monaten hatte Mona es schon mehrfach versucht, Evelyn aber keinen dieser Anrufe angenommen. Mona gehörte nicht mehr zu ihrem Leben. Es ging ihr viel besser, wenn sie nichts mehr von ihrer Ex-Freundin sah oder hörte, und das sollte Mona gefälligst respektieren.

Nummer blockieren oder zurückrufen. Zwischen diesen beiden Möglichkeiten schwankte Evelyn, als Rafael das gemeinsame Büro betrat, Kaffeebecher in der einen und Tüte vom Bäcker in der anderen Hand.

»Oh, entschuldige«, sagte er, »hätte ich dir was mitbringen sollen? Ich habe dich gar nicht gefragt.«

So ging es in Evelyns Firma zu. Alle waren betont zuvorkommend und nett zueinander. Immer. Fast wie Freunde. Als herrschte nicht auch bei ihnen Konkurrenzdenken. Und Rafael, das wusste sie, neidete ihr den Teamleitungsposten, weil er der Ansicht war, er stünde ihm zu. Allerdings sprach er es nie aus.

»Nein, schon okay, kein Hunger.« Evelyn starrte noch immer auf ihr Smartphone. Sie legte es mit dem Display nach unten beiseite.

»Alles in Ordnung?«, fragte Rafael.

»Wieso? Klar, alles bestens.«

»Du weißt ja, wenn was ist, keine Ahnung, wenn du ein Problem hast oder so, auch privat, du kannst immer mit mir reden.«

Evelyn war der Ansicht, sie redete schon mehr als genug mit ihrem geschwätzigen Kollegen. »Ja, danke, weiß ich.«

Rafael holte ein belegtes Baguette aus der Tüte und fing an zu essen. Essen hielt ihn keineswegs vom Reden ab. Die hinter ihnen liegende Besprechung, sagte er, habe ihm »total viel gebracht«. Rafael redete und aß den ganzen Tag, wobei man ihm Letzteres nicht ansah. Entweder verschlang er riesige Brötchen wie jetzt oder Döner, Pizza und zwischendurch Kartoffelchips und Schokolade.

Als Evelyn am frühen Abend zu ihrer Verabredung mit Katharina aufbrach, dämmerte es. Sie mochte dieses unwirkliche Zwielicht, ein kurzer Moment des Wohlbehagens. Doch er hielt nicht lange an. Ein Mann mit Hund kam ihr entgegen. Beide, Mann und Hund, benahmen sich schlecht, und Evelyn wich ihnen aus, ohne sie aus den Augen zu lassen. Sie fürchtete sich vor Hunden. Jedenfalls vor großen. Damit hatte sie in Berlin keinen leichten Stand. Überall waren sie unterwegs und selten angeleint.

Der Hund näherte sich, sie spürte seine Schnauze am Bein. Abgelenkt von ihm, vielleicht auch von seinem Besitzer, der mit bedenklich taumelndem Schritt ging und wüste Verwünschungen ausstieß, bemerkte Evelyn zu spät, dass noch jemand anders auf sie zusteuerte. Dass es sich hierbei um Jennifer handelte, erkannte sie erst, als sie direkt vor ihr stand.

Jennifer. Schon wieder Jennifer. Keine Frau, die bloß eine gewisse Ähnlichkeit mit ihr aufwies. Das konnte nicht sein. Das war nicht möglich. Jetzt war April, nicht Februar. Es war jetzt viel wärmer und länger hell. War sie schon wieder hier oder immer noch? Evelyn wollte fragen, ob sie sich so oft Reisen nach Berlin und Hotelzimmer leisten könne. Sie fragen, was sie von ihr wollte. Doch sie schwieg. Sie war sprachlos. Dreißig Jahre nichts, kein Lebenszeichen, und jetzt kreuzte sie innerhalb von so kurzer Zeit zum zweiten Mal auf. Direkt in Evelyns Straße, nur wenige Meter von ihrem Haus entfernt, was für eine Unverschämtheit. Sie trug denselben Mantel wie im Februar, der mit dem Loch, obwohl es dafür allmählich zu warm war. Wahrscheinlich besaß sie nur diesen einen.

»Hallo, Elli. Du gehst wohl aus?«

Jennifer verhielt sich so, als wäre es eine ganz normale Begegnung, als würden sie sich gut kennen und alle paar Tage zufällig in der Kulmer Straße über den Weg laufen. Und wer sagte heute denn noch »ausgehen«? Offenbar jemand wie Jennifer, die in diesem Nest zwischen Ruhrgebiet und Münsterland lebte, wo sie auch bleiben sollte.

Als Teamleiterin sprach Evelyn dauernd mit Kollegen. Mit Kunden seltener, mit denen hatte man in der Qualitätssicherung nichts zu tun, obwohl man die ganze Arbeit ja nicht zuletzt für sie machte. Evelyn hatte ein reichhaltiges soziales Leben, kommunizierte mit Freundinnen und ungefähr einmal pro Woche mit dem dreizehnjährigen Noah. Anders als viele Kommilitonen hatte sie im Studium nie ein Problem damit gehabt, vor dem ganzen Seminar ein Referat zu halten. Sie war nicht um Worte verlegen. Wurde nicht mittendrin rot oder fing an, sich zu verhaspeln. Darunter litt Noah neuerdings. Erst wurde er rot und dann, wenn ihm die Hitze ins Gesicht schoss und die Röte auch seinen Hals überflutete, unverschämt und pampig.

Doch jetzt hatte es Evelyn die Sprache verschlagen. Sie brachte bloß ein »Hallo« heraus, ein Höflichkeitshallo, das man reflexhaft zu jedem sagte, zur Kassiererin im Supermarkt und zu Nachbarn im Treppenhaus, selbst zu dem eigenartigen Geisenberg, Professor an der FU für irgendein Orchideenfach, soweit sie wusste, das nach Ablauf seiner Professur aus Einsparungsgründen ohnehin gestrichen und weggekürzt werden würde, der ein Stockwerk unter Evelyn wohnte. Er erwiderte ihre Begrüßung nur selten.

Mann und Hund waren längst weitergezogen. Evelyn und Jennifer standen voreinander und wurden von vorbeigehenden Leuten wie Steine oder andere Hindernisse in einem Bach umflossen. Eine Frau manövrierte ihren Kinderwagen an ihnen vorbei und sagte: »Ihr könntet ja mal Platz machen, echt.« Evelyn hörte es kaum. Sie vermied den Blick in Jennifers Gesicht und sah stattdessen nach unten. Das Loch im Mantel. Genauso wie zwei Monate zuvor. Der Saum wirkte noch ausgefranster als im Februar. Es sah trostlos aus. Die ganze Erscheinung sah trostlos aus. Sie musste jetzt etwas sagen. Irgendetwas. Dass sie keine Zeit hatte. Weder jetzt noch morgen oder nächste Woche oder sonst wann. Dass sie nie Zeit für Jennifer haben würde. Sei nicht so passiv, sei nicht immer so passiv, los, komm, sag, was du willst. Dass Jennifer verschwinden und nie wiederkommen sollte. Dass sie ihr hiermit ein lebenslanges Betretungsverbot für die Kulmer Straße erteilte. Dass sie keine Lust hatte, sich aus Mitleid mit ihr abzugeben, so wie damals. Damals war vorbei. Schon seit Jahrzehnten. Damals war gar nicht mehr wahr.

Sie konnte Jennifers Gesichtsausdruck nicht deuten – wie auch nach dreißig Jahren. Sie kannte die Frau, die vor ihr stand und nun lächelte, kein bisschen, wollte sie auch nicht kennen und hatte absolut nichts mit ihr gemeinsam. Wieso, verdammt noch mal, bist du schon wieder hier? Jennifer machte einen durchaus freundlichen Eindruck mit diesem leicht entrückten Lächeln. Oder vielleicht eher einen bittenden? Freundlich-bittend? Schwer zu sagen.

Wollte sie eine Gratis-Unterkunft »unter Freunden«, »wir kennen uns ja schon so lange«, um kein Hotel zahlen zu müssen?

Bei genauerer Betrachtung allerdings wirkte sie gar nicht mehr freundlich, sondern zufrieden. Fast sogar ein bisschen selbstgefällig. Als hätte sie etwas erreicht. Als wäre ihr etwas Großartiges gelungen. Mehr noch – Jennifer sah triumphierend aus.

7

Evelyn musste zu ihrer Verabredung. Jetzt sofort. Sie hasste es, sich zu verspäten, konnte es auch bei Besprechungen und sonstigen Arbeitsterminen nicht leiden, zu denen manche eintrudelten, wann es ihnen beliebte. Es war unhöflich und respektlos.

Jennifers Blick huschte hin und her, haarscharf an Evelyn vorbei. Der graue Haaransatz hatte sich seit dem letzten Mal um ein, zwei Zentimeter verbreitert. Als würde nach und nach die wahre, die echte Jennifer aus ihrem Kopf wachsen. Bestimmt wollte sie eine Unterkunft. Oder Geld. Evelyn fühlte sich um die Dämmerung betrogen, um den kurzen Moment, in dem alles in dieses schöne Licht getaucht war. Was hielt sie davon ab, Jennifer hier einfach stehen zu lassen?

Wie schnell es doch gehen konnte. Bis vor ein paar Minuten hätte Evelyn es noch einen gewöhnlichen, alles in allem nicht schlechten Tag mit der Aussicht auf einen angenehmen Abend genannt. Gewöhnlich und gleichzeitig angenehm, wie erstrebenswert. Das Leben, das Evelyn bevorzugte. Mona hingegen war immer auf der Suche nach Außergewöhnlichem. Jetzt hatte es plötzlich etwas von einem Albtraum. Und wenn schon kein Albtraum, dann zumindest eine empfindliche Störung. Bis vor wenigen Augenblicken war noch alles gut gewesen, und das Einzige, worüber Evelyn hätte nachdenken müssen, war die Frage, was sie gleich von der Karte wählte, ob sie auch eine Vorspeise nehmen oder sich eine mit Katharina teilen sollte. Sie hatte sich auf Katharina gefreut, mit der sie über alles Mögliche sprechen würde, über eins jedoch ganz sicher nicht – über Mona. Mona erwähnte sie schon lange nicht mehr. Diese Phase lag hinter ihr. Aus und vorbei. Evelyn war geheilt. Dann war ihr der leicht schwankende Mann mit dem unruhigen Hund entgegengekommen. Der Scheißköter, der an ihr herumgeschnüffelt hatte. Die Viecher rochen es, wenn man sich vor ihnen fürchtete, und es gefiel ihnen. Wahrscheinlich hatte Jennifer das Ganze mitbekommen. Wie lange hatte sie schon dort gestanden und Evelyn beobachtet?

Genau genommen hielt Evelyn nichts davon ab, einfach weiterzugehen und Jennifer stehen zu lassen. Abgesehen von der Höflichkeit vielleicht, die sie fast allen entgegenbrachte. Höflichkeit war wichtig. Der Kitt im menschlichen Miteinander. Evelyn beherrschte sie und praktizierte sie jeden Tag bei der Arbeit. Sogar Mona gegenüber war sie in der Trennungszeit höflich geblieben. Meistens zumindest. Und auch bei Noah, obwohl er es ihr in letzter Zeit nicht gerade leicht machte. Jeder hatte ihrer Meinung nach Höflichkeit verdient.

Wirklich jeder? Auch Jennifer? Wenn Evelyn diese Person jetzt ohne Erklärung einfach hier stehen ließe, zöge das sicher keine Minuspunkte auf ihrem Konto für gutes und schlechtes Benehmen nach sich, sondern hätte als Selbstschutz gegolten, sogar als Notwehr.

Sie zwang sich, an etwas völlig Alltägliches zu denken, um Jennifers Anwesenheit auszublenden. Die Kulmer Straße hatte sie immer als ein schönes Zuhause empfunden, auch dann noch, als Mona ausgezogen war. Als letzten Akt hatte sie Evelyn ihren Schlüssel überreicht. Zuerst hatte Evelyn befürchtet, dass sie die Wohnung möglicherweise nicht mehr ertrug, weil alles darin sie an Mona und die gemeinsame Zeit mit ihr erinnern würde, doch das Gegenteil war der Fall gewesen. Es hatte sich, bei aller Trauer um eine gescheiterte Liebe, auch Erleichterung eingestellt. Kein Frühstücksritual mit Schälchen und Schüsselchen und Kerzen mehr. Keine Du-Sofa-Hase-steh-endlich-auf-und-lass-uns-was-unternehmen-Tyrannei.

Evelyn hatte die Kulmer Straße immer als schönes und auch sicheres Zuhause empfunden. Mit der Sicherheit war es nun vorbei. Jennifer wusste, wo sie wohnte. Woher sie das wusste, war Evelyn nach wie vor ein Rätsel. Die nebulöse Erklärung mit dem alten Schulfreund, der angeblich auch in Berlin lebte und Jennifer die Adresse verraten hatte, war erlogen. Jennifer hatte bei Evelyns Frage nur einen kurzen Moment gezögert, kaum wahrnehmbar, und ihr dann diese wenig glaubhafte Geschichte aufgetischt, ohne dabei rot zu werden oder sich sonst wie zu verraten. Natürlich war beiden klar gewesen, dass sie log, im selben Moment, als sie es ausgesprochen hatte. Und nun stand Jennifer schon wieder in Evelyns Straße, ganz nah bei ihrem Haus. Wie oft wollte sie noch bei ihr aufkreuzen? Wohnte sie am Ende bereits in Berlin? Das konnte Evelyn sich bei den Mietpreisen allerdings nicht vorstellen.

Sie dachte an den zurückliegenden Arbeitstag. Wie eine Übung in autogenem Training. An die Arbeit zu denken, war in jedem Fall besser, als sich dieser Situation zu stellen. Ob sie alles erfüllt hatte, was von einer Teamleiterin erwartet wurde. Sie atmete ganz bewusst. Konzentriert und tief. Als Nächstes dachte sie an Noah. Sein Besuch stand morgen an. Wie viel lieber sich Evelyn jetzt mit Noah über Algebra, Englischvokabeln und seine elende Faulheit gestritten hätte. Für sie war er immer noch ein kleiner Junge, aber möglicherweise lag sie damit falsch.

Noah hatte sich in den letzten Monaten verändert.

Nicht verändert hingegen hatte sich seine Einstellung zur Schule. Er hatte schon in der Grundschule geglaubt, keinen Finger dafür rühren zu müssen, weil ihm alles von selbst zuflog. Leider flog ihm nichts zu. Aber er hatte immer gern Zeit mit Evelyn in der Küche verbracht. Als Mona noch in der Kulmer Straße wohnte, hatte sie Noah meist ignoriert und die Küche gemieden, wenn er da war. »Warum machst du das eigentlich?«, hatte sie oft gefragt. »Das verstehe ich nicht. Er ist ja ein netter Junge, aber du bist nicht mal seine Patentante.«

Manchmal fragte Evelyn sich selbst, warum sie immer noch die Nachhilfelehrerin für Noah spielte. Doch er war ihr in all den Jahren ans Herz gewachsen. Seit einer Weile legte er allerdings trotzige Züge an den Tag. Vermutlich hatte Evelyn sich getäuscht und er war längst in der Pubertät angekommen und steckte nicht auf ewig im kleinen Jungen fest. Neuerdings bemühte er sich, mit tiefer, erwachsener Stimme zu sprechen, was meistens misslang, und stets das große Desinteresse an allem und jedem, insbesondere den Aufgaben für die Schule, zur Schau zu stellen. Gleichzeitig spielte er immer noch mit seinen Dinosauriern herum. Und jetzt die Prügelei, in die er laut Peter geraten war. Oder die er sogar angezettelt hatte? Peter hatte sich unklar ausgedrückt und Noah nicht darüber reden wollen, auch nicht mit Evelyn. Darauf angesprochen, war er zuerst rot geworden und hatte es dann als Lappalie abgetan oder besser: als eine »Sache unter Jungs, davon verstehst du nichts«. Überhaupt war er zu dem Schluss gekommen, dass Evelyn von einer Menge nichts verstand. Evelyn konnte sich Noah beim besten Willen nicht als Beteiligten oder gar Auslöser einer Prügelei vorstellen, zumal er auch so empfindlich war, wenn ihm etwas wehtat. Dann jammerte er fast ein bisschen übertrieben. Sein Schmerzempfinden, erklärte er, sei eben ausgeprägter als bei anderen. Evelyn hatte ihm einen kleinen Vortrag darüber gehalten, wie wichtig es war, sich stets freundlich und rücksichtsvoll zu verhalten, egal, wem gegenüber, und niemals, auf gar keinen Fall, gewalttätig zu werden, denn Gewalt, hatte sie weiterdoziert, löse keine Probleme, sondern nur noch mehr Gewalt aus. Ja, ja, red du nur, hatte sein Blick gesagt. Augen-Verdrehen, Markenzeichen der Pubertät, gehörte inzwischen auch zu Noahs Repertoire. Er hatte wieder dieses betonte Zurschaustellen unendlicher Langeweile präsentiert und das Maul seines Velociraptors auf- und zugeklappt.

Mittlerweile war die Dämmerung der Dunkelheit gewichen. Evelyn wollte nicht länger mit dieser Person hier herumstehen. Sie ging davon aus, dass Jennifer sich kein Hotel leisten konnte. Auch kein Taxi oder sonstige Annehmlichkeiten des Lebens. Sie war plötzlich der festen Überzeugung, dass Jennifer sie gleich fragen würde, ob sie ein paar Tage bei ihr wohnen könne. Oder dass sie Geld von ihr leihen wollte, weil sie Evelyn für vermögend hielt. Oder am besten beides. Unterkunft und Geld. Warum sonst tauchte sie nach ein paar Wochen jetzt zum zweiten Mal hier auf? Irgendetwas musste sie sich davon versprechen.

Entbehrungen waren Evelyn nicht fremd. Im Studium hatte sie sich selbst nie etwas leisten können. Und auch vorher nicht. Ihr Zuhause mit Eltern und zwei Brüdern war zwar nicht mit dem Jennifers zu vergleichen, sie waren nicht arm, hatten genug zu essen gehabt, konnten auch Schulbücher und Klassenfahrten bezahlen, mussten aber immer sparen. »Das Geld wächst nicht auf Bäumen« war eine häufig fallende Bemerkung. Urlaub, neue Kleidung, größere Anschaffungen waren etwas Besonderes gewesen.

Heute war das anders. Evelyn musste nicht mehr sparen. Sie konnte essen gehen, so wie heute, ohne darüber nachdenken oder sich deswegen einschränken zu müssen, konnte die Miete und ihre Rechnungen zahlen und sich kleinere und auch größere Bedürfnisse erfüllen. In Urlaub fahren. Wobei sie seit der Trennung von Mona nicht mehr verreist war. Hatte Mona mit ihrer Neuen Urlaub gemacht? Bestimmt.

Mit einiger Verzögerung fand Evelyn ihre Sprache wieder. »Es ist ja nett, dich wiederzusehen«, sagte sie, »und so kurz hintereinander, aber ich muss jetzt los. Ich hab's ein bisschen eilig.«

Jennifer ging darauf nicht ein. Entweder bemerkte sie Evelyns Unruhe nicht oder es war ihr egal. Wie im Februar in Evelyns Küche huschte ihr Blick unstet hin und her, und sie mied den direkten Augenkontakt. »Hast du dich nicht gefragt, warum ich nicht schon früher gekommen bin?«, sagte sie. »Sondern erst nach dreißig Jahren?«

Nein, das hatte Evelyn sich nicht gefragt. In diesen drei Jahrzehnten hatte sie so gut wie nie an Jennifer gedacht und sie schließlich irgendwann vergessen. Sie musste sie jetzt loswerden.

»Du hast mich neulich nicht wiedererkannt, oder?«, sagte Jennifer. »Das hat mich verletzt. Aber es kann sein, dass ich mich verändert habe. Ich hatte einige … Probleme. Eine ganze Weile. Da konnte ich mich um gar nichts kümmern, nicht mal um Einkaufen oder so was, da war mir alles zu viel, der ganze Alltag ist mir um die Ohren geflogen. Das hat ziemlich lange gedauert, zwei Jahre ungefähr. Und als es mir endlich besser ging, habe ich jemanden aus der Schule getroffen, und der hat mir erzählt, dass du in Berlin bist. Oder habe ich das schon erwähnt? Manchmal komme ich ein bisschen durcheinander. Passt zu ihr, habe ich gedacht. Großstadt und so. Ich könnte sie ja mal besuchen, habe ich gedacht. Wegen der alten Zeiten und so.«

Zum zweiten Mal innerhalb von acht Wochen?

Du tust mir leid, dachte Evelyn, wie du hier in deinen abgerissenen Klamotten stehst. Du hast mir schon damals leidgetan. Aber ich konnte dir nicht helfen. Was willst du von mir?

Der nächste Hund näherte sich. Angeleint zwar, aber die Leine war weit ausgefahren, und die Besitzerin telefonierte und achtete nicht auf ihn. Er steuerte auf Evelyn und Jennifer zu. Evelyn trat zur Seite, bemüht, es wie nebenbei aussehen zu lassen, als hätte diese Ausweichbewegung rein gar nichts mit dem Hund zu tun.

»Immer noch Angst vor Hunden?«, fragte Jennifer mit einem leicht überheblichen, völlig unangebrachten Grinsen. »Weißt du noch, der Hund von den Jovanovics? Dieser schwarze? Mensch, hattest du Schiss vor dem. Ich ja auch, hatten wohl alle Kinder, du aber am meisten. Der war auch echt groß. Und der hat immer so geknurrt.«

Evelyn korrigierte sie nicht. Der Hund, ein schwarzer Riesenschnauzer, der nicht nur stets ohne Leine, sondern manchmal auch ohne Begleitung seiner Besitzer durch die Straßen der mittelgroßen Stadt streifte, hatte nicht der Familie Jovanovic gehört, die kein sonderliches Ansehen genoss, sondern den Gormanns, bei denen es sich umgekehrt verhielt. Die Gormanns wohnten nicht in einem Mehrfamilienhaus zur Miete. Sie besaßen ein Eigenheim. Mit Garten und sogar einem Swimmingpool. Letzteres war eine echte Seltenheit, sowohl zu dieser Zeit als auch in der mittelgroßen Stadt. Die Gormanns gingen außerdem Tennis spielen, was damals zwischen Ruhrgebiet und Münsterland als besonders exklusiv galt. Mitgliedschaft im Tennisverein zeigte, dass man es zu etwas gebracht hatte. Über die Jovanovics hingegen hatten sich alle das Maul zerrissen. Gingen die überhaupt arbeiten oder lebten sie von Stütze? Die Eltern waren ja dauernd zu Hause, nach Arbeit sah das nicht aus. Und wie viele Kinder hatten die überhaupt? Vier? Fünf? Das wusste niemand so genau.

»Ich mag Hunde«, sagte Jennifer. »Ich hätte selbst gern einen. Aber das war immer schwierig. Es hieß, ich komme mit der Verantwortung nicht zurecht. Dabei würde ich den Hund lieben, echt lieben. Du glaubst mir das doch, oder? Der Hund von den Jovanovics war gar nicht so schlimm. Der hat ja keinem was getan. Bloß halt immer so geknurrt. Du hattest wirklich besonders große Angst vor dem …« – wieder dieses überhebliche Grinsen à la ich weiß so viel über dich, Dinge, die sonst niemand weiß – »einmal bist du richtig hysterisch geworden, als der draußen rumlief. Du hast total geschrien und dich nicht mehr eingekriegt und bist weggerannt. Sollte man bei Hunden natürlich nicht machen, wegrennen, weiß man doch. Hast du dir nicht sogar in die … ach, egal. Ist ja schon lange her.«

Einerseits trug Jennifer dieses Grinsen im Gesicht, andererseits wich sie Evelyns Blick aus und wirkte unsicher, fast hilflos, und bedürftig. Vielleicht aber bildete sich Evelyn Hilflosigkeit und Bedürftigkeit nur ein. Wegen des Mantels. Der abgetretenen Absätze. Wegen des fehlenden Haarschnitts, des grauen Haaransatzes und der ganzen leicht verwahrlosten Erscheinung.

Evelyn zog ihr Handy hervor und sah auf die Uhrzeit. Nicht verstohlen, sondern mit Absicht ganz auffällig, um damit ein deutliches Zeichen zu senden. Ich habe keine Zeit für dich. Ich habe anderes zu tun. Besseres. Jemand wartet auf mich. Ich bin nämlich beliebt. Jennifer tat ihr leid. Aber Evelyn war nicht für sie verantwortlich. Damals nicht und heute erst recht nicht. Irgendwann war es auch mal gut mit dem Mitleid.

Der Blick auf die Uhr war offenbar kein Zeichen, das bei Jennifer ankam. Sie trat näher an Evelyn heran. Unangemessen nah. Evelyn musste ihre ganze Willensanstrengung aufbringen, um nicht zurückzuweichen. Jennifer griff nach ihrem Unterarm. Angesichts dieser schmächtigen, fast ungesund dünn wirkenden Person war Evelyn von der enormen Kraft in ihrer Hand überrascht. Mit eisernem Griff umfasste Jennifer ihren Arm, ließ nicht mehr los und sah ihr zum ersten Mal direkt in die Augen.

8

Noah war allein. Und er langweilte sich. Es wäre ein Leichtes gewesen, die Langeweile zu vertreiben, indem er etwas für die Schule tat, Hausaufgaben zum Beispiel, hier gab es so manche Baustelle, doch das kam ihm immer nur dann in den Sinn, wenn Nachhilfe bei Evelyn anstand. In einem anderen Raum schrie das neue Kind, seine Mutter redete beruhigend darauf ein. Oder was sie für beruhigend hielt. Immerhin funktionierte es bei ihr meist und das Kind gab Ruhe. Anders als bei Noah. Wenn er es versuchte, konnte er nichts gegen das Geschrei ausrichten. Was hatte dieses Balg bloß gegen ihn? Sie hatte doch noch gar kein richtig ausgebildetes Gehirn, konnte ganz sicher noch nicht denken, schien aber beschlossen zu haben, speziell gegen Noah eine tiefsitzende Abneigung zu hegen.

Er hatte nie die Wahrheit über den Nachmittag auf dem verlassenen Schulhof erzählt. Weder seinen Eltern noch der Klassenlehrerin oder Evelyn. Evelyn ging ihm seit einer Weile sowieso auf die Nerven. Noah fand, er war inzwischen zu alt, um sich von ihr kontrollieren zu lassen. Außerdem war er nicht mit ihr verwandt. Sie war nicht mal seine Patentante. Seine Erziehungsberechtigten – seine Eltern teilten sich das Sorgerecht – waren zu einem Gespräch mit der Klassenlehrerin und dem Direktor einbestellt worden. Auch Kasimir, Mustafa und Dragan hatten antanzen müssen, aber alles abgestritten, soweit er wusste. Was auch sonst. Den Lehrern gegenüber inszenierten sie sich gern als benachteiligte Unschuldslämmer. Noah hatte bei dem Gespräch mit seinen Erziehungsberechtigten, der Klassenlehrerin und dem Direktor die ganze Geschichte verharmlost, ach, das war gar nicht so schlimm – zum einen aus berechtigter Sorge vor zu erwartenden Vergeltungsaktionen der drei, zum anderen, weil er nicht wie ein jämmerliches kleines Opfer dastehen wollte. Die Spucke hatte er nicht erwähnt.

Auf dem Schulhof hatte er natürlich zuerst zu schummeln versucht, hatte versucht, nur so zu tun, als würde er diesen ekelhaften Sabber auflecken. Doch Kasimir, Mustafa und Dragan hatten genau hingeschaut und schließlich unter großem Gelächter sein Gesicht hineingestoßen, so wie manche Leute – sehr schlechte Menschen – die Schnauzen von Welpen in deren Ausscheidungen drückten, damit sie stubenrein wurden.

Der Direktor, die Klassenlehrerin und seine Erziehungsberechtigten kamen zu dem Schluss, mussten nach seiner Schilderung zu diesem Schluss kommen, dass Noah mit der Prügelei angefangen hatte, auch wenn die Gründe hierfür im Dunkeln blieben und er auch nichts zur Aufklärung beitrug. Seine Mutter verpasste ihm eine Woche Hausarrest. Noah ließ alle gern in dem Glauben, er hätte angefangen und es sei eine Auseinandersetzung unter Gleichen gewesen. Dafür nahm er auch den Hausarrest in Kauf, der ihm ohnehin nicht allzu viel ausmachte. Viel schwieriger war es, seiner Mutter beichten zu müssen, dass er sein Smartphone verloren hatte. Schon wieder. Das zweite Mal innerhalb von sechs Monaten.

»Weißt du, wie teuer das war?«, hatte seine Mutter gesagt. »Wie kannst du nur so achtlos mit deinen Sachen umgehen? Du musst doch mal deinen Kopf einschalten. Und nicht nur vor dich hinträumen. Wie kann man denn sein Handy verlieren? Du hängst doch dauernd an diesem Ding und legst es nicht aus der Hand.«

Noah war vage geblieben, wie und wo er es verloren hatte, irgendwo unterwegs, ist mir aus der Tasche gerutscht, tut mir leid. Tut mir leid zu sagen, war immer gut und die beste Taktik. Obwohl es ihm oft widerstrebte. Diesmal besänftigte es seine Mutter nicht. Sie war furchtbar wütend geworden. Doch irgendwann lag ein neues Smartphone auf seinem Kopfkissen. Nicht das neuste Modell, sondern die Version davor. Mit einem Zettel dazu: »Pass diesmal besser darauf auf!«

Er hatte es weder vor einem halben Jahr noch neulich verloren. In beiden Fällen hatte Noah es anstandslos und ohne Gegenwehr an Kasimir, Mustafa und Dragan ausgehändigt. Vor sechs Monaten hatte er das Smartphone und rund dreißig Euro verloren, jüngst neben dem Smartphone und zehn Euro auch seine Würde. Aber sie machten das mit allen, nicht nur mit ihm. Das musste er sich immer wieder aufs Neue sagen. Mit anderen stellten sie vielleicht noch viel Schlimmeres an, was nicht schön für die anderen war, aber irgendwie beruhigend für Noah.

Er hörte seine Mutter und das neue Kind wie durch einen wattigen Filter. Noah fühlte sich diesen Menschen weder nah noch zugehörig. Er hatte sich in unbeobachteten Momenten kleine Fiesheiten gegenüber seiner Schwester angewöhnt. Sie leicht in die speckigen Beine zwicken. Ein bisschen an ihren dünnen, flusigen Haaren ziehen. Nicht viel, nur ein bisschen. Dann schrie sie natürlich erst recht. Wenn sie bei meinem Anblick sowieso immer brüllt, dachte er, kann ich ihr auch einen Grund dafür geben. Das erschien ihm nur logisch.

Der Hausarrest, der Noah nichts ausgemacht hatte, lag längst hinter ihm. Seitdem fuhr er abends manchmal die paar Straßenbahnhaltestellen zum Mauerpark. Er hatte in der Schule mitbekommen, dass viele dort abhingen. Ältere zumeist, aber auch einige aus seiner Klasse und der Parallelklasse. Wenn er dort bekannte Gesichter sah, grüßte er kurz mit einem Nicken. Das fand er sehr erwachsen. Ansonsten streifte er allein umher. Er wollte nicht so aussehen, als gehörte er nirgendwo hin, obwohl dies der Wahrheit entsprach. Noah gehörte nirgendwo hin. Er wurde nicht direkt geschnitten, auch nicht ausgelacht oder gepiesackt – von Kasimir, Mustafa und Dragan einmal abgesehen –, aber es wollte auch keiner näher mit ihm zu tun haben. Kam er an solchen Abenden später nach Hause als erlaubt, folgte zwar Ärger mit seiner Mutter, aber so schlimm schien sie dieses Vergehen gar nicht zu finden. Noah hatte ein Telefonat zwischen ihr und seinem Vater belauscht. Seine Mutter berichtete, dass er offenbar Freunde habe und man wegen der Uhrzeiten auch ein Auge zudrücken könne. Noah hatte keine Freunde, aber auch das erzählte er weder seinen Erziehungsberechtigten noch Evelyn.

Kasimir, Mustafa und Dragan ließen ihn seit dem Vorfall auf dem verlassenen Schulhof eine Weile in Ruhe. Allerdings glaubte Noah nicht, dass es dabei blieb. Er achtete darauf, sie niemals allein anzutreffen, trödelte nach dem Unterricht nicht herum, sondern fuhr sofort nach Hause, und in den Pausen stellte er sich in die Nähe von Mitschülern. Schutz in der Gemeinschaft. Sie verscheuchten ihn nicht, ließen ihn allerdings auch nicht an ihren Gesprächen teilhaben. Das konnte er aushalten, solange er bloß nicht Kasimir, Mustafa und Dragan ausgeliefert war. Manchmal rempelte einer der drei ihn im Vorbeigehen im Schulgebäude an und zischte ihm zu: »Kleiner Speichellecker.« Danach schüttete er sich, egal, wer von den dreien es war, vor Lachen aus.

In einer dieser Pausen, als Noah sich an Mitschüler aus seiner Klasse hängte, um nicht isoliert herumzustehen, bemerkte er ihn das erste Mal. Er stand nicht auf dem Schulgelände, sondern knapp außerhalb, als wäre ihm die Grenze sehr genau bewusst. Er war ein bisschen älter, vielleicht um die zwanzig, glich ansonsten aber den meisten Schülern. Jeans, weiße Sneaker, Hoodie. Noah fragte sich, warum er dort stand. Vielleicht wartete er auf eine der älteren Schülerinnen. Falls dem so war, wurde er jedoch versetzt.

Als Noah das zweite Mal auf ihn aufmerksam wurde, wieder in einer Pause, spähte der junge Mann eindeutig in seine, in Noahs Richtung. Diesmal trug er zu den Jeans ein kurzärmeliges Hemd. Noah musste sich täuschen. Es konnte nicht sein, dass dieser Mann ausgerechnet ihn in den Blick nahm. Niemand schaute groß nach Noah, abgesehen von Kasimir, Mustafa und Dragan. Und natürlich seinen Erziehungsberechtigten. Und der nervigen, strengen Evelyn. Der Typ sah irgendwie gut aus. Auf eine unauffällige, zurückhaltende Art. Das gefiel ihm. So wäre Noah auch gern gewesen. Aber er musste sich täuschen. Weshalb sollte ein junger Mann, nicht viel älter als die Schüler, aber schon ein richtiger Mann, zu ihm blicken? Was wollte er von ihm? Vertickte er Drogen? Oder war er schwul und suchte auf Schulhöfen nach Frischfleisch?

Das dritte Mal sah Noah ihn nach Schulschluss. Alle strömten wild nach draußen. Noah beeilte sich, um nicht als Letzter übrig zu bleiben, ein von der Herde getrenntes Tier, willkommene und leichte Beute für Kasimir, Mustafa und Dragan. Er konnte nicht schon wieder seine Mutter um ein neues Handy bitten. An die widerliche Spucke gar nicht zu denken. Er durfte nicht mehr trödeln und träumen, sondern musste zusehen, von hier wegzukommen.

Noah erkannte ihn sofort. Inzwischen hatte er sich sein Aussehen eingeprägt. Wie immer übertrat der Fremde nicht die unsichtbare Grenze zwischen

Gehweg und Schulgelände. Er sieht zu mir, dachte Noah, und eine bisher unbekannte Freude durchströmte ihn. Er meint mich. Was will er von mir? Doch dann winkte der Mann zwei Jungs aus der Klasse über Noah zu. Er meinte nicht ihn, sondern die anderen. Noah hatte sich die ganze Zeit getäuscht.

Damals

Die Mutter klopfte jedes Mal, bevor sie mit den deprimierenden belegten Broten eintrat.

»Na, dann lasst es euch mal schmecken«, sagte sie.

Bei diesem Satz, »lasst es euch schmecken«, ekelte ich mich noch mehr. Ich bildete mir sogar ein, dass mir davon übel wurde. Doch ich wollte nicht, dass man mir meinen Ekel ansah. Das war nicht nett. Das war wirklich nicht nett. Sie konnten ja nichts dafür. Manchmal blieb die Mutter noch einen Moment im Zimmer stehen, betrachtete uns, das Zimmer, meist war es entweder zu warm oder zu kalt, was sie nicht wahrzunehmen schien oder schlicht nicht kommentierte, fragte nach der Schule, sagte sofort »ach, davon verstehe ich ja sowieso nichts« und erwähnte dann, wenn sie guter Laune war, was nicht oft vorkam, die außergewöhnlichen Zeichenkünste ihrer

Tochter. »Jeder braucht was für sich«, sagte sie. »Jeder braucht was Eigenes.« Hatte sie je die bevorzugten Motive gesehen?

Die deprimierenden Brote machten es noch schwieriger für mich, bald zu gehen. Und sie konnte es gar nicht leiden, wenn ich ging. Erst versuchte sie, mich zum Bleiben zu überreden, »bleib doch noch, nur ein bisschen«, dann, wenn es nichts nützte, wurde sie giftig. Bei mir zu Hause wartete meine eigene Mutter mit dem Abendessen. Dass ich möglichst schnell gehen wollte, lag jedoch nicht nur an meiner Mutter und ihren strengen Vorschriften hinsichtlich der Uhrzeiten, zu denen ich nach Hause kommen sollte. All das, was mich früher gereizt hatte, das andere, Fremde, das exotisch Arme, stieß mich nur noch ab. Ich musste den Absprung von ihr schaffen. Bald.

Ich war nicht mehr gern bei ihr in ihrem zu kalten oder zu heißen Zimmer unterm Dach. Irgendwann bekam sie im Winter übrigens einen kleinen Heizlüfter, der staubige Luft im Raum verteilte, einen verbrannten Geruch ausströmte und einem die Füße grillte, wenn man direkt davorsaß. Dass ich nicht mehr gern bei ihr war, vollzog sich schleichend, jeden Tag und jede Woche ein bisschen mehr. Anfangs gestand ich es mir noch nicht ein. Ich kannte sie doch schon seit der Grundschule, für mich eine unvorstellbar lange Zeit, sozusagen ein halbes Leben. Aber inzwischen achtete ich mehr darauf, was die anderen über sie sagten. In den Pausen, manchmal auch im Unterricht. Früher hatte mich das nie sonderlich interessiert. Jetzt hörte ich genauer hin. Hatten sie nicht recht? Seit wir aufs Gymnasium gewechselt waren, fürchtete ich um mein Ansehen, und damit stand es nicht zum Besten, so viel wusste ich, solange ich mich weiter mit ihr abgab.

All das sprach ich nicht aus. Ich wollte sie nicht kränken, brachte es nicht über mich, ihr zu sagen, wie ungern ich bei ihr war und dass ich inzwischen auch meist nur kam, wenn sich nichts anderes anbot. So etwas sagte man doch keinem, oder? Sie tat mir leid.

Mein langsamer Rückzug entging ihr nicht. Irgendwann fing sie an, mir etwas anzubieten, damit ich blieb. Damit ich blieb und wiederkam. Nichts zu essen oder zu trinken, keine Markenklamotten oder sonstigen teuren Dinge, nicht einmal billige No-Name-Klamotten. Das alles konnte sie sich nicht leisten. Und so weit her war es mit ihrem Talent und auch ihrem Mut fürs Stehlen nicht. Hilfe für die Schule bot sie mir ebenfalls nicht an. Hilfe für die Schule, was für ein Witz. Ich war keine Überfliegerin und musste mich seit dem Gymnasium mit vielem abmühen, kam im Unterschied zu ihr jedoch einigermaßen klar. Sie hingegen war schon seit der fünften oder sechsten Klasse permanent versetzungsgefährdet. Sie hatte Probleme mit allem. Mit dem Schulstoff. Damit, andere für sich zu gewinnen oder auch nur halbwegs beliebt zu sein. Sie schien sich damit abgefunden zu haben. Oder es machte ihr nichts aus. Da Hilfe bei Hausaufgaben oder vor Klassenarbeiten also genauso wenig in Frage kam wie kostspielige Kleidung, bot sie mir Unterstützung bei Problemen mit Mitschülern und Mitschülerinnen an, obwohl ich sie nie darum gebeten hatte. Sobald ich ein abfälliges Wort über jemanden äußerte, fragte sie, ob sie mein Problem lösen solle.

»Ich habe gar kein Problem«, sagte ich.

»Doch, hast du«, behauptete sie.

Sie sprang vom Bett oder vom Fußboden auf – außer einem Stuhl gab es in ihrem tristen Jugendzimmer keine andere Sitzgelegenheit – und hüpfte wild vor mir herum. In der Schule war sie nie so. In der Schule hockte sie mit finsterem Blick verstockt da. Ich löse dein Problem, sagte sie. Ich schaffe dir das vom Hals. Ist doch gut, oder? Und dann musst du mir dankbar sein.

Ich vergaß es jedes Mal wieder. Zumal ich ja gar keine Probleme hatte. Jedenfalls keine schwerwiegenden. Und erst recht keine, bei denen ausgerechnet sie mir hätte helfen können. Mehr noch – war *sie* nicht eigentlich mein Problem?

9

Jennifer sah nicht sportlich-schlank, nicht fitnesscenter- oder marathongestählt aus und auch nicht wie jemand, der sich konsequent vegan ernährte, sondern auf ungesunde Weise dünn. Umso erstaunlicher war die Kraft, mit der sie Evelyns Arm gepackt hielt.

Evelyn wollte sich befreien, was aber gar nicht so leicht war. Jennifer ließ einfach nicht los. Was sollte das? Glaubte sie, sie wären noch in der Grundschule? Damals, erinnerte Evelyn sich, hatte Jennifer sie manchmal am Arm, am Bein, an den Haaren oder am Pullover festgehalten – ohne Rücksicht darauf, dass dabei hin und wieder eine Naht riss, was Evelyn dann später Ärger mit ihrer Mutter einbrachte –, je nachdem, was greifbar war, um sie zum Bleiben zu zwingen. Daran hatte Evelyn seit Jahrzehnten nicht mehr gedacht.

Sie wollte zu ihrer Verabredung und kein albernes Tänzchen auf dem Gehweg vollführen. Evelyn griff nach Jennifers Fingern, die auffällig kalt waren, zog und zerrte an ihnen, zwang sie mit Mühe auseinander, bis sie sie endlich von ihrem Arm lösen konnte, und ging ohne ein Wort davon.

Sie fiel automatisch in einen Laufschritt, glaubte noch, ein »He, Elli!« hinter sich zu hören, vielleicht empört-wütend, vielleicht kläglich-bittend, und drehte sich kein einziges Mal um. Ob Jennifer ihr folgte? Schließlich begann Evelyn zu rennen. Dabei schlug ihr ihre Umhängetasche immer lästig gegen die Hüfte.

Zu spät und leicht außer Atem erreichte sie das Lokal, in dem sie verabredet war. Katharina hatte sich Wein bestellt und studierte die Speisekarte. Eigentlich hätte Evelyn sie gern zu sich nach Hause eingeladen und für sie gekocht, denn seit Monas Auszug war es still in der Wohnung geworden, und Besuch bekam sie, mit Ausnahme von Noah, selten. Aber Katharina war Freiberuflerin und hockte den ganzen Tag über irgendwelchen Texten. »Ich muss mal raus«, erklärte sie immer, »die Welt sehen, selbst wenn die Welt nur die Kneipe um die Ecke ist.«

»Da bist du ja«, sagte sie jetzt. »Ich habe mich schon gewundert. Sonst bist du doch immer zuerst da. Sag mal, bist du gerannt?«

»Bisschen Sport kann ja nicht schaden.«

Evelyn hatte erfolgreich die Schraubstock-Hand abgeschüttelt. Nun galt es, das Gleiche mit dem scheußlichen Gefühl zu tun. Es abschütteln. Doch es gelang ihr nicht besonders gut. Das Gefühl hatte sich in ihr breitgemacht und wollte nicht weichen. Die zurückliegende Begegnung fiel ihr immer wieder ein. Mantel. Dünn. Blasses Gesicht. Augen, die hin und her huschten und nie Evelyn anblickten, sondern immer haarscharf an ihr vorbei. Ich wünsche mir so sehr einen Hund. Den würde ich über alles lieben. Tiere kann man viel mehr lieben als Menschen, nicht wahr? Wie Jennifer sich an den Bauch gefasst und dabei leise gestöhnt und das Gesicht vor Schmerz verzogen hatte. Genauso wie vor zwei Monaten. Sie ist ernstlich krank, hatte Evelyn gedacht. Wir sind jetzt langsam in dem Alter, in dem die Möglichkeit, ernstlich zu erkranken, steigt. Oder geht das erst mit fünfzig los? Ich will nichts mit ihr zu tun haben, hatte sie gedacht. Ich will, dass sie verschwindet. Sich in Luft auflöst. Sie soll woanders krank sein und stöhnen und sich den Bauch halten, nicht in Berlin und schon gar nicht in meiner Straße, nur ein paar Meter von meiner Haustür entfernt. Was bezweckte sie mit ihren Heimsuchungen? Und wie lange sollte das noch so weitergehen? Um das Wiederaufblühen ihrer damaligen Freundschaft ging es ganz bestimmt nicht. Im Übrigen waren sie nicht befreundet gewesen, jedenfalls nicht richtig. Jennifer redete sich das schön. Sie war immer noch seltsam. Vielleicht sogar schwer gestört. Dieser Mantel mit dem Loch am Saum, die abgetretenen Schuhe, die strähnigen, leicht fettigen Haare, ihr blödes Lachen.

Beim Nachtisch – Katharina redete gerade über einen Auftrag, der sich für sie immer ärgerlicher entwickelte und ihr überdies fast kein Geld einbrachte, der Auftraggeber sei ein Museumsleiter, »öffentlicher Dienst, kennt man ja, am liebsten würde ich den ermorden, wirklich, ich sag's dir, wenn man dafür nicht jahrzehntelang in den Knast müsste, würde ich es tun« – fiel Evelyn Jennifers rätselhafte Andeutung über die »zwei Jahre« wieder ein. Zwei Jahre, die sie angeblich nicht in ihrer Heimatstadt, sondern woanders verbracht hatte. »Das war echt schwer für mich«, hatte sie gesagt. »Aber danach wurde alles besser. Jetzt starte ich richtig durch, habe ich gedacht. Jetzt fängt mein neues Leben an. Mit der Reise nach Berlin.«

Fing alle zwei Monate ihr neues Leben an? Erst im Februar und nun im April?

Katharina bekam nichts davon mit, dass Evelyn an diesem Abend nicht ganz bei der Sache war. Als sie sich zum Schluss jede noch ein Glas Wein bestellten, klingelte das Handy in Evelyns Tasche.

»Ist das deins?«, fragte Katharina. »Du kannst ruhig nachsehen, das stört mich nicht.«

Bis Evelyn das Handy herausgezogen hatte, war das Klingeln verstummt. *Anruf von Mona.* Mona hinterließ keine Nachricht auf der Mailbox.

»Mona«, sagte Evelyn. »Schon wieder.«

»Schon wieder? Ich dachte, ihr hättet endgültig nichts mehr miteinander zu schaffen und es wäre wirklich Schluss.«

»Ist es ja auch«, sagte Evelyn. »Definitiv. Aber sie hat mich neulich schon im Büro angerufen.«

»Und was wollte sie?«

»Keine Ahnung. Ich bin nicht rangegangen.«

»Das war auch besser so. Definitiv. Was will sie denn von dir? Gerade jetzt, wo du endlich drüber hinweg bist. Das ist ganz schön rücksichtslos von ihr, wenn du mich fragst. Wer weiß, vielleicht will sie dich ja zurück?«

»Kann ich mir nicht vorstellen.«

»Wieso nicht? Du bist doch eine gute Partie.« Katharina lachte. »Und ganz ansehnlich auch. Vielleicht ist es mit der Neuen doch nicht so toll und sie will wieder zurück ins Nest in der Kulmer Straße. Oder sie will dir noch mal erklären, dass sie sich ja ach so sehr verliebt hat und nicht anders konnte. Um ihr Gewissen zu beruhigen. Um von dir die Absolution zu kriegen, damit sie sich besser fühlt. Ich sag's ja, rücksichtslos. Ich mochte Mona noch nie besonders, jetzt kann ich es ja sagen. Und, rufst du sie an?«

»Mal sehen. So wichtig wird's wohl nicht sein, wenn sie nichts aufs Band spricht.«

»Am besten, du ignorierst sie.«

»Ja, du hast recht. Ich habe sowieso keine Lust, mit ihr zu reden. Worüber auch?«

Bevor sie das Lokal verließen, suchte Evelyn die Toilette auf. In dem unvorteilhaften Licht über dem Waschbecken bemerkte sie am Arm die ersten Anzeichen blauer Flecken, die morgen in voller Blüte stehen würden. Eine deutliche Griffspur, dort, wo Jennifer mit dieser erstaunlichen, zornigen Kraft zugepackt hatte.

Evelyn liebäugelte damit, Katharina unter irgendeinem Vorwand darum zu bitten, sie bis zu ihrer Haustür zu begleiten, doch Katharina musste in die entgegengesetzte Richtung, und im selben Moment erschien ihr diese Vorsichtsmaßnahme auch albern und völlig übertrieben. Sie brauchte keine Aufpasserin. Das Ganze war unangenehm und lästig, weiter nichts. Was sollte ihr hier mitten in der Stadt schon passieren? Dass diese abgerissene dünne Person ihr etwas antat? Lächerlich. Außerdem lungerte Jennifer Stunden später bestimmt nicht mehr in ihrer Straße herum.

Damit lag Evelyn richtig. Der Aprilabend war mild, fast schon sommerlich, und allerlei Volk unterwegs, eine ungesund magere Person im abgetragenen Mantel aber nirgends zu sehen. Als sie die Treppe nach oben stieg, öffnete Professor Geisenberg gerade seine Tür und trat in den Hausflur. »Guten Abend«, sagte er freundlich. Er sprach sonst nie mit Evelyn. »Kleiner Abendspaziergang.« Geisenberg sah merkwürdig aus, irgendwie anders als sonst, als wäre er in einen Jungbrunnen oder eher einen Gute-Laune-Brunnen gefallen. Evelyn wusste nicht genau, was an ihm anders war, weil sie ihn im Normalfall nicht beachtete, und im nächsten Moment vergaß sie es auch wieder.

Etwas später, als sie ins Bett gehen wollte, morgen stand zuerst Homeoffice mit einem Zoom-Meeting an und am Nachmittag Noah, hörte sie dicht vor ihrer Tür ein Rascheln im Treppenhaus. Geisenberg wohnte eine Etage unter ihr, und die Nachbarn direkt neben Evelyn waren verreist. Sie sah durch den Türspion. Sie war immer noch in Daueralarmbereitschaft. Dünn. Mantel. Sich an den Bauch fassen. Ihren Arm packen. Auf der Treppe, die weiter nach oben ins Dachgeschoss führte, hockte eine dunkle Gestalt mit gesenktem Kopf. Das musste *sie* sein. Diese Person. Jennifer. Wer sonst. Sie belagerte das Haus. Vielleicht schon seit Tagen. Oder seit zwei Monaten? Irgendwie war sie hineingelangt. Entweder hatte ihr ein Bewohner geöffnet oder sie hatte den Moment abgepasst, als jemand das Haus verließ oder betrat und die Tür noch nicht zugefallen war. Sie war nicht fort. War es nie gewesen. Sie hatte die ganze Zeit dort draußen gelauert.

Die Gestalt wühlte vornübergebeugt auf der Treppe sitzend manisch in Plastiktüten herum, was das Rascheln verursachte. Plastiktüten hatte Evelyn am Abend nicht bei Jennifer bemerkt. Nur einen schäbigen Rucksack, der seine besten Tage längst hinter sich hatte. Als die Gestalt den Kopf ein wenig hob, erkannte Evelyn einen ungepflegten, bärtigen Mann. Eindeutig nicht Jennifer. Der Mann wühlte und raschelte, räumte undefinierbares Zeug von einer Tüte in die andere. Dann sackte er plötzlich mitten in der Bewegung zusammen. Evelyn fragte sich, ob sie die Polizei rufen musste. Oder besser einen Krankenwagen. Ob er gerade vor ihrem Türspionauge kollabierte oder, noch schlimmer, starb. Bis sie Schlafgeräusche hörte. Evelyn war erleichtert, dass es ein Mann mit Plastiktüten war und nicht Jennifer. Erleichtert, dass er in diesem Moment offenbar nicht direkt vor ihrer Tür zu sterben beabsichtigte. Sie ging ins Schlafzimmer, ohne irgendwen zu verständigen, und setzte im

Bett Ohrstöpsel mit »effektiver Dämmleistung« ein, damit sie von all dem nichts mehr mitbekam. Diese dünne Barriere, dachte sie beim Einschlafen, nur das Türblatt, das ihr gutes Leben auf der einen von seinem armseligen auf der anderen Seite trennte. Wie beruhigend, dachte sie, dass es nicht Jennifer ist.

Am nächsten Vormittag, als Evelyn vor dem Zoom-Meeting mit ihrem Team den Müll nach unten brachte, sah sie den deutlichen Abdruck an der hell gestrichenen Wand im Treppenhaus. Dort musste der Mann sich abgestützt haben. Wahrscheinlich Schmutz, aber im ersten Moment wirkte es wie Blut. Eine blutige Hand.

Sie hatte Katharina gestern nicht erzählt, dass nach Monas Anruf noch eine schriftliche Nachricht gefolgt war. *Ich würde gern mit dir reden. Rufst du mich an? M.* Katharina, die sich in Sachen Trennung stets loyal auf Evelyns Seite gestellt hatte, hätte sich bloß darüber aufgeregt. Und das völlig zu Recht. Worüber sollten sie reden? Es war alles gesagt. Evelyn würde, Katharinas Rat folgend, gar nicht darauf eingehen. Weder zurückrufen noch schreiben. Denn damit, mit absoluter Funkstille, auch hier lag Katharina richtig, ging es ihr viel besser. Sie musste auf sich achtgeben. Die Arbeit forderte Evelyns ganze Konzentration, und die Teamleitung war ein verantwortungsvoller Posten. Nicht nur Verantwortung hinsichtlich der Ergebnisse. Die Kollegen und Kolleginnen zu motivieren und zu unterstützen, gehörte auch zu Evelyns Aufgabenbereich. Sich ihre Sorgen und Unsicherheiten anhören. Diese ausnahmslos ernst nehmen. Rafael wäre dafür gar nicht geeignet gewesen, auch wenn er das anders sah. Damals in der Trennungszeit war Evelyn oft neben der Spur gewesen, hatte vieles schleifen lassen, was schließlich auch den Chefs zu Ohren gekommen war, gefolgt von einem Mitarbeitergespräch. Ob sie Probleme habe. Ob sie sich ihren Aufgaben noch gewachsen fühle. Ja, natürlich, hatte Evelyn versichert und sich fortan am Riemen gerissen.

Daran wollte sie lieber gar nicht mehr zurückdenken. An das Mitarbeitergespräch. Das scheinheilige, verlogene Getue – wenn sie *Probleme* habe, könne sie diese ganz offen benennen. Wahrscheinlich dachten ihre Chefs an Alkohol, Schulden, Psychopharmaka, Depressionen oder Ähnliches. Sie musste auf ihr seelisches Gleichgewicht achten, und dabei konnte sie keine Nachrichten von Mona gebrauchen. Mona sollte sich zum Teufel scheren und sie nicht weiter behelligen. Mit ihrer Neuen glücklich werden. Und dann gab es auch noch Jennifer. Dieses magere, schlecht gekleidete Wesen aus einer längst vergangenen Zeit, das sich aus heiterem Himmel vor Evelyns Tür oder in ihrer Straße materialisierte.

Sie traf erneut Professor Geisenberg im Hausflur. Was immer am Abend zuvor in ihn gefahren war, diesmal wirkte er wieder wie er selbst, was bedeutete, dass er weder guten Morgen sagte noch Evelyn überhaupt eines Blickes würdigte. Sie wusste nicht, was sie von Geisenberg halten sollte. Entweder war er extrem menschenscheu oder total arrogant. Im Grunde hatte sie keine Meinung zu ihm. Er war ihr egal. Ein ruhiger Nachbar, von dem sie so gut wie nichts mitbekam. Kein ständiges Getrampel auf dem Dielenboden unter ihr, kein Türenknallen, keine quietschenden Fitnessgeräte oder laute Musik. Da sie ihn nie richtig ansah, noch flüchtiger als flüchtig, hätte sie nicht sagen können, was gestern Abend anders als sonst an ihm gewesen war. Seine Kleidung vielleicht. Hatte er jünger gewirkt? Aufgeräumter, besser gelaunt, frischer? Mehr Körperspannung?

Die Nachbarn, die neben ihr auf derselben Etage wohnten, kannte Evelyn hingegen besser. Thorsten und Sabine. Ein Paar mittleren Alters, dessen Sohn vor Kurzem ausgezogen war. Die beiden bedauerten Evelyn wegen der Trennung von Mona, das spürte sie, waren aber so dezent, es nicht anzusprechen. Oder nur selten. Nach Monas Auszug hatten sie einige Wochen lang regelmäßig Dinge gesagt, zurückhaltend und schüchtern, wie: »Wir wollen uns ja nicht einmischen« und »Wir sind überhaupt nicht neugierig, wirklich nicht, und das ist ja eure Sache, aber das klang manchmal schlimm bei euch« und »Aber wenn dir jetzt die Decke auf den Kopf fällt oder du dich einsam fühlst, unter diesen neuen … Umständen … du kannst gern mal auf einen Kaffee oder Wein zu uns kommen, du weißt ja, wo du uns findest«.

Evelyn war tatsächlich mal auf einen Kaffee zu ihnen gekommen. An einem Sonntag vor nunmehr anderthalb Jahren, wenige Tage, nachdem Monas Umzugswagen davongefahren war. Ihre Neue hatte ihn gesteuert, weil sie einen Lkw-Führerschein besaß. Was für ein Klischee. Aber damals hatte Evelyn die Vertrautheit und Innigkeit ihrer Nachbarn nicht lange ertragen, wie Thorsten immer zärtlich die Hand auf Sabines Schulter legte, wenn er aufstand, um etwas zu holen, wie sie ihn liebevoll aufzog, was er nicht nur gutmütig hinnahm, sondern sichtlich genoss, wie sie über ihr neues Leben sprachen, das sich nach dem Auszug des Sohnes vor ihnen auftat, über ihre Pläne, all das, was Evelyn verloren hatte.

Das lag nun lange zurück. Evelyn war gesundet, und ihre Nachbarn behandelten sie inzwischen auch nicht mehr wie eine Kranke, die es zu schonen und aufzupäppeln und mit menschlicher Wärme zu trösten galt. Manchmal beneidete sie die beiden immer noch ein bisschen, aber nicht allzu sehr, denn erstens waren Mona und sie nie so gewesen wie Thorsten und Sabine, und zweitens ging es ihr ohne Mona viel besser.

10

»Ich brauche einen neuen Hoodie.«

»Aber du hast doch schon so viele«, entgegnete seine Mutter. »Oder bist du aus allen rausgewachsen? Das kann eigentlich nicht sein. Sieh erst mal in deinen Kleiderschrank, bevor du was Neues haben willst.«

»Aber ich *brauche* einen.« Noah hörte selbst, wie er klang. Trotzig und quengelig. Ich will, ich will, ich will. Wie ein kleines Kind, das er nicht mehr war.

»Noah, Schluss jetzt. Nächsten Monat vielleicht.«

Sonst war seine Mutter nicht so geizig. Sie kaufte Noah eine ganze Menge, nicht nur zu Weihnachten oder zum Geburtstag. Vielleicht ja, um ihn immer noch über die Trennung von seinem Vater hinwegzutrösten, den Umzug von Moabit nach Prenzlauer Berg, das Leben mit ihrem neuen Kerl und seine neue Schwester. Halbschwester. Noah kannte keine materiellen Sorgen und keine Einschränkungen, es hatte nie an etwas gefehlt. Weder an Essen und Kleidung noch an Spielzeug oder regelmäßigen Urlauben. Was war also mit seiner Mutter los? Es ging doch nur um einen verdammten Hoodie. Der kostete ja wohl nicht die Welt. Wenn sie weiter so rumzickte, würde Noah seinen Vater fragen. Nein, er fragte ihn sofort, sobald sie sein Zimmer verlassen hatte.

Seine Mutter hatte, aus ihrer beschränkten Sicht, nicht ganz unrecht. Noah besaß tatsächlich etliche

Hoodies. Aber die interessierten ihn nicht mehr, kamen ihm wie ein billiger Abklatsch und etwas für Kinder vor. Keiner hatte diesen Blauton. Noah musste einfach einen in diesem ganz bestimmten Blauton haben. Den Typen, der manchmal vor seiner Schule herumstand, hatte sich Noah inzwischen genau eingeprägt. Alles an ihm. Seinen Gang. Seine Frisur. Seinen Kleidungsstil. Sein ganzes Auftreten. Er bewunderte ihn, was streng genommen Quatsch war, denn Noah kannte ihn nicht, hatte noch nie ein Wort mit ihm gewechselt. Ihn nur von Weitem beobachtet. Möglichst so, dass es nicht auffiel. Weder den Mitschülern und Mitschülerinnen noch dem Typen.

Noah hatte schon darüber nachgedacht, ihn heimlich zu fotografieren. Damit er ihn zu Hause in aller Ruhe ansehen konnte, seine Frisur, seine Klamotten. Damit er ihn bloß nicht vergaß – wobei das ziemlich unwahrscheinlich war – und sein Aussehen mit seinem eigenen vergleichen konnte. Wobei ein solcher Vergleich ernüchternd war, das wusste Noah auch ohne Foto. Ihn zu fotografieren war im Übrigen viel zu riskant. Am Ende hätten es noch Kasimir, Mustafa und Dragan mitbekommen, und was ihm dann von ihnen drohte, konnte Noah sich denken. Na, du kleine Schwuchtel.

Sein Vater ging nicht ans Telefon, also schickte Noah ihm eine WhatsApp-Nachricht. Wenn sein Vater hörte, dass seine Mutter ihm den Hoodie verweigerte, würde er sich bestimmt sofort bereiterklären, ihn zu kaufen. Obwohl sie nun schon seit einer ganzen Weile getrennt waren, reagierten Noahs Eltern unmittelbar auf den jeweils anderen. War der eine streng, bewirkte das bei der anderen Großzügigkeit. Verbot eine etwas, erlaubte es der andere. Und so ging es im Wechsel immer hin und her. Noah versuchte meist, das Beste aus beiden Welten herauszuschlagen. Manchmal dachte er darüber nach, wie es wäre, bei seinem Vater in Moabit zu wohnen, aber sein Vater war oft so deprimiert. Er bemühte sich, es nicht zu zeigen, doch es war unverkennbar. Noah hatte ihn schon oft deswegen gefragt, Papa, bist du traurig? – Nein, ich bin nicht traurig, sollen wir rausgehen? Sollen wir uns einen Döner holen, was meinst du? Deiner Mutter würde das natürlich gar nicht gefallen. Sollen wir uns einen Film zusammen ansehen, mit viel Pengpeng?

In jedem Fall brauchte Noah so einen blauen Hoodie. Er bewunderte diesen unbekannten jungen Typen vor dem Schulhof nicht nur. Er schwärmte regelrecht für ihn. Doch das behielt Noah für sich.

Kasimir, Mustafa und Dragan ließen ihn seit dem letzten Vorfall auf dem Schulhof in Ruhe. Allerdings glaubte Noah nicht daran, dass diese Ruhe von Dauer sein würde. Sie war trügerisch. Fast schon unheimlich. In der Schule ließ es sich nicht immer vermeiden, in ihre Nähe zu kommen. Lief er ihnen über den Weg, bemühte er sich, sie bloß nicht schief anzusehen. Das konnte bei den dreien, je nach Stimmung, schon ausreichen. Und was sie unter »schief ansehen« verstanden, war auch nicht immer ersichtlich, sondern ihre Auslegungssache.

Es stimmte nicht, dass Kasimir, Mustafa und Dragan auch andere Schüler schikanierten. Aber Noah war es lieber, sich das einzureden. Drei primitive, brutale Jungs, die jeden quälten, der kleiner und schwächer war als sie. In Wahrheit machten sie das nur mit ihm. Wären alle ihre Opfer gewesen, hätte Noah sich zwar auch nicht gut gefühlt, aber besser. Irgendwie weniger hilflos. Er hatte diese kleine Vorgeschichte mit Mustafa, unbedeutend und nicht der Rede wert, und da Kasimir und Dragan sich als Mustafas Freunde verstanden, setzten sie ihm alle drei gemeinsam zu.

11

Im Frühjahr veränderte sich die Stimmung bei der Arbeit. Kaum merklich und ohne dass etwas offen an Evelyn herangetragen wurde. Alle waren weiterhin freundlich zu ihr, freundlich und lässig, der übliche Umgangston in ihrer Firma, doch es war etwas im Gange, das spürte sie. Was vorher immer fest, stabil und verlässlich gewesen war, begann zu bröckeln. Es kam Evelyn vor wie eine kleine, völlig lautlose

Meuterei. Die nicht nachvollziehbaren Erklärungen, warum diese oder jene Testreihe noch nicht fertig war, mehrten sich, ebenso die Ausreden, warum ihre Teammitglieder nicht an den Besprechungen teilnehmen konnten. Muss mit dem Hund zum Tierarzt. – Ich glaube, ich habe Corona. – Habe einen Termin in der Schule wegen meiner Tochter. – Meine Mutter ist krank und mein Vater kommt allein nicht zurecht. – Die Bandscheibe, du weißt ja, das ist meine Schwachstelle. Muss jetzt erst mal zur Physio, sorry.

Es fehlten nie alle auf einmal, aber genug, um die anstehende Besprechung verschieben zu müssen. Evelyn hatte nichts von Ärger oder Unzufriedenheiten jedweder Art mitbekommen. Sie selbst erledigte ihre Arbeit so gründlich wie gewohnt und dachte nebenbei – nicht oft, aber regelmäßig – an Jennifers Heimsuchungen. Ob es damit nun endgültig vorbei war oder noch etwas folgte. Was wollte sie von ihr? Neuerdings ging Evelyn in den Abendstunden eine Runde laufen, etwas, das sie früher nie getan hatte. Sie hatte sich dafür sogar neue Sportschuhe gekauft, nicht gerade die billigsten, wenn schon, dann richtig, weil sie im Leben alles gründlich anging. Zum einen wollte sie sich beweisen, dass sie keine Angst davor hatte, ihr Haus zu verlassen, egal, um welche Tageszeit, zum anderen fand sie, dass sie Bewegung nötig hatte. Außerdem litt sie unter einer seltsamen Ruhelosigkeit.

Niemand hatte je Evelyns Posten als Teamleiterin in Frage gestellt. Im Gegenteil, alle hatten behauptet, sie sei genau die Richtige dafür. Hatte sich daran etwas geändert? Und wenn ja, wann? Und warum hatte sie davon nichts bemerkt? Sie wusste, dass Rafael ihr lange diese Position geneidet und sich selbst für geeigneter und qualifizierter gehalten hatte, aber das gehörte der Vergangenheit an. Zumindest hatte sie das immer geglaubt. Dass Rafael seinen Frieden damit gemacht hatte. Unterdrückte er seinen immer noch schwelenden Neid krampfhaft?

Nur in einer einzigen Phase ihres Lebens hatte Evelyn nicht gut funktioniert. In der Trennungszeit. Da war sie, wie sie selbst zugeben musste, fahrig und unkonzentriert gewesen. Aber das lag nun mehr als ein Jahr zurück. Sie arbeitete längst wieder zu hundert Prozent. Mindestens. Meistens arbeitete sie wesentlich mehr. In ihrer Firma war sie anerkannt und geachtet, die Queen der Qualitätssicherung. Der Teamleitungsposten brachte mehr Gehalt – was Evelyn nun, da sie die komplette Miete für die Kulmer Straße allein aufbringen musste, gut gebrauchen konnte –, war aber trotzdem nicht unbedingt begehrt. Die meisten Leute, auch solche, die von sich behaupteten, sie würden gern selbstständig arbeiten, ließen sich am liebsten klar definierte Aufgaben zuteilen, an die sie sich strikt halten konnten, und benötigten Anweisungen. Evelyn trug mehr Verantwortung. Mit Verantwortung kamen viele nicht zurecht. Das hatte sicher auch Rafael eingesehen. Wenn etwas schiefging oder nicht rechtzeitig abgeliefert wurde, war Evelyn diejenige, die zu den Chefs zitiert wurde, nicht ihr Team.

Rafael war so geschwätzig wie eh und je, stopfte andauernd Essen in sich hinein und versuchte, Evelyn in ein Gespräch zu ziehen. Sie bemerkte keine Veränderung an ihm. Oder doch? War er vielleicht ein klitzekleines bisschen weniger freundlich? Zum Beispiel bot er ihr seit einiger Zeit nicht mehr an, ihr etwas vom Bäcker oder aus dem kleinen Café oder vom Döner-Imbiss mitzubringen. Und er war ein wenig aufsässig geworden. Gab neuerdings oft Kontra. »Nein, da bin ich anderer Meinung als du.« – »Ich finde, wir sollten die Teambesprechung erst nächste Woche machen.« – »Du drängst Jule ganz schön. Du darfst sie nicht so unter Druck setzen, das weißt du doch. Jule kann schon nicht mehr richtig schlafen. Klar, dir erzählt sie das nicht.«

Mittlerweile arbeitete Evelyn an zwei Tagen in der Woche von zu Hause aus. Das war in ihrer Firma in Ordnung, solange die Aufgaben erfüllt wurden. Jetzt im Mai konnte sie mit dem Laptop auf dem Balkon sitzen. Das Gehupe, Gebell, Geschrei und die Geräusche der nahen S-Bahn störten sie weitaus weniger als Rafaels pausenloses Gerede. Außerdem musste sie sich zu Hause nicht direkt der veränderten Stimmung im Büro aussetzen. Den Balkontisch und die Stühle hatte Mona damals nicht in ihren Umzugswagen verfrachtet – allerdings hatte Evelyn sie erst daran erinnern müssen, dass sie sie ausgesucht und finanziert hatte.

Sie war in der Qualitätssicherung daran gewöhnt, strukturiert und logisch vorzugehen. Sie tat so gut wie nie etwas Unüberlegtes. Genauso sollte sie mit dem Problem Jennifer verfahren. Falls dieses Problem sich überhaupt noch einmal stellte. Vielleicht war es jetzt vorbei. Nachdem vor anderthalb Jahren Monas Umzugswagen davongefahren war, sie hatte ihm noch nachgesehen, bis er um die Ecke in die Goebenstraße bog, Monas Neue mit ihren zig Tattoos und ihren Muckibuden-Oberarmen am Steuer, wie lächerlich, seit wann stand Mona überhaupt auf Tattoos und dieses kerlige Erscheinungsbild, hatte Evelyn zuerst die nunmehr ziemlich geleerte Wohnung Raum für Raum durchschritten und inspiziert. Immerhin stand das Bett noch da. Auch der Esstisch. Die zum Esstisch gehörenden Stühle hatte Mona mitgenommen. Sogar die Halterung für Küchenrollen hatte sie mitgenommen, obwohl sie Evelyn jahrelang damit aufgezogen hatte, dass Halterungen für Küchenrollen der Ausbund an Spießigkeit seien.

Als das Sichten der Wohnung erledigt war, hatte Evelyn weder etwas kaputtgeschlagen noch geheult oder sich betrunken – oder alles zusammen –, sondern sich an ihren Schreibtisch vor den Rechner gesetzt. Sie hatte sich über mehrere Stunden in ein berufliches Problem vertieft, so lange, bis sie endlich den Fehler in der Anwendung fand. Darüber hatte sie die Zeit vergessen und irgendwann festgestellt, dass es mitten in der Nacht war, viel zu spät, um noch etwas zu kochen. Die Fenster im Haus gegenüber waren fast alle dunkel. Im Übrigen hatte Mona einen Großteil des Kochgeschirrs und alle guten Messer mit der Begründung »das habe ich damals angeschafft« eingepackt. Evelyn würde eine ganze Menge nachkaufen müssen. Sie hatte sich ein Brot gemacht, ein Bier dazu getrunken und eine Doku über die Rodung des Regenwalds gesehen. Keine Überstunden aufgeschrieben. Sie hatte sich insgesamt gut gefühlt, abgesehen natürlich vom Regenwald. – Moment, sie fühlte sich gut, obwohl ihre langjährige Partnerin gerade aus der gemeinsamen Wohnung gezogen war? Das konnte eigentlich nicht sein. Und doch traf es zu. Evelyn hatte sich in jener Nacht gut gefühlt, zumindest nicht schlecht, weil sie ein Problem gelöst hatte.

Problem. War Jennifer überhaupt ein Problem? Nein. Entschieden nein. Vielleicht. Ein bisschen. Insgesamt war sie zweimal bei ihr aufgekreuzt, von justiziabler Belästigung oder gar Bedrohung konnte also wohl noch keine Rede sein. *Bedrohung*. Wie albern. Schon wieder so ein übertrieben großes Wort. Womit sollte diese dürre Person, ein Strich in der Landschaft, die zudem vermutlich krank war, sie schon bedrohen? Jennifer wirkte nicht so, als hätte sie ihr etwas entgegenzusetzen. Evelyn hätte sie ganz leicht zur Seite schubsen können. Was für ein absurder Gedanke, eine körperliche Auseinandersetzung auch nur entfernt in Erwägung zu ziehen. Und im Nachhinein erschien Evelyn das alles sowieso gar nicht mehr real. Im Grunde war ja auch nichts passiert, sah man einmal von dem schmerzhaften Schraubstockgriff um ihren Arm ab. Jennifer hatte nichts gefordert – Geld, Unterkunft, Zuneigung, Freundschaft – und insgesamt nur wenig gesagt, außer »Schön, dich wiederzusehen«, »Lange her« und Ähnliches. Immerhin beherrschte sie die üblichen Floskeln, war offenbar also nicht ganz neben der Spur, obwohl sie so wirkte. Die löcherigen, abgewetzten Klamotten. So wie früher. Nein, schlimmer als früher, damals hatten Löcher noch gefehlt. Wirre, abgehackt dargebrachte Äußerungen über … ja, über was eigentlich? Der umherirrende Blick. Schon ein bisschen verrückt, oder? Eines zumindest hatte sie erreicht: Mitleid in Evelyn zu erzeugen. So ähnlich wie früher. Weil sie es nicht leicht gehabt hatte, wahrscheinlich bis heute. Nachdem Jennifer vom Gymnasium abgegangen war, hatte Evelyn sie bald aus den Augen verloren. Nach nicht einmal einer Woche. Aber in diesem Alter verging die Zeit ja viel langsamer, eine Woche fühlte sich an wie ein Monat. Mindestens. Selbst in der öden kleinen Stadt zwischen Ruhrgebiet und Münsterland konnte man sich aus den Augen verlieren – als lebte die andere Person auf einem fernen Kontinent und nicht im selben Ort. Menschen, deren gemeinsame Zeit unwiederbringlich vorbei war, sollten sich auch nicht mehr begegnen. Das tat niemandem gut. Evelyn hatte neue Freunde am Gymnasium gefunden und war froh, von den anderen nicht mehr auf diese bestimmte Art angesehen zu werden, weil sie immer mit der seltsamen Jennifer anzutreffen war. »Die ist echt gruselig. Der totale Freak. Und wie die immer rumläuft. Voll Caritas. Mit der will ich nichts zu tun haben.«

Evelyns Ex Mona irrte sich. Bei so vielem. Im Grunde kannte Mona sie gar nicht. Evelyn war Leiterin des Qualitätsmanagements und durchaus dazu in der Lage, klare Ansagen zu machen. Wenn Jennifer das nächste Mal auftauchte – sollte das überhaupt geschehen –, in Berlin, in Schöneberg, in Evelyns Straße, würde Evelyn ihr ruhig und sachlich erklären, dass sie solche Besuche nicht wünsche. Sie konnte ruhig und sachlich erklären, ohne die andere Person zu kränken. Sie würde Jennifer sagen, dass sie nichts gemeinsam hatten und sie kein Interesse daran, alte Zeiten wieder aufzuwärmen. Die Vergangenheit war vergangen. In Wahrheit sei es ja auch nur eine sehr kurze Spanne in ihrer beider Leben gewesen. Das könne sie doch sicher verstehen. Sie wünsche ihr alles Gute. Das meine ich nicht böse. Aber das passt einfach nicht mehr, das siehst du doch selbst. Hier hast du ein paar Euro für die U-Bahn.

Das alles hätte sie schon beim ersten Mal sagen sollen, als Jennifer an einem Februarabend vor ihrer Wohnungstür gestanden hatte. Sie hätte Jennifer gar nicht hineinbitten dürfen. Großer Fehler. Weiches Herz.

An einem Vormittag, als Peter und sie allein in der Teeküche standen, brachte Evelyn die Situation mit ihrem Team zur Sprache. Leise, falls jemand in der Nähe war. Sie wusste nicht einmal, ob es überhaupt eine *Situation* war oder sie es sich bloß einbildete. Ob ihm etwas zu Ohren gekommen sei. Peter arbeitete zwar nicht in der Qualitätssicherung, aber viel länger als sie in der Firma. Wenn es jemanden gab, der alles wusste, oder fast alles, dann er. Sie schlug ihm Essen und Bier nach Feierabend vor.

Er reagierte ausweichend. Sah Evelyn nicht an. Behauptete, im Moment so viel zu tun zu haben. Vielleicht ein andermal.

»Dann morgen?«, fragte sie.

»Morgen geht's auch nicht. Ich sage dir Bescheid, okay? Ich gehe doch jetzt dreimal die Woche ins Fitnessstudio. Habe ich dir das nicht erzählt? Tut mir wirklich gut. Danach bin ich immer total erledigt.«

Und nein, von Unstimmigkeiten in Evelyns Team wisse er nichts. Er beeilte sich, die Teeküche zu verlassen.

Statt mit Peter ein Bier zu trinken, ging Evelyn an diesem Abend nach der Arbeit laufen. Sie war seltsam ruhelos. Getrieben. Unterwegs fragte sie sich, was mit ihrem Kollegen los war. Peter und sie mochten sich, schon immer, und Evelyn hätte ihn als Freund und nicht nur Kollegen bezeichnet. Sie gab seinem Sohn Nachhilfe. Sie konnte sich nicht entsinnen, dass Peter in all den Jahren jemals eine Verabredung zum Essen ausgeschlagen hätte. Dafür war er immer zu haben. Oft war es im Gegenteil andersherum gewesen und sie hatte ihm absagen müssen.

Mittlerweile musste Evelyn sich nicht mehr zum Laufen zwingen, sondern genoss es zu ihrer eigenen Verwunderung. Nach und nach hatte sie ihren Radius erweitert. War sie anfangs nur in der Gegend um die Kulmer und die Großgörschenstraße geblieben, und das auch nur halbherzig und schnell außer Puste, steigerte sie sich allmählich bis zum Gleisdreieckpark. Mona hatte sie nie zum Joggen überreden können, trotz unzähliger Versuche, abgesehen von diesem einen Mal, das mit einem leicht verstauchten Knöchel für Evelyn endete, und erst recht nicht zum Qigong im Park.

Sie lief in die Dämmerung hinein. Es fiel ihr ganz leicht. Evelyn hatte auch längst die Befürchtung abgelegt, angesichts all der Profi-Freizeitsportler in der Stadt eine lächerliche Figur abzugeben. Oder es war ihr egal. Was war nur mit Peter los? Und mit ihrem Team? Übertrieb sie in ihrer Wahrnehmung? War überempfindlich? Bestimmt hatte Peter nur einen schlechten Tag gehabt, der nichts mit ihr oder dem Job zu tun hatte. Bestimmt hatten sie alle nur einen schlechten Tag gehabt. So viele schlechte Tage.

Sie schlug einen anderen Weg als sonst ein. Automatisch, ohne darüber nachzudenken. Ihre Füße trugen sie, nicht ihr Kopf. Den Park am Gleisdreieck streifte sie nur, lief weiter am Landwehrkanal entlang, vorbei am Urban-Krankenhaus. Irgendwann bog sie in den Graefekiez ab und landete schließlich zu ihrer eigenen Überraschung am Zickenplatz. Von Schöneberg bis zum Kottbusser Damm. So eine weite Strecke. Sicher an die zehn Kilometer. Ein beachtliches Pensum für jemand Untrainierten wie Evelyn.

Inzwischen war es dunkel geworden. So dunkel zumindest, wie es in Berlin werden konnte. Und mit Evelyns leichtfüßiger Ausdauer war es nun vorbei. Sie war verschwitzt, völlig außer Atem, von Seitenstechen geplagt und fragte sich, wie es sie hierhin verschlagen hatte, so weit von ihrer Straße entfernt. Sie konnte unmöglich die gesamte Strecke in umgekehrter Richtung wieder zu Fuß zurücklegen, nicht einmal im Spaziergangtempo, völlig ausgeschlossen. Sie hatte weder Bargeld noch Geldkarte dabei, aber ihr BVG-Ticket. Also fuhr sie kurzerhand so, wie sie war, mit der U-Bahn, obwohl es ihr unendlich peinlich war.

Zu dieser Zeit, im Mai, achtete Evelyn Beckmann noch auf sich.

Ihre Sorge erwies sich als unbegründet. In der U-Bahn waren alle mit sich selbst beschäftigt, und niemand achtete auf sie. Sie musste wieder an Peter denken. Seine Distanziertheit hatte sie die ganze Zeit, auch beim Laufen, beschäftigt. Es war nicht zu leugnen – Peter ging ihr seit einer Weile aus dem Weg. Er grüßte Evelyn zwar, blieb aber nie bei ihr stehen. Normalerweise blieb Peter immer kurz stehen, wenn sie sich in der Firma begegneten. Er war ein Freund, nicht bloß ein Kollege. Das letzte Mal hatten sie miteinander geredet, als er über Noah sprechen wollte. Seitdem nichts mehr. Wich er nicht neuerdings ihrem Blick aus? Und dann die Absage heute. Bis vor Kurzem war der Vorschlag, nach der Arbeit noch was trinken zu gehen, meist von ihm gekommen. Evelyn würde ihn morgen noch einmal fragen. Morgen würde er zustimmen. Sie musste dieses ungute Gefühl, das sie den ganzen Tag begleitet hatte, loswerden. Es gab schon genug schlechte Gefühle.

An einem U-Bahnhof traten ein paar Jugendliche gegen die metallenen Abfalleimer und schubsten sich wüst gegenseitig hin und her. Wenn sie so weitermachten, würde einer von ihnen noch auf den Schienen vor einem einfahrenden Zug landen. Evelyn bemerkte unter ihnen einen Jungen, der wie Noah aussah. Er arbeitete sich gerade mit Tritten gegen einen Abfalleimer ab und war zu weit weg, um ihn richtig zu erkennen, außerdem trug er eine Mütze, aber Evelyn war sich in dieser Sekunde ganz sicher, Peters Sohn, ihren Nachhilfeschüler, zu sehen. Und gleichzeitig nicht. Musste er um diese Uhrzeit nicht längst daheim in Prenzlauer Berg sein? Außerdem hatte er keine Freunde. Und bislang hatte er auch nie Interesse an wilden, destruktiven Spielen dieser Art geäußert. Er liebte ja noch Plastik-Dinosaurier und türkisfarbene Tinte. Nach Freunden gefragt, bestritt er deren Fehlen in seinem Leben zwar immer vehement – »Spinnst du? Wieso sagst du so was? Natürlich habe ich Freunde! Ganz viele!« –, aber mit Tränen in den Augen und errötend, und Evelyn hatte ihn in all den Jahren, seit sie ihn kannte, nie über jemand Spezielles reden hören, mit dem er seine Zeit verbrachte. Es klang eher nach Sehnsucht. Nach Wunschdenken und ich-würde-so-gern-dazugehören.

Das Warnsignal ertönte, die Türen schlossen sich. Evelyn drehte sich zu den Jugendlichen auf dem Bahnsteig, die von den Abfalleimern und der gegenseitigen Schubserei abgelassen hatten und jetzt eine Frau umringten. Sie kamen ihr bedrohlich nah, lachten, zerrten an ihrer Tasche herum. Bevor Evelyn sich hätte vergewissern können, ob es sich bei einem von ihnen tatsächlich um Noah handelte, fuhr die U-Bahn an, und sie verschwand im dunklen Tunnel.

12

Alina war neunzehn Jahre alt und hatte seit Kurzem das Abitur in der Tasche, wie es so schön hieß. Nicht mit einem überragenden Notendurchschnitt, etliche Studienfächer konnte sie wegen des Numerus clausus vergessen, aber ihr reichte es. Nicht so ihren Eltern. Immerzu wiesen sie auf ihre Mitschüler und Mitschülerinnen hin, wer von ihnen mit eins Komma noch was abgeschlossen hatte und ob sie sich nicht ein Beispiel an ihnen hätte nehmen können. Ihre Eltern konnten sich nicht entscheiden, ob sie Medizin, Jura oder BWL für zukunfts- und prestigeträchtiger hielten. Alina interessierte weder das eine noch das andere. Ihr könnt mich mal, dachte sie. Bald bin ich hier weg und endlich frei. Neunzehn Jahre sind genug. Hier hält es ja niemand aus. Wie haltet ihr es hier eigentlich aus?

Ob sie Bafög bekäme, war fraglich. Doch Alina scheute keine Arbeit. Schon mit sechzehn hatte sie regelmäßig Ferienjobs angenommen. Sie würde das alles auf die Reihe kriegen, Studium und nebenbei jobben. Alina war nicht weltfremd und verträumt, sondern realistisch. Sie machte sich keine Illusionen über das erwachsene Leben, das nun vor ihr lag. Sie würde alles auf sich nehmen, was nötig war. Hier hielt sie nichts mehr. Zu klein, zu eng. Ein paar Freundinnen aus der Schule würde sie sicher vermissen, und dann gab es auch noch Dennis, ihre Jugendliebe, aber er hatte was mit dieser Bitch angefangen. Dennis konnte sie mal. Nach der Abiturfeier war er plötzlich wieder angekrochen gekommen, was Alina auf seinen Alkoholpegel zurückführte und darauf, dass sie ihm wochenlang die kalte Schulter gezeigt hatte. Oder mit der Bitch war es doch nicht so toll.

Sie musste in die Gänge kommen, um sich irgendwo einzuschreiben. Dafür musste sie sich zuerst für eine Stadt entscheiden. Ihren Eltern wäre natürlich Münster am liebsten gewesen, oder vielleicht noch Bielefeld, weil das nicht so weit entfernt war. Träumt weiter. Ihre Eltern hatten ihr das lange Wochenende auf Malle spendiert. Als Belohnung für die Abi-Strapazen. Wobei sie es auch hierbei nicht unterlassen hatten, stets auf den besseren Schnitt einiger anderer hinzuweisen. Sie war mit einer Gruppe Klassenkameraden gereist. Billiges Hotel. Viel billiger Alkohol. Dummes Geschwätz. Von ihren Klassenkameraden, männlich wie weiblich, war Alina bereits nach dem ersten Abend angeödet. Dieses Leben war einfach vorbei. Sie würden sich sowieso in alle Winde verstreuen. Ein paar wenige ins Ausland gehen. Viele allerdings hier bleiben, auf der Heimatscholle. Alle Beteuerungen, sich auch nach der Schulzeit nicht aus den Augen zu verlieren, würden nicht lange halten.

»Du bist ganz schön abgeklärt für dein Alter«, hatte Alinas Deutschlehrer kurz vor den Abiturprüfungen zu ihr gesagt, und sie wusste nicht, ob das ein Kompliment oder das Gegenteil war. »Denk dran, nur noch diese Hürde, dann kannst du alles machen, was du willst. Und falls du studierst, vergiss nicht, die Studienzeit ist die schönste im Leben. Kein Geld, miese, winzige Bude, jeden Tag Ravioli aus der Dose.« Alinas Deutschlehrer war alt, älter als ihre Eltern, und er liebte Kafka, E. T. A. Hoffmann, Gedichte und Hardboiled-Krimis. Sie fragte sich, ob das wirklich jemand aß, Ravioli aus der Dose, und versuchte auszurechnen, in welchem Jahrzehnt er wohl studiert hatte.

In den vergangenen Wochen hatte Alina mehrfach versucht, ihre Tante in Berlin zu erreichen. Freiheit war ja gut und schön, aber ein bisschen Unterstützung dabei wäre nicht schlecht. Alina kannte Evelyn kaum, weil sie sie selten zu Gesicht bekam. Sie erinnerte sich an ein Weihnachten vor etlichen Jahren, sie war dreizehn oder vierzehn gewesen. Sie hatte ihre Tante gefragt, warum sie so selten zu Besuch komme. Evelyn hatte geantwortet, dass sie das alles nicht ertrage, den Ort, die Gegend, sie sei froh, wenn sie nach den Feiertagen endlich wieder zurückfuhr. Sie bekomme hier Beklemmungen. *Beklemmungen.* Das fand Alina reichlich übertrieben. Es war zweifellos öde, langweilig, engstirnig, hinterm Mond. Aber so schlimm nun auch wieder nicht. Evelyn hatte damals so geklungen, als handelte es sich um die Hölle. Mindestens. Oder eine Strafanstalt. »Wenn du klug bist«, hatte sie gesagt, »machst du dich so schnell wie möglich vom Acker und lässt das alles hinter dir.« Im Alter von dreizehn, vierzehn hatte Alina sich hier eigentlich noch ganz wohlgefühlt. Abgesehen von Urlauben in Spanien, Holland, Ägypten, Kreta, Südtirol oder Schweden kannte sie allerdings auch nichts anderes. Wann hatte sie Evelyn das letzte Mal gesehen? Mit sechzehn oder siebzehn? Sie hatten kein enges Tanten-Nichten-Verhältnis, hatten im Grunde gar kein Verhältnis zueinander, außer zufällig verwandt zu sein, was das Ganze schwierig machte. Und da sie auch keine Anschrift oder Telefonnummer von ihr hatte, musste Alina ihre Eltern um die Kontaktdaten bitten. Sie hatten misstrauisch gefragt, was sie denn von Evelyn wolle.

Ihre Tante war unabhängig und ließ sich nicht kleinkriegen. So zumindest stellte Alina sich Evelyn vor. Sie hatte einen coolen Job. Irgendwas mit IT. Beziehungen mit Frauen, worüber sowohl Alinas Eltern als auch ihre Großeltern insgeheim die Nase rümpften, auch wenn sie so taten, als wäre es das Normalste der Welt. Ihre Tante hatte früh den Absprung geschafft und war nach Berlin gegangen, hatte die meisten Brücken abgebrochen. »Sie ist jederzeit bei uns willkommen«, behaupteten Alinas Eltern, meinten es aber nicht so. Alina wollte auch nach Berlin. Das hatte sie sich in den Kopf gesetzt. FU, HU, es gab so viele Möglichkeiten. Aber Unterstützung ihrer Tante, sozusagen Anschubunterstützung, wäre hierbei durchaus hilfreich gewesen. Bloß antwortete Evelyn nicht. Auf Alinas erste Nachricht hatte sie etwas Nichtssagendes zurückgeschrieben und sich seither nicht mehr gemeldet. Alinas Eltern schien das mit einer gewissen Genugtuung zu erfüllen. »Wir haben nichts anderes von Evelyn erwartet«, sagten sie.

Damals

»Soll ich den Hund für dich töten? Ich kann das.«

Wir streiften nachmittags ziellos durch die Gegend, bis an die äußeren Ränder unseres Heimatortes. Das war mir inzwischen wesentlich lieber, als sie in ihrem deprimierenden Zuhause zu besuchen. Deprimierende Brote, deprimierendes Zuhause. Manchmal fragte ich mich, ob es den Kanarienvogel unten in der Küche noch gab. Ich verband ihn immer mit ihrer Mutter. Ihre Mutter lebte in der Küche mit dem Vogel, während der Vater nebenan im abgedunkelten Wohnzimmer über seinen Papieren hockte. Als wäre die Mutter eigentlich mit dem Kanarienvogel verheiratet. Ich stellte ihn mir als Skelett vor. Winzig kleine, dünne Knochen, die am Boden des Käfigs lagen.

Zu mir einladen wollte ich sie auch nicht mehr. Sie zog mich runter. Schlechte Noten in allen Fächern. Ein komischer Freak, mit dem niemand etwas zu tun haben wollte. Das färbte auf mich ab. Die anderen hielten mich auch für seltsam, weil ich immer mit ihr herumhing. Ihre Blicke entgingen mir nicht.

Wir lachten draußen über irgendwelche Erwachsenen, die uns begegneten, weil wir sie fett, hässlich oder spießig fanden, oder alles zusammen, passierten ein paar Läden. Sie wollte hineingehen. Ich wollte auf gar keinen Fall, dass sie hineinging und etwas darin stahl. Ich hatte viel zu große Angst davor, dass sie erwischt und ich mit hineingezogen wurde. Dass ein Polizeiauto mit Tatütata anrauschte, mit Handschellen und allem. So stellte ich mir das jedenfalls vor. Wie hätte ich das meiner Mutter erklären sollen? Ich wurde zu einem anständigen Menschen erzogen. Dann landeten wir auf einer Brache mit viel stacheligem Gestrüpp, auf der ehemals Gebäude gestanden hatten, aber noch keine neuen gebaut worden waren. Schafgarbe. Brennnesseln. Gräser. Brombeersträucher. Disteln. Ich zerriss mir meine Jacke im Gestrüpp, wofür meine Mutter mich ermorden würde.

»Soll ich den Hund für dich töten?«, wiederholte sie auf der Brache. »Ich kann das. Ich mach das. Aber dann musst du immer mit mir befreundet sein.«

Von dem Zeitrahmen »immer« hatte ich in diesem Alter keine rechte Vorstellung. Wie lange dauerte »immer«? Und wollte ich, dass sie den Hund tötete? Ich fürchtete mich sehr vor ihm und hatte draußen jeden Tag Angst, ihm über den Weg zu laufen. Doch ich war auch grundsätzlich tierlieb. Und hatte er die Todesstrafe verdient? Nein. Meiner Meinung nach hatte die niemand verdient, mit Ausnahme vielleicht von grausamen Herrschern. »Der Hund merkt, dass du Angst vor ihm hast«, sagte einer meiner Brüder, der oberschlaue, der die Welt besonders gut verstand und sie mir immer erklärte. »Du darfst keine Angst vor ihm haben. Oder sie nicht zeigen.« Na toll. Und wie sollte ich das bitte anstellen?

Ich verlor auf der Brache meinen Schlüssel und wurde sofort panisch. Wegen eines verlorenen Schlüssels würde meine Mutter mich wirklich ermorden. Wir suchten eine Weile herum, bis wir ihn schließlich fanden. Nach dem Schreck wollte ich nach Hause, ich mochte die Brache nicht mehr, aber sie zog zwei eingewickelte Brote aus der Tasche. »Hatte in der Schule keinen Hunger«, sagte sie und bot mir eins an. Es abzulehnen, erschien mir unhöflich. Ich glaubte Schimmel zu schmecken, obwohl keiner zu sehen war. Sie bemerkte, wie ich das Brot kritisch beäugte.

Wir hatten uns zu dieser Zeit, als sie mir ihr Angebot ständig unterbreitete – sie nannte es gern »Geschenk«, ein »Geschenk für dich« –, bereits voneinander entfernt. Oder besser, ich mich von ihr. Sie wurde mir fremd, und ich betrachtete sie mehr wie von außen, wie jemand, der sie nicht kannte. Insgeheim sah ich mich längst nach neuen Freundinnen um. Nach welchen, die zu mir passten. Sie passte nicht mehr zu mir. Scham wegen meines Ekels vor ihrem Zuhause kam mir inzwischen wie etwas Verlogenes aus der Kirche vor, etwas, das ich unbedingt zu empfinden hatte, weil es edelmütig und gut war, aber nicht empfand.

Irgendwann fing ich an, den anderen aus der Klasse in kleinen Brocken Bericht über sie und ihr Zuhause zu erstatten. Sie waren begierig darauf, das hatte ich schnell gemerkt. Auf Beschreibungen des scheintoten Vaters, den ich in Wahrheit aber schon eine ganze Weile nicht mehr zu Gesicht bekommen hatte. Des räudigen Kanarienvogels. Der Mutter und ihrem billigen Fraß. Der traurigen Geranien auf dem äußeren Fenstersims in der Küche. Sie hatten nicht einmal einen Balkon und außerdem kein richtiges Badezimmer. Die aus meiner Klasse kicherten dann, wollten unbedingt mehr hören, kreischten manchmal auf und benahmen sich so, als sähen sie einen Horrorfilm.

Immer, wenn ich dachte, sie hätte es endlich vergessen, kam sie wieder auf das »Geschenk« für mich zurück. Soll ich den Hund für dich töten? Allein bei diesem Wort gruselte es mich. Das sagte kein Kind. Kinder sagten killen, alle machen, abmurksen. Dass es mich gruselte, entging ihr nicht. Und je mehr es mich gruselte, desto öfter nahm sie es in den Mund. Andere Jugendliche begannen in diesem Alter, mit Schweinkram um sich zu werfen, um zu schockieren, ficken, Fotze, Schwanz. Sie sagte: Soll ich den Hund töten? Töten. Töten. Töten. Sie brüstete sich geradezu damit. Sie sei nämlich dazu in der Lage, betonte sie. Es sei nicht nur so dahingesagt. Sie könne das. Sie wisse ganz genau, wie, habe schon einen Plan. Keinem würde etwas auffallen. Der Plan lautete: Vergiftete Frikadellen. Hund weg, keine Sorgen mehr. Na, wie wär's? Soll ich das für dich machen?

Ein klein wenig liebäugelte ich durchaus mit diesem verlockenden Angebot. Kein schwarzer, bösartiger, knurrender Riesenschnauzer mehr, wie herrlich! Ich könnte aufatmen, wenn ich durch unser Viertel ging. Doch ich kam zu dem Schluss, dass ich damit nicht einverstanden war. Ich war schließlich tierlieb. Der Hund sollte weiterleben, selbst wenn das bedeutete, jeden Tag Angst vor ihm haben zu müssen.

»Nein, das will ich eigentlich nicht«, sagte ich und fand, das klang erwachsen und entschieden. Wenn ich sagte, nein, ich will das nicht, wäre ein für alle Mal Schluss mit dem Geschenk. »Und wo willst du die überhaupt auftreiben? Vergiftete Frikadellen?« Frikadellen gab es öfter bei ihr zu essen, das wusste ich, aber sicher nicht im Übermaß. Sie waren arm. Es stehen nicht alle auf der Sonnenseite des Lebens. Sie konnte keine Frikadelle unbemerkt abzweigen, weil ihre Mutter sie bestimmt genau abzählte. Übrig gebliebene gab es am nächsten Tag. Andererseits war sie bei den Diebstählen im Laden noch nie erwischt worden. Und das Gift? Wo wollte sie Gift auftreiben? Wenn sie die Frikadelle mit WC-Reiniger oder etwas Ähnlichem präparierte, würde dem Hund davon sicher nur schlecht werden.

»Du meinst wohl, ich kann das nicht, oder? Du wirst schon sehen.«

13

Evelyn war dazu übergegangen, drei- statt zweimal in der Woche von zu Hause zu arbeiten. Sie begründete es damit, sich zu Hause besser konzentrieren und mehr leisten zu können.

Mit Rafael im selben Raum konnte sie sich tatsächlich schlecht konzentrieren, weil er sie immer wieder ablenkte, doch das war nicht der wahre Grund. Zumindest nicht der einzige. Die Stimmung in ihrem Team hatte sich zusehends verschlechtert. Hatte Evelyn es vor ein paar Wochen noch als Einbildung abgetan, als »schlechten Tag« – wahlweise ihr eigener oder der ihrer Kollegen –, ist bloß ein schlechter Tag, weiter nichts, morgen sieht alles wieder ganz anders aus, war es inzwischen nicht mehr zu leugnen. Am liebsten wäre sie die ganze Woche zu Hause geblieben, aber das war ihren Chefs nicht zu vermitteln.

Stand am nächsten Tag Homeoffice an, brauchte Evelyn abends keine Kleidung mehr rauszulegen. Eine Mühe weniger im Leben. Mittlerweile legte sie allerdings auch keine Kleidung mehr raus, wenn sie am nächsten Morgen nach Moabit zur Firma fahren musste. Sie griff sich einfach irgendetwas, das einigermaßen zum Wetter und den Temperaturen passte. Es war auch schon vorgekommen, dass sie dasselbe anzog wie am Vortag – bis vor Kurzem noch undenkbar für Evelyn. Sie ließ schmutziges Geschirr herumstehen, statt es in die Spülmaschine zu räumen, und machte oft ihr Bett nicht. Joggen ging sie jedoch immer noch regelmäßig. Das war ihr wichtig. Sie achtete auf sich.

Mit Peter redete Evelyn kaum noch. Zu ihrem Vorschlag, nach Feierabend zusammen essen zu gehen, hatte er vor einigen Wochen auch am nächsten und übernächsten Tag nein gesagt und es damit begründet, »so viel zu tun« zu haben. Seitdem hatte sie ihn nicht mehr gefragt. Peter war ausweichend und distanziert, und Evelyn hatte den Eindruck, dass er es vermied, ihr in der Teeküche zu begegnen. Auch über den Job redete er nicht mehr mit ihr. Jahrelang war er eine zuverlässige Tratschtante gewesen und hatte sie mit allen möglichen Informationen versorgt. Diese Quelle war derzeit versiegt. Folglich konnte sie ihn auch nicht fragen, was mit Jule los war. Nicht dass die Zusammenarbeit mit ihr jemals einfach gewesen wäre, aber Evelyn war zu Ohren gekommen – heimlich vor der Tür eines offenstehenden Büros belauscht –, sie behandele Jule schlecht. Führe einen regelrechten Krieg gegen sie. Jule war nicht etwa beliebt in der Firma, im Gegenteil, auch nicht in Evelyns Team, sie erledigte ihre Aufgaben nicht, war anstrengend, klagte entweder über die »unzumutbare Belastung« oder fing in giftigem Ton an zu streiten, aber in letzter Zeit schienen alle darin vereint, die bedauernswerte Jule vor Evelyn schützen zu müssen.

Evelyn hatte Noah gefragt, ob zu Hause und mit seinen Eltern, insbesondere mit seinem Vater, alles in Ordnung sei. Er hatte sie angefaucht, die Stimme zwischen kindlich und beginnendem Stimmbruch schwankend, dass seine Eltern ja getrennt waren, »schon vergessen?«, und dass sie schließlich diejenige sei, die seinen Vater jeden Tag sehe. »Frag ihn doch selbst.« Noah hatte sich verändert. Die Zeiten des freundlichen, liebenswerten Jungen waren wohl endgültig vorbei. Er zeigte aggressive Züge, wurde schnell wütend und machte außerdem herablassende Bemerkungen über alles Mögliche. Über Kopftücher. Über Mädchen. Das war neu. Über Leute, die es einfach nicht kapierten – ohne zu konkretisieren, welche Leute was nicht kapierten. Über von Türken geführte Spätis, wobei er gern das Wort »Mafia« fallen ließ oder auch »Drecksmafia«. Auf die Frage, was »Mafia« denn genau bedeute, schwieg er sich aus. Und gleichzeitig spielte er wie das liebenswerte Kind von einst mit seinem Velociraptor auf Evelyns Küchentisch herum.

Sie hatte sich fest vorgenommen, Noah auf den U-Bahnhof anzusprechen, wo sie ihn vergangenen Monat gesehen oder zu sehen geglaubt hatte, es aber bisher nicht getan. Evelyn dachte noch immer an die Frau auf dem Bahnsteig, an die Angst in ihren Augen, als sie von den Jugendlichen bedrängt wurde, einer von ihnen Noah. Oder nicht? Täuschte sie sich? Evelyn hatte darauf vertraut, dass jemand eingeschritten war. Auf dem Bahnsteig hatten neben den Jugendlichen schließlich genug andere Leute gestanden. Alle hofften immer, dass jemand anders einschritt. Hauptsache, nicht ich.

Von Mona erreichte sie eine neue WhatsApp-Nachricht: *Können wir reden? M.* Können wir reden, können wir reden. Worüber sollten sie reden? Es war vorbei. Die Trennung, auch wenn sie nicht von Evelyn, sondern von Mona ausgegangen war, war im Grunde gar nicht so übel. Was wollte Mona von ihr? Evelyn ignorierte ihre Nachricht wie alle davor, schrieb nicht zurück und rief auch nicht an. Sie dachte an das, was Katharina gesagt hatte: Vielleicht will sie dich ja zurück. Stünde Evelyn dafür noch zur Verfügung? Entschieden nein. Das hätte Mona sich früher überlegen müssen.

Evelyn Beckmann führte ihr Leben weiter wie bisher. Oder fast. Sie redete sich ein, dass Jennifers Heimsuchungen sie völlig kalt ließen, dass sie sie längst vergessen hatte, doch seit Februar, seit nunmehr vier Monaten, bewegte sie sich draußen anders, immer ein wenig auf der Hut, und wenn es an der Tür klingelte, schrak sie zusammen. Als wäre jederzeit mit Heimsuchung Nummer drei zu rechnen.

Es war ein widerliches kleines Gefühl, das nun immer wieder in ihr hochkam. Wie Sodbrennen. Morgens beim Aufwachen. Bei der Arbeit, auch im Homeoffice. Wenn sie sich mit jemandem traf. Abends beim oft vergeblichen Versuch, endlich einzuschlafen. Sie durfte es nicht zulassen. Musste vergessen. Das war doch so lange gut gegangen. Sie hatte ein gutes Leben. Hatte das Nest zwischen Ruhrgebiet und Münsterland direkt nach dem Abitur verlassen. In Berlin studiert. Später eine Weiterbildung absolviert. Und heute war sie gut bezahlte Testmanagerin in einer mittelgroßen Softwarefirma mit einem Team unter sich. Sie hatte etliche Partnerinnen gehabt und keinen Zweifel, nach dem unrühmlichen Ende mit Mona wieder eine zu finden. Eine, die im Übrigen besser zu ihr passte und nicht dauernd an ihr herumnörgelte, à la »sei doch mal locker«.

Es kam ganz anders als erwartet. Im Monat Juni lauerte Jennifer ihr nicht in der Kulmer Straße auf, und sie stand auch nicht abends im Treppenhaus vor der Tür. Eines Tages saß Evelyn in ihrem Büro, Rafael war ausnahmsweise nicht da, krank, hieß es, was für eine Wohltat, als Natascha, die Office-Managerin, eintrat.

»Da will dich jemand sprechen«, sagte Natascha. »War gestern schon mal hier, aber da warst du ja nicht da.«

Wenn in der Firma jemand Evelyn sprechen wollte, waren es entweder welche aus ihrem Team oder die Chefs. Sowohl die einen als auch die anderen schickten nicht die Office-Managerin vor. Und Kundenkontakt hatte man in der Qualitätssicherung so gut wie nie.

Bevor sie etwas erwidern konnte, war Natascha bereits wieder verschwunden. In der Tür stand jetzt *sie.* Diese Person. Jennifer. Evelyns Albtraum. Nicht im abgewetzten Mantel, sondern sommerlich gekleidet und mit einem schüchternen Lächeln. Man hätte sie glatt für einen netten Menschen halten können. Evelyn hatte noch nie privaten Besuch in ihrer Firma bekommen, nicht einmal von Mona.

Wieso weiß sie, wo ich arbeite?, dachte sie. Woher hat sie all diese Informationen?

Jennifer zögerte, den Raum zu betreten. Wartete sie etwa darauf, dass Evelyn sie hereinbat und zum Kaffee einlud? Jennifer drang nach und nach in jeden ihrer Lebensbereiche ein, wie eine böse, hinterhältige Krankheit, die sich ausbreitet. Erst ihre Straße und ihre Wohnung, jetzt ihr Arbeitsplatz. Dreißig Jahre nichts und nun drei Überfälle im Abstand von jeweils zwei Monaten. Evelyn hätte etwas sagen, Jennifer in ihre Schranken weisen müssen. Ihr unmissverständlich klar machen müssen, dass sie hier nichts zu suchen hatte und heute eindeutig zu weit gegangen war. Doch sie brachte kein Wort heraus, was auch damit zu tun hatte, dass sie ihre Kollegen und Kolleginnen in den anderen Büros, im Flur und in der Teeküche nicht unnötig auf sich aufmerksam machen wollte. Sie hatte derzeit ohnehin keinen guten Stand bei der Arbeit.

Sie hätte überrascht sein müssen. Überrascht und vor allem verärgert. Doch sie empfand gar nichts. Bloß leichte Übelkeit. Und überrascht war sie kein bisschen. Im Gegenteil, sie hatte die ganze Zeit mit so etwas gerechnet. Nicht unbedingt damit, dass Jennifer auch noch so dreist war, bei der Arbeit aufzutauchen, aber sie hatte geahnt, dass es nicht vorbei war. Noch lange nicht. Es hatte gerade erst angefangen.

»Ich will dich nicht stören, ich weiß, du musst arbeiten, schon klar, aber ich wollte mal sehen, wo du so arbeitest. Wo wir uns doch jetzt wiedergefunden haben. Ich bin auch gleich wieder weg, wenn es nicht passt. Irgendwann hast du aber doch bestimmt Mittagspause, oder? Ich dachte, vielleicht könnten wir ja was trinken oder so. Bisschen quatschen. So wie früher. Das wäre doch nett. Was meinst du? Wenn's jetzt nicht passt, kann ich auch später noch mal kommen.« Sie zupfte an ihrer Bluse herum. »Schau mal, habe ich mir im Secondhand gekauft. Ihr habt ja so viele Läden davon in Berlin. Echt toll.«

Machte sie jetzt einen auf beste Freundinnen, die sich über ihre Klamotten austauschten? Aber vielleicht dachte Jennifer ja genau das. Vielleicht bildete sie sich ein, sie wären befreundet. Richtig befreundet waren sie nicht einmal damals gewesen. Das schien sie vergessen zu haben. Evelyn hatte sich aus Mitleid mit ihr abgegeben. Vielleicht war in Jennifers Kopf etwas falsch verdrahtet und sie konnte nicht zwischen Realität und Wunsch unterscheiden.

Eines war gewiss, sie würde so lange dort stehen bleiben, halb in Evelyns Büro, halb im Gang, bis Evelyn einwilligte, etwas mit ihr zu trinken. Jetzt sofort oder später. Oder morgen. Es wäre nichts gewonnen, wenn Evelyn sie zum Teufel schickte, Jennifer würde einfach wiederkommen. Abneigung schien sie nicht wahrzunehmen. Oder es war ihr egal. Wenn Evelyn jetzt nicht Mittagspause mit ihr spielte, Gleiche unter Gleichen, wäre das Unvermeidliche bloß hinausgeschoben. Und ihre Kollegen sollten so wenig wie möglich von dieser unerfreulichen Angelegenheit mitbekommen. Natascha reichte schon.

»Eine kurze Pause wäre gar nicht schlecht«, sagte Evelyn. »Lass uns doch sofort losgehen.«

»Musst du nicht hierbleiben?«

»Hierbleiben? Wieso?«

»Ich weiß nicht. Anwesenheitspflicht oder so.«

»Anwesenheitspflicht? Ich bin doch nicht in der Schule. Oder im Gefängnis.«

»Gefängnis?« Jennifer lachte. »Blöder Vergleich, echt. Total blöder Vergleich. Wie kommst du denn auf Gefängnis?«

»Nur so. Ist das nicht eine Redensart?«

»Das ist eine Scheißredensart.«

Warum auch immer sie sich so merkwürdig verhielt – aber hatte Jennifer sich nicht schon in der Schulzeit merkwürdig verhalten? –, vielleicht sollte Evelyn eine Liste anlegen, um bei der nächsten Begegnung, die ihr irgendwann sicher drohte, alles anzubringen, worauf Jennifer empfindlich reagierte. Abschreckung als Strategie.

Sie verließen Evelyns Büro. Jennifer trödelte herum, sodass Evelyn sie am liebsten mit der Hand auf dem Rücken energisch vorwärts geschoben hätte, um sie zur Eile anzutreiben. Sie wollte die Räumlichkeiten ihrer Firma so schnell wie möglich hinter sich lassen, damit niemand sie zusammen mit Jennifer sah, auch wenn sie heute einen sauberen Eindruck machte.

Auf der Straße wusste Evelyn zuerst nicht, wohin. Sie kannte sich in Moabit nicht aus, fuhr nur zur Arbeit hierhin und nach der Arbeit sofort wieder zurück. Sie entschied sich für den Bäcker, bei dem Rafael seine riesigen belegten Brötchen kaufte. Dort gab es auch zwei, drei wenig einladende Tische. Das musste reichen.

Jennifer sah wirklich wesentlich besser aus als die letzten beiden Male. Mit der Secondhand-Bluse geradezu adrett. Anders als Evelyn. Evelyn trug dieselbe Kleidung wie am Vortag, inzwischen reichlich verknittert. Sie hatte morgens verschlafen und keine Zeit mehr für Kleiderauswahl und Dusche gehabt. Das fand sie seit einer Weile nicht mehr so wichtig. Seit wann eigentlich? Sie wusste es nicht mehr.

Auf dem Weg zum Bäcker kamen sie an einem Mann vorbei, der die Obdachlosenzeitung verkaufte. Sie beachteten ihn nicht. Niemand beachtete ihn. Doch nach ein paar Metern blieb Evelyn stehen. »Warte mal kurz«, sagte sie und holte ihr Portemonnaie aus der Tasche. Sie zog, gut sichtbar für Jennifer, einen Fünfzig-Euro-Schein heraus, ging zurück zu dem Mann, der ihr seine Zeitung aufdrängen wollte, lehnte die Zeitung ab und reichte ihm das Geld. Er starrte erst den Schein an, dann sie und sagte: »Ist der echt?«

»Das war aber viel«, sagte Jennifer, als Evelyn zu ihr zurückkehrte.

»Ja, und?«

»Ich meine ja nur. Bist du immer so großzügig?«

»Wenn ich es wichtig finde, schon.«

In Evelyns Portemonnaie hatte sich kein kleinerer Schein befunden, ein paar Münzen hätten nicht den angestrebten Zweck erfüllt, und Kartenzahlung akzeptierte der Zeitungsverkäufer sicherlich nicht. Der Zweck war, Jennifer zu demonstrieren, was für ein gutes Leben sie hatte. Dass sie es sich auch leisten konnte, einer abgerissenen Gestalt fünfzig Euro zuzustecken, wenn ihr danach war, ohne dass sie deswegen verarmte oder hungern musste. Sie wollte Jennifer zeigen, dass sie nichts, aber auch gar nichts gemein hatten und in völlig unterschiedlichen Welten lebten.

Die wenigen Plätze draußen vor der Bäckerei waren alle besetzt, und sie steuerten einen unappetitlich aussehenden Tisch im Inneren an. Ohne zu fragen, was Jennifer wollte, holte Evelyn zwei Becher Kaffee. Nichts zu essen. Das wäre ja noch schöner gewesen, mit dieser Person etwas zu essen, als hätten sie eine Verabredung. Oder würden sich in irgendeiner Weise nahe stehen. Jennifer schien mit dem Kaffee zufrieden und sich an dem klebrigen Tisch voller Brötchen- und Kuchenkrümel und brauner Kaffeetassenränder nicht zu stören. Sie lehnte sich zurück, blickte aus dem Fenster auf die triste Moabiter Straße. Sie trug heute nicht nur saubere Kleidung ohne Löcher, auch vom grauen Haaransatz war nichts mehr zu sehen. Selbst gefärbt, vermutete Evelyn. Ein bisschen stümperhaft. Und eine andere Farbe als ihre eigene, wenn sie sich richtig erinnerte, dunkler.

»Und du hast was mit Frauen?«, fragte Jennifer plötzlich.

Woher wusste sie das jetzt schon wieder? Stand das neuerdings im Internet? Woher wusste Jennifer das alles? Ihre Adresse? Die Adresse ihrer Firma? Woher wusste sie überhaupt, in welcher Firma Evelyn arbeitete?

»Nicht mit allen Frauen. Nur mit einer.« Evelyn würde den Teufel tun und Jennifer gegenüber die Trennung erwähnen. Das klang wie Scheitern. Außerdem ging Jennifer das nichts an. Evelyns ganzes Leben ging sie nichts an.

»Muss ja jeder selbst wissen. Also ich habe damit kein Problem.«

Die Rollen waren vertauscht. Jennifer sauber und adrett, Evelyn trug die Kleidung vom Vortag. Verkehrte Welt. Das gefiel Evelyn gar nicht.

»Du bist in letzter Zeit ganz schön oft in Berlin«, sagte Evelyn.

»Stimmt. Ich habe wohl Gefallen an der Hauptstadt gefunden.« Jennifer blickte wieder aus dem

Fenster. »Es ist schon toll hier. Alles so groß. Allein die Häuser. So viele Leute. Es wimmelt hier von Leuten. Das gefällt mir. Da steht man nicht so unter Beobachtung. Ich überlege, mich zu verändern. Hatte ich dir das nicht erzählt? Egal. Darüber denke ich schon länger nach. Wer weiß, vielleicht komme ich dauerhaft nach Berlin. Dann können wir uns öfter sehen. So wie früher. Das wäre doch toll, oder?«

Evelyn hätte sie jetzt alles Mögliche fragen müssen. Ob sie das ernst meine. Wovon sie es bezahlen wolle. Berlin war teuer geworden. Eigentlich unerschwinglich. Ob sie einer Arbeit nachgehe. Warum sie sie regelmäßig heimsuchte. Was sie sich davon versprach. Sie fragte nichts davon. Wollte es nicht wissen. Wollte nicht hier, in der Nähe ihrer Arbeitsstelle, mit dieser Person beim Kaffee sitzen und so tun, als würden sie einander mögen.

Sie trank aus, stand auf und nahm ihre Tasche. »Ich muss jetzt wieder zur Arbeit. Schwieriges Problem, das ich lösen muss. Und ich kann mein Team nicht so lange allein lassen.«

»Ja, klar.«

Draußen vor der Bäckerei fragte Evelyn: »Du weißt die Richtung? Da vorne geht's zur U-Bahn.«

»Turmstraße, yes.« Jennifer salutierte albern. »Ich kenne mich inzwischen ein bisschen aus. Ach, was ich dir noch sagen wollte … du … also … du riechst ein bisschen streng. Wollte ich nur sagen. Man sieht sich.«

Evelyn ging zurück zu dem Gebäude, in dem ihre Firma angesiedelt war, ging direkt in ihr Büro, dankbar, dass Rafael heute nicht da war, der Krankenstand in ihrem Team nahm in letzter Zeit Überhand, schaltete den Rechner aus, teilte einem Kollegen mit, dass sie zu Hause erreichbar war, was ihn nicht sonderlich interessierte, und eilte hinaus. Sie musste nach Hause. Sie musste dringend duschen und etwas anderes anziehen.

14

Noah saß in der Zwei-Zimmer-Wohnung in Lichtenberg auf dem schwarzen Ledersofa und wusste nicht, wie er sich verhalten sollte, ohne dass es angespannt und verkrampft wirkte. Sein Vater hatte ihm den blauen Hoodie gekauft, zum Ärger seiner Mutter, aber jetzt fragte Noah sich, ob es ein Fehler war, ihn heute anzuziehen. Sommer, ihm war viel zu warm darin, und außerdem hatte er nicht exakt denselben Blauton. Und wirkte es nicht total kindisch, so als wollte er ihn imitieren? Noah schwitzte. Bekam schon wieder diese rote Birne, sobald er angesprochen wurde, der Fluch seines Lebens, fühlte die hereinschießende Hitze am Hals und im Gesicht. Wo blieben eigentlich die anderen? Er hatte doch Freunde angekündigt, die auch noch kommen würden. »Die musst du kennenlernen. Echt coole Typen.« Bislang war aber nichts von ihnen zu sehen. Noah wurde ein wenig unwohl. Hatte er einen riesengroßen Fehler gemacht, war in eine Falle gelockt worden und wurde gleich abgeschlachtet? Er hatte niemandem gesagt, wo er war. Hatte nachmittags einfach die Wohnung mit den Worten »ich gehe noch mal weg« verlassen. Seine Mutter hatte gefragt, wohin, und er hatte geantwortet, dass er Freunde treffe. Mit dieser Auskunft schien seine Mutter zufrieden. Sie hatte ihn bloß ermahnt, pünktlich zum Abendessen wieder zu Hause zu sein.

Niemand wusste also, wo er sich aufhielt. Das bedeutete Freiheit, aber auch Gefahr. Falls er ihn nicht kaltmachte, würde er Noah hier auf diesem Sofa an den Pimmel fassen? Oder Noah zwingen, seinen zu lutschen? Vielleicht entwickelte sich das hier noch schlimmer als jedes Zusammentreffen mit Kasimir, Mustafa und Dragan.

Außer dem schwarzen Ledersofa standen ein kleiner Schreibtisch, ein Bücherregal, ein riesiger Fernseher und eine Musikanlage im Zimmer. Keine kleinen Bluetoothboxen wie bei den meisten Leuten, sondern richtig große Lautsprecher auf Ständern. Auf dem Boden lagen Hanteln und in einer Ecke stand ein Rudergerät. Er hieß Mark, wie Noah inzwischen wusste, war vierundzwanzig und studierte Jura. Noah, wegen des Ausbleibens der Freunde misstrauisch geworden, stand auf, als Mark in die Küche ging, um etwas zu trinken zu holen, und warf einen Blick auf den Schreibtisch. Juristische Fachbücher, soweit er das beurteilen konnte. Das mit dem Jurastudium an der Freien Universität schien also zu stimmen.

»Du musst aber ganz schön weit fahren von Lichtenberg zur FU«, sagte Noah und kam sich unheimlich erwachsen vor, solche Probleme zu erkennen und anzusprechen.

Die Wohnungslage sei katastrophal, erwiderte Mark. Nicht nur in Berlin, sondern überall. Er reichte Noah eine eiskalte Cola. Und manchen würden die Wohnungen einfach zugeteilt. Man wüsste ja, wem. Die Politiker täten nichts, obwohl sie so viel versprachen. Er könne das Geschwätz nicht mehr hören. Denen glaube doch kein Mensch mehr. Aber keiner würde das deutlich sagen. Im ganzen Land laufe so viel falsch, es sei an der Zeit, etwas dagegen zu tun.

Noah wusste nicht genau, was im Land falschlief, und hatte auch noch nie darüber nachgedacht. Politik war ihm zu schwierig, und er verstand sie nicht. War ihm doch egal, wer Präsident der USA oder in sonst einem Land war. Das hatte nichts mit ihm zu tun. Manchmal versuchte sein Vater, mit Noah darüber zu reden. Und natürlich die Oberlehrerin Evelyn, die ihm Zeitungsartikel vorlegte und sagte, das nehmt ihr doch bestimmt in der Schule durch. In seinem eigenen Leben lief so manches falsch, das immerhin wusste Noah. Schule. Der neue Kerl seiner Mutter und das neue Kind, mit denen er zusammenleben musste, ohne dass ihn jemand gefragt hätte. Sein mies gelaunter Vater, der manchmal, wenn er glaubte, Noah bemerkte es nicht, unendlich niedergeschlagen aussah.

Mark erkundigte sich nach seinen Eltern. Nach der Schule. Danach, welchen Sport Noah am liebsten möge. Noah blickte verstohlen zu den Hanteln und dem Rudergerät. Er gestand, dass er sich nicht besonders für Sport interessierte und, leiser, auch in keiner Sportart gut sei.

»Macht ja nichts, Kumpel. Vielleicht hast du einfach noch nicht das Richtige gefunden, das, was für dich passt. Wichtig ist ja, was man hier oben hat, oder?« Mark tippte sich an die Schläfe.

Noah wagte nicht zu fragen, warum Mark ihn neulich an der unsichtbaren Grenze zum Schulgelände angesprochen hatte. Kasimir, Mustafa und Dragan waren dicht hinter ihm gewesen, als Noah nach Schulschluss nach Hause wollte, und er hatte befürchtet, dass die Schonzeit vorbei war, alles wieder von vorn losging und die nächste Attacke kam. Und dann stand er da, Mark, dessen Namen er zu diesem Zeitpunkt noch nicht kannte, dessen Aussehen er sich aber fest eingeprägt hatte, und rettete ihn.

»Alles in Ordnung, Kumpel?« Mark hatte den dreien einen finsteren Blick zugeworfen.

»Ja, wieso?«, hatte Noah geantwortet, unsicher, ob er überhaupt gemeint war.

»Bloß so. Ich dachte, du hast vielleicht ein Problem.«

Sie waren vor der Schule ins Gespräch gekommen. Mühelos und ganz locker. Das, wovon Noah seit Wochen insgeheim träumte, geschah plötzlich. Mark hatte ganz normal mit ihm geredet, nicht wie mit einem unreifen Kind – wie seine Erziehungsberechtigten es oft taten –, und es war fast noch besser gewesen als in Noahs Träumen.

»Wenn du doch mal Probleme hast, mit diesen Typen da zum Beispiel«, er blickte Kasimir, Mustafa und Dragan hinterher, »gib mir Bescheid.«

Noah hatte abgestritten, Probleme zu haben. Er wollte nicht wie ein Schwächling wirken, der allein nicht klarkam. Sie hatten ihre Handynummern ausgetauscht, und einige Tage später folgte eine Einladung per WhatsApp zu Mark nach Lichtenberg.

Noah hatte sich keinen Moment gefragt, was einen vierundzwanzigjährigen Jurastudenten vor die Tore einer Schule trieb, man las und hörte ja so einiges, aber auf Mark traf das ganz sicher nicht zu. Er war an Noah interessiert, behandelte ihn wie einen Ebenbürtigen und nicht wie einen kleinen Jungen. Als die Sprache auf Noahs Eltern kam, sagte er mit einem wissenden, unheimlich klugen Lächeln: »Ja, ja, die Sorte, das kenne ich.« Er amüsierte sich nicht einmal über Noahs mangelndes Talent für Sport, forderte ihn nicht auf, »doch mal Sport zu machen« wie sein Vater, in einen Verein zu gehen, im Gegenteil, er stellte fest, dass es Wichtigeres gab.

Noah war obenauf. In anderen Sphären. Er dachte noch tagelang an das Treffen und die Wohnung in Lichtenberg, an die Musikanlage, die kühle Einrichtung, an das schwarze Ledersofa, das er sich in ein paar Jahren, wenn er erwachsen war, für seine eigene Wohnung anschaffen würde, genau so ein Sofa, das nahm er sich fest vor. Vor allem abends im Bett dachte er daran. Zwischendurch fragte er sich, ob das nicht irgendwie doch schwul war, aber nur kurz. Nein, das war es ganz sicher nicht. Mit seiner Mutter redete Noah kaum noch. Mit ihrem neuen Kerl sowieso nicht. Er fühlte sich ihnen überlegen, allen, seiner Mutter, seinem Vater, Evelyn, denen aus der Schule, und es war ein gutes Gefühl. Nicht einmal das neue Kind störte ihn. Eines Tages ging er zum Bett seiner Schwester – Halbschwester –, als sie schlief, ohne recht zu wissen, warum. Seine Mutter telefonierte in der Küche. Noah stand vor dem winzigen Bett und betrachtete das Kind eine Weile. Beugte sich nach unten, er wusste immer noch nicht genau, was er eigentlich im Sinn hatte, schob die Arme unter die pastellfarbene Frotteemade und hob sie an. Sie war schwerer, als er erwartet hatte. Wie eine fette Katze.

»Was machst du da?« Seine Mutter war plötzlich ins Zimmer gekommen.

»Nichts. Gar nichts.«

Noah legte das Kind schnell wieder zurück. Das Kind wurde wach und fing augenblicklich zu brüllen an.

15

Alina hatte mehrfach bei ihr geklingelt, mittags, eine Stunde später und dann noch einmal am Nachmittag, aber Evelyn öffnete nicht. Wahrscheinlich bei der Arbeit. Obwohl heute ja Freitag war. Machten freitags nicht alle früher Feierabend? Doch Evelyn arbeitete lange und viel, zumindest meinte Alina sich daran zu erinnern, dass ihre Tante das bei einem ihrer seltenen Weihnachtsbesuche erzählt hatte.

Natürlich hatte sie ihr vorher eine Nachricht geschickt. Noch bevor sie in den Zug nach Berlin gestiegen war. Evelyn hatte jedoch auf keine geantwortet. Vielleicht war sie im Urlaub? Vielleicht hasste sie ihre ganze Sippe und wollte nichts mehr mit ihr zu tun haben? »Meine Schwester konnte nicht schnell genug von hier wegkommen«, sagte Alinas Vater, ohne dafür einen Grund zu nennen. Das alles hätte Alina sich früher überlegen müssen. Sie war davon ausgegangen, von Evelyn mit offenen Armen empfangen zu werden. Andererseits war sie nicht von ihr abhängig. Alina hatte zum Abitur ein bisschen Geld von ihren Großeltern bekommen, außerdem den Lohn für diverse Ferienjobs eisern gespart. Wenn Evelyn sie vor die Tür setzte beziehungsweise gar nicht hereinließ, hatte sie genug Geld, um für eine Weile in einem Hostel zu wohnen.

Abiturzeugnis und alle notwendigen Unterlagen, um sich zu immatrikulieren, hatte Evelyn dabei. Sie würde ihre Eltern vor vollendete Tatsachen stellen. An ihre Eltern dachte sie am allerwenigsten. Sie musste sich an einer Uni einschreiben. Jetzt. Nicht erst in ein paar Wochen. Und unbedingt eine Bleibe finden. Dass dies in Berlin zurzeit nicht leicht war, wusste sie. Davon hörte und las man auch in der westfälischen Provinz. Am besten, auch gleich noch einen Job dazu. Unterstützung von ihrer Tante wäre schon gut gewesen, aber nicht zwingend notwendig. Vielleicht war ihre Reise ein bisschen vorschnell und kühn, aber Alina dachte oft an ihren Deutschlehrer, der Kafka, E. T. A. Hoffmann, Gedichte und Hardboiled-Krimis liebte und ihr eingeschärft hatte, nach der Hürde Abitur sei sie frei.

Zwischendurch setzte sie sich in eine Art Bistro in der Nähe des S-Bahnhofs Yorckstraße. Nicht besonders einladend. Sie wollte sich nicht allzu weit von Evelyns Haus entfernen. Viel Gepäck hatte Alina nicht dabei, sie wollte ja nicht gleich umziehen, bloß einen kleinen Rollkoffer und einen Rucksack. Sie musste zugeben, dass die Stadt gewöhnungsbedürftig war. Die Yorckstraße laut und hässlich. Ein Mann kehrte von der Toilette zurück und musterte Alina im Vorbeigehen. Er trug eine hellgraue Jogginghose, und in seinem Schritt zeigte sich ein dunkler Pissefleck. Das hier war kein guter Ort. Doch Alina wollte keine weiten Ausflüge unternehmen, weil sie ja ihren Koffer die ganze Zeit hinter sich herziehen musste. Natürlich war sie schon mal in Berlin gewesen. Mit der Schule in der elften Klasse. Sie hatten den Reichstag und das Brandenburger Tor und diverse Gedenkstätten besichtigt. Auf die Idee, Kontakt zu ihrer Tante aufzunehmen, war Alina damals gar nicht gekommen.

Sie würde es noch einmal bei Evelyn probieren und danach, falls sie immer noch nicht zu Hause war, nach Friedrichshain zu dem Hostel fahren, das sie sich ausgesucht hatte. Dort konnte sie zumindest ihren Koffer abstellen. Durch das Fenster betrachtete Alina die Leute auf der Straße. Würde sie ihre Tante überhaupt erkennen? In Alinas Familie existierten nicht gerade viele Fotos von Evelyn. Ein paar aus der Kindheit, Evelyn mit ihren beiden älteren Brüdern, einer davon Alinas Vater. Keine Bilder von Evelyn als Erwachsene, geschweige denn von Evelyn mit einer Partnerin.

Sie hatte geübt, was sie sagen würde, wenn Evelyn ihr endlich die Tür öffnete. Hallo, ich bin Alina, deine Nichte. Tut mir leid, dass ich einfach so reinschneie, aber ich will in Berlin studieren. Du warst immer ein Vorbild für mich. – Oder sollte sie das Letzte streichen? Zu dick aufgetragen? Zu einschleimend?

Die Sonne schien, ein heißer Julitag, der allerdings nicht über die Hässlichkeit hinwegtäuschen konnte. Alina fühlte sich plötzlich nicht mehr so mutig und außerdem sehr allein in der großen Stadt, und sie schloss die Möglichkeit nicht aus, dass Evelyn ihr einfach die Tür vor der Nase zuschlagen würde.

Damals

Ungefähr eine Woche lang sah ich den Hund nicht. Zuerst machte ich mir darüber nicht allzu viele Gedanken, war nur erleichtert. Kein Hund, keine Angst. Vielleicht waren seine Besitzer einsichtig geworden und ließen ihn nicht mehr ohne Begleitung herumlaufen. Allerdings sah ich ihn auch nicht mit Begleitung. Vielleicht waren sie weggezogen. Vielleicht hatte sich endlich jemand offiziell beschwert, die Polizei hatte ihn abgeholt, und jetzt knurrte er im Tierheim.

Nach einer Woche begann ich mich zu wundern. Nicht dass ich ihn vermisste, natürlich vermisste ich ihn nicht, aber so lange am Stück war er den umliegenden Straßen, Wegen und Grünflächen noch nie fern geblieben. Irgendwann fragte ich einen meiner Brüder.

»Hast du das gar nicht mitbekommen?«, sagte mein Bruder. Das Vieh ist tot. Tot, alle, hinüber, übern Jordan. Capiche? Musst also keinen Schiss mehr haben.«

Er hatte es von einem Freund gehört. Und der wiederum von einem anderen Freund. Offenbar sprachen alle im Viertel darüber, nur ich hatte es nicht mitbekommen.

Mein Bruder lachte, als er meinen entsetzten Blick bemerkte, und sagte: »Hast du nachgeholfen, Schwesterchen?«

Sie hatte es also wirklich getan. Ich wurde rot.

»War bloß ein Witz«, sagte mein Bruder. »Wie solltest du das denn bitte schön anstellen?«

Natürlich dachte ich sofort, dass sie dafür verantwortlich war. In den zurückliegenden Tagen hatte sie den Hund mit keinem Wort erwähnt. Hätte sie sich nicht damit gebrüstet, mir diesen großen Gefallen getan zu haben? Ihr Geschenk an mich? Hätte sie nicht gesagt, dass ich nun für immer mit ihr befreundet sein musste? Dass ich zu ihr nach Hause kommen solle, damit wir es feierten? Mit schaler Cola und billigen Kartoffelchips?

Ich würde sie nicht mehr ansehen können. Sie hatte einen Tod verursacht, selbst wenn es nur ein Hund war, und ein böser dazu. Aber es gruselte mich, dass sie einfach ein Leben, größer als eine

Ameise oder eine Fliege, ausgelöscht hatte. Es war abstoßend. Sie hatte gesagt, sie tue es für mich. Also war auch ich dafür verantwortlich. Ich wollte für niemandes Tod verantwortlich sein. Auch der böse Hund hatte zu leben verdient. Vielleicht hätte man ihn ja noch erziehen können.

Ich saß im Unterricht immer noch neben ihr, obwohl ich mir gern einen anderen Platz gesucht hätte. Aber das konnte ich ihr nicht antun. Sie hatte ja sonst niemanden. Wie meistens hatte sie die Hausaufgaben für Mathe nicht gemacht, genauso wie die für Erdkunde und Englisch. Sie schmierte wirklich ab, was sie ohne erkennbare Reaktion hinnahm. Nachdem mein Bruder mir von dem Hund erzählt hatte, beobachtete ich sie misstrauisch. Ich selbst sprach das Thema nicht an. Ich suchte nach wissendem, selbstgefälligem Grinsen in ihrem Gesicht. Wann würde sie es mir sagen? Platzte sie nicht vor Stolz? Oder hatte sie ein schlechtes Gewissen, weil der Hund ein lebendiges Wesen war? Mit Blut, Fleisch, Muskeln, Knochen, einem Gehirn und Gefühlen. Wie hatte sie es gemacht? Wie angekündigt mit einer vergifteten Frikadelle? Woher hatte sie das Gift? Welche Stoffe waren überhaupt giftig? So giftig, dass es zum Tod führte? Wir waren gerade mal vierzehn Jahre alt.

Sie ließ sich nichts anmerken. Gar nichts. So lange ich auch nach verräterischen Anzeichen in ihrem Gesicht forschte. Das führte dazu, dass sie mich irgendwann fragte, warum ich sie die ganze Zeit so anglotze. »Hab ich plötzlich zwei Nasen, oder was?« Ich brachte es nicht über mich, sie direkt darauf anzusprechen. Hast du es getan? Hast du den Hund getötet? Du hast es getan, oder? Ich wagte es nicht. Zum einen fürchtete ich mich vor der Antwort, zum anderen hätte es jemand hören können. Und dann hätte sie bestimmt Schwierigkeiten bekommen. Waren wir mit vierzehn nicht schon strafmündig oder wie das hieß? Sie hatte es ja schon schwer genug. Außerdem war ich mir sicher und die Frage folglich überflüssig. Ich war mir zu hundert Prozent sicher, dass der tote Hund auf ihr Konto ging. Dass sie es mir nicht sofort stolz erzählte, dass sie so lange damit wartete und es für sich behielt, dass sie gar nichts erkennen ließ und mich auf die Folter spannte, machte sie noch unheimlicher. Ich traute ihr alles zu.

16

Juli. Zig tropische Nächte in Folge. Es war auch spätabends noch sehr warm, sicher über zwanzig Grad. Evelyn hatte den ganzen Abend ihre nutzlose Jacke mit sich herumgeschleppt, ohne sie zu brauchen. Musste sie eigentlich morgen zur Arbeit? Das war ihr vorübergehend entfallen. Oder Homeoffice? Homeoffice war zwar besser, als nach Moabit zur Firma zu fahren, aber auch nicht immer schön. Die ständigen Videocalls, wenn Jule sie vom Bildschirm unverschämt angrinste. Nein, morgen war Samstag. Keine Arbeit.

Evelyn war betrunken und müde. So müde wie noch nie, so kam es ihr vor. Nicht mehr weit bis nach Hause. Nur noch ein paar Meter, dann hatte sie es geschafft. Treppe hoch, Jacke aus, Schuhe aus, kurz ins Bad, danach sofort Bett. Doch das Bedürfnis, sich einen Moment auszuruhen, überkam Evelyn mit aller Macht. Langenscheidtbrücke, da vorne war die Crellestraße. Fast zu Hause, aber sie konnte nicht mehr weitergehen. Keinen Schritt. Nur ein bisschen ausruhen. Kurze Pause. Wo war eigentlich ihr Schlüsselbund? Plötzlich war Evelyn fest davon überzeugt, ihre Schlüssel verloren zu haben. Oder sie hatte sie in der Bar am Paul-Lincke-Ufer liegen lassen, was fast genauso schlimm gewesen wäre. Jetzt mitten in der Nacht mit U-Bahn oder Taxi wieder zurück? Betrunken und müde? Sie durchwühlte ihren Rucksack. Fand die Schlüssel nicht. Wurde panisch. Ihr Leben entglitt ihr zunehmend. Immerhin war das Portemonnaie noch da, mit Ausweis, Kreditkarten und allem Möglichen. Und ihr Smartphone? Evelyn zog ein Päckchen Taschentücher aus dem Rucksack, fand es wichtig und wusste im nächsten Moment nicht mehr, was sie damit anfangen sollte. Ertastete danach die glatte Oberfläche des Smartphones. Gott sei Dank, es war noch da. Und ihre Schlüssel? Ruhig. Ganz ruhig. Sie hatte sie bestimmt nicht unterwegs verloren oder irgendwo liegen lassen. Das passte nicht zu ihr. Und endlich, in einer kleinen Seitentasche innen mit extra Reißverschluss, fand sie ihren Schlüsselbund. Ordentlich und diebstahlsicher verstaut. Das passte zu ihr.

Nachdem die Schlüsselpanik sich gelegt hatte, war Evelyn so erleichtert, dass sie noch müder wurde, falls das überhaupt möglich war. Nur ein bisschen ausruhen nach dem Schreck, bevor sie dann endlich nach Hause ging, Schuhe aus, Jacke aus, Bad, Bett. Wo war sie noch gleich? Langenscheidtbrücke, genau. Crellestraße. Sollte sie Mona anrufen? Irgendwann musste sie Mona anrufen. Es war auch um Mitternacht noch so warm. Da vorne stand eine Bank. Im Normalzustand, tagsüber und nüchtern und sie selbst, hätte Evelyn sie zunächst auf Vogelscheiße und sonstigen Schmutz untersucht, bevor sie sich setzte. Heute nicht. Es war auch viel zu dunkel. Sollte sie Mona anrufen? Dazu hatte sie jetzt plötzlich Lust. Wäre sie nicht so müde gewesen.

Sitzen, merkte Evelyn bald, reichte nicht. Hinlegen war besser. Nur ganz kurz. Ihre Jacke, die sie den ganzen Abend mit sich herumgeschleppt hatte, war in dieser Sommernacht nun doch zu etwas nütze, nämlich als Kopfkissen.

Sie dachte dort, auf der Bank bei der Langenscheidtbrücke, an ihren Job. An Rafael. Jule. Peter. Peter wich ihr seit Wochen aus. Inzwischen war zu viel Zeit vergangen, um ihn noch darauf anzusprechen. Im Herbst stand der KVP-Termin an. Kontinuierlicher Verbesserungsprozess. Enorm wichtig. Homeoffice konnte Evelyn dann vergessen. Sie musste jeden Tag in die Firma und eng mit ihrem Team zusammenarbeiten. Hierbei war es zwingend nötig, dass alle mit- und am selben Strang zogen. Doch zurzeit roch es nach einer schwelenden Meuterei. Und dann gab es auch noch Jennifer. Keine einmalige Angelegenheit, wie es schien – unerfreulich, aber schnell ad acta zu legen –, sondern eine Dauerbelästigung, ohne dass Evelyn einschätzen konnte, wann und wo sie das nächste Mal damit rechnen musste. Was wollte Jennifer von ihr? Nach so langer Zeit? Das hätte Evelyn sie schon längst fragen müssen. Schon beim ersten Mal im Februar. Frag sie doch, hatte sie ihre Ex Mona im Ohr. Frag sie doch einfach. Mona, die immer an Evelyn herumkritisiert und alles besser gewusst hatte. Bis vor Kurzem hatte Evelyn keinen Gedanken daran verschwendet, was aus Jennifer geworden war. Nie. In all den Jahren nicht. Jennifer hätte auch tot sein können, ohne dass sie es mitbekommen hätte. Was gar nicht mal das Schlechteste gewesen wäre.

17

In dem Hostel in Friedrichshain teilte Alina sich das Zimmer mit zwei Neuseeländerinnen, ein paar Jahre älter als sie. Abgesehen davon, dass sie ihr Englisch nicht besonders gut verstand, schienen sie an nichts anderem interessiert als am Berghain und der Frage, was sie anziehen mussten, um eingelassen zu werden. Waren sie vom anderen Ende der Welt gekommen, bloß um ins Berghain zu gehen? Sie fragten Alina nicht, ob sie sie begleiten wolle, was sie im Übrigen auch abgelehnt hätte. Alina war müde und deprimiert, fühlte sich verloren. So hatte sie sich das nicht vorgestellt, als sie in den Zug nach Berlin gestiegen war. Sie hatte sich mindestens den halben Tag mit dem lästigen Rollkoffer in der Gegend, in der ihre Tante lebte, herumgetrieben. War sich vorgekommen wie bestellt und nicht abgeholt, wobei von »bestellt« keine Rede sein konnte, denn ihre Tante hatte sie schließlich nicht eingeladen. Im Gegenteil, Evelyn hatte auf ihre zahlreichen Nachrichten gar nicht reagiert. Vielleicht hatte Alinas Vater ja recht. Evelyn hatte sich damals so schnell es ging aus dem Staub gemacht und scherte sich nicht um ihre Familie. Vielleicht war ihre Tante keine, auf die man zählen konnte.

Die Neuseeländerinnen zogen gegen zehn los. Kurz nachdem sie das Zimmer verlassen hatten, legte Alina sich ins Bett und schaltete das Licht aus. So früh. An einem Freitagabend. Wie eine Schülerin. Das war erbärmlich. So hatte sie sich das alles nicht vorgestellt.

Doch für solcherlei Gedanken war es nun zu spät. Sie würde es morgen, spätestens übermorgen noch einmal bei ihrer Tante in Schöneberg probieren. Ohne den verdammten Rollkoffer. Den Weg kannte sie ja inzwischen. Am Wochenende sollte Evelyn doch wohl zu Hause sein. Vielleicht saß sie am Wochenende am Rechner, weil sie so viel arbeitete, auch außerhalb der üblichen Zeiten. So stellte sich Alina ihr Leben zumindest vor. Hatte sie Weihnachten vor vielen, vielen Jahren nicht etwas Ähnliches erzählt? An die Möglichkeit, dass sie im Urlaub war, wollte Alina lieber gar nicht denken. Aber hätte Evelyn ihr dann nicht freundlicherweise Bescheid gesagt? Wenigstens das?

Alina hatte an den Rat für Übernachtungen im Hostel gedacht, Ohrstöpsel mitzunehmen, sodass sie von der Rückkehr der Neuseeländerinnen nichts mitbekam. Am Morgen verließ sie das Hostel und kaufte sich draußen etwas zu essen. Trank danach noch einen Kaffee. Trödelte herum, weil sie nichts in ihr Zimmer mit den Etagenbetten zog. Sie hatte an Ohrstöpsel und an ein Handtuch gedacht. Nicht jedoch an ein Vorhängeschloss. Als sie zurückkam und ihre Habseligkeiten sortierte, fehlte ihr Notebook. Die Neuseeländerinnen schliefen tief und fest. Alina suchte überall im Raum, sogar heimlich in den Taschen ihrer Zimmergenossinnen, aber ihr Notebook blieb verschwunden. Sie ging nach unten zum Empfang, wo immer zig Leute herumlungerten. Die Hostel-Mitarbeiterin zeigte sich nicht sonderlich interessiert an Alinas Problem. »Hast du das denn nicht weggeschlossen?«, fragte sie. »Steht doch hier überall.« Sie schob Alina eine Broschüre zu und tippte auf die Symbole für Ohrstöpsel, Handtuch, Vorhängeschloss. »Hättest du mitbringen sollen. Tja, tut mir leid. Wir sind dafür nicht haftbar. Steht alles hier drin.«

Verdammte Scheiße. Und wie peinlich. Alina benahm sich wie die letzte, dümmste Provinzmaus. Toller Start in der Stadt, die sie sich für ihre Zukunft auserkoren hatte, wirklich ganz großartig. Was sollte sie bloß ohne ihr Notebook tun? Wie sollte sie den ganzen Einschreibekram für eine der Unis erledigen? Wenigstens ihr Smartphone hatte sie noch. So wie es aussah, brauchte sie nun ihre Tante. Zumindest, um ihren Computer zu benutzen. So viel verwandtschaftliches Mitgefühl sollte Evelyn doch wohl aufbringen. Immerhin wies ihre DNA eine fünfundzwanzigprozentige Übereinstimmung auf.

18

Evelyn Beckmann war Mitte vierzig und hatte noch nie in ihrem Leben unter freiem Himmel geschlafen. Nicht einmal als Jugendliche im Zelt. Immer nur mit festen Wänden um sich herum. Und jetzt wurde sie hier auf einer harten, unbequemen Bank neben vertrockneten Sträuchern wach. Die S-Bahn ratterte vorbei, so laut, dass sie zusammenschrak.

Evelyn hatte eindeutig geschlafen. Das erkannte sie daran, dass ihr ein Traum nachhing. Sie hatte davon geträumt, unter freiem Himmel zu schlafen. Aber nicht in Berlin, nicht hier in der Crellestraße neben der S-Bahnstrecke, sondern in dem Nest zwischen Ruhrgebiet und Münsterland. In ihrem Traum war sie noch Schülerin gewesen. Oder erwachsen, so alt wie jetzt, aber trotzdem noch Schülerin.

Kurz vor sechs. Jetzt im Juli war es schon hell. Keiner draußen unterwegs. Samstag, genau. Abgesehen von vereinzelten Autos und S-Bahnen schlief die Stadt noch. Gut so. Niemand sollte Evelyn in diesem Zustand sehen, nicht einmal Wildfremde. Lautstarke Krähen und Amseln waren allerdings schon wach. In einem der Sträucher neben der Bank bemerkte Evelyn eine herumhüpfende Blaumeise und dachte an einen Kanarienvogel. Bei einer blauen Blaumeise an einen gelben Kanarienvogel zu denken, war schon ziemlich daneben.

Ihre Jeans stank und glänzte speckig. Ihre Kleidung roch insgesamt nicht gut. Evelyn fühlte sich klebrig, hatte Durst und musste dringend pinkeln. Auf dem kurzen Weg nach Hause begegnete ihr ein Mann, der um diese frühe Zeit seinen Hund ausführte. Evelyn wich dem Hund automatisch aus. Ein Reflex. Diese verfluchten Köter. Manchmal hatte sie das Gefühl, dass es in der Stadt genauso viele Hunde wie Menschen gab. Ein unangenehmes Zusammentreffen mit einem Hund in ihrer Grundschulzeit hallte bis heute nach, obwohl es inzwischen fast vierzig Jahre zurücklag. Der Hund hatte sie damals zuerst angeknurrt. Evelyn hatte in diesem Moment alle Handlungsanweisungen, die ihr eingetrichtert worden waren, vergessen: Stehen bleiben. Ganz ruhig bleiben. Ruhig auf den Hund einreden. Wer wollte denn ruhig auf eine vor einem stehende Bestie einreden? Oder hatte die Nerven dafür? Der Hund beließ es nicht beim Knurren, sondern sprang an Evelyn hoch. Das Erste, was sie wahrnahm, waren die Krallen seiner Vorderpfoten auf ihrer Brust, ihren Schultern und seitlich am Gesicht, den Wangen und Ohren. Das Zweite sein fauliger Aas-Atem. Das Dritte seine Zähne direkt vor ihrem Gesicht und der gelblich-weiße Sabber, der ihm aus dem Maul lief. Eigentlich hatte es kein Erstens, Zweitens und Drittens gegeben, alles war auf einmal passiert. Der Hund war groß und schwer, und Evelyn stürzte bei der Attacke zu Boden. Der Hund landete auf ihr. Krallen. Zähne vor ihren Augen. Sabber, der auf ihr Gesicht und ihren Hals tropfte.

Dann hörte sie einen scharfen Pfiff und eine Stimme, die den Namen des Hundes rief. Herr Gormann, sein Besitzer. Die besseren Leute mit dem Swimmingpool im Garten. Die Gormanns waren die Einzigen weit und breit mit einem Swimmingpool. Der Hund ließ von Evelyn ab. Herr Gormann kam zu ihr, beugte sich ein Stück nach unten und sagte: »Bei dir ist alles in Ordnung, oder?« Er erwartete keine Antwort. Half ihr auch nicht vom Boden auf. Evelyn hatte sich eingenässt. Der Stoff klebte kalt zwischen ihren Beinen und an den Oberschenkeln. Jennifer hatte sich in diesem Moment in der Nähe aufgehalten und alles mitbekommen, auch den riesigen dunklen Fleck an Evelyns Hose. Es war bloß Jennifer gewesen, Jennifer, die keiner mochte, zählte also nicht richtig. Aber es war schlimm genug.

In ihrem Haus in der Kulmer Straße war es frühmorgendlich still. Nichts rührte sich. Evelyn atmete auf. Nur noch die Stufen nach oben, Schuhe aus, Jacke aus, Bad, trinken, ganz viel Wasser trinken, Bett. Sie hatte zwar auf der Bank an der Langenscheidtbrücke geschlafen, aber höchstens zwei, drei Stunden. Wenn überhaupt. Dass sie draußen auf einer Bank eingeschlafen war, musste sie so schnell wie möglich vergessen. Löschen. Aus ihrem System entfernen. Es hatte nicht stattgefunden.

Als sie sich sicher wähnte, unbemerkt von allen Nachbarn zu ihrer Wohnung zu gelangen, niemand, wirklich niemand sollte sie in diesem Zustand sehen, hörte sie Schritte. Professor Geisenberg, wie sie bald sah. Diesmal verhielt er sich so wie gewohnt. Er grüßte nicht. Sein Blick jedoch – abschätzig, nicht sogar leicht angewidert? – blieb länger an ihr haften als sonst.

Endlich in ihrer Wohnung. In Sicherheit. Evelyn ging zur Toilette und trank anschließend drei Gläser Wasser in der Küche. Sie überprüfte ihr Handy. In der zurückliegenden Nacht hatte sie tatsächlich Mona angerufen, wie sie auf ihrer Anrufliste sah. Um 3:34 Uhr. Da hatte sie auf der Bank gesessen. Oder besser, gelegen. Kurz darauf war sie in eine Auseinandersetzung mit einem Obdachlosen geraten, der der Meinung war, sie mache ihm seinen angestammten Platz streitig. Sie habe hier nichts zu suchen. »Wer bist du denn?«, hatte er gesagt. »Hab dich noch nie hier gesehen. Also verpiss dich.« War das vor oder nach dem Anruf bei Mona gewesen? Sie konnte sich nicht mehr erinnern. Der Dauer des Telefonats nach zu urteilen – sechs Minuten und fünfundzwanzig Sekunden –, hatte Evelyn nicht nur auf die Mailbox, sondern direkt mit Mona gesprochen. Oder bot eine Mailbox so viel Zeit? Aber selbst wenn sie nicht persönlich mit Mona gesprochen hatte, konnte es nichts Gutes gewesen sein. Vermutlich sechs Minuten und fünfundzwanzig Sekunden Beschimpfungen. Oder noch schlimmer, Wehklagen. Sie war doch schon lange über Mona hinweg. War endgültig durch mit ihr.

Außerdem hatte sie zig ungelesene Nachrichten von Alina, alle von gestern. Wer war noch mal Alina? Ach ja, ihre Nichte.

Die Dreckwäsche in ihrer Wohnung stapelte sich. Evelyn hatte seit Wochen nicht mehr gewaschen, ein Wunder, dass sie noch etwas Sauberes zum Anziehen hatte. Wobei sie seit einiger Zeit oft darauf verzichtete, saubere Kleidung anzuziehen, und es schon lange aufgegeben hatte, abends welche für den nächsten Tag rauszulegen. Wann hatte sie zum letzten Mal die Bettwäsche gewechselt? Vor ein paar Wochen? Oder waren es schon Monate? Der Küchenboden war voller Krümel, die an ihren Fußsohlen haften blieben und piksten. Noah hatte neulich eine Bemerkung dazu fallen lassen, »bei dir sieht es aber dreckig aus, putzt hier keiner«, über die Evelyn sich geärgert hatte. Auf der Arbeitsplatte eine Zitrone, so schimmelig, dass es staubte, als Evelyn sie anstieß. Die Sporen verteilten sich jetzt überall. Im Kühlschrank lauter verdorbene Lebensmittel. Joghurtbecher mit geblähten Deckeln. Längst abgelaufene Milch. Streukäse, nicht mehr gelb, sondern durch und durch grün. Gemüse, das in einen kompostartigen Zustand überging und unter sich eine dunkle Pfütze bildete. Eine Plastiktüte mit »Baby-Karotten, besonders zart«, die in einer Schleimsuppe schwammen. Im Tiefkühlfach ein Stapel Pizzen. Die waren immerhin noch essbar. Evelyn ernährte sich immer öfter von minderwertigem Fraß. Wirkte ihr Gesicht bei näherer Betrachtung im Spiegel nicht schon ungesund und teigig? Sie hatte sich seit Wochen nicht um ihre Wohnung gekümmert. Um sich selbst auch nicht. In ihrer Wohnung stank es. Sie selbst stank auch. Sie hatte sich mit einem Obdachlosen um eine öffentliche Bank gestritten. Ihr Leben entglitt ihr.

19

Noah teilte seiner Mutter mit, dass er sich Hanteln wünschte. Allerdings sagte er nicht »wünschen«, sondern »haben wollen«. Ich will Hanteln haben.

»Hanteln?« Seine Mutter blickte ihn skeptisch an. »Wann ist dir das denn eingefallen? Und eine Woche später interessiert dich das nicht mehr. Ich kenne dich doch.«

»Wenn du mir die nicht kaufst, frage ich halt Papa.«

Der neue Kerl seiner Mutter hatte das Gespräch mitbekommen und sagte: »Ist doch gut, wenn er was für seinen Körper tun will. Die kaufen wir dir.«

Noah musste sich überwinden, danke zu sagen, aber er wusste, dass das jetzt von ihm erwartet wurde. Ja, ja, redet ihr nur, dachte er. Ihr habt doch keine Ahnung. Echt, ihr seid so blöd.

Er fragte sich schon, ob er in Mark verknallt war oder so. So oft, wie er an ihn dachte. Nein, natürlich war er das nicht. Er fand ihn nur gut. Richtig gut. Außerdem ließ Mark keinen Zweifel daran, wie widerlich er dieses ganze Queerzeug fand. Er teilte ihm ohnehin viel von seinen Ansichten mit, was Noah stolz machte, bedeutete es doch, dass er in ihm einen gleichberechtigten Gesprächspartner sah. Zu den meisten Themen hatte Noah keine Meinung, wie er zugeben musste, zu schwierig, noch nie darüber nachgedacht, aber ihn beeindruckte, wie Mark über alles sprach. So entschieden. Mit fester Stimme. Ganz anders als seine Eltern, Evelyn und die Lehrer, die andauernd Dinge von sich gaben wie: So einfach kann man das nicht sagen. Man muss dieses und jenes bedenken. Das ist alles viel komplizierter, als es auf den ersten Blick scheint. – Mark hingegen fand, dass es meistens ganz einfach war.

Noah traf sich jetzt öfter mit ihm. Inzwischen hatte er ihm auch von Kasimir, Mustafa und Dragan erzählt. Dass sie ihn bedrängten. Dass sie ihm bereits zwei iPhones abgenommen hatten und außerdem Geld. Dass sie zwar auch andere schikanierten, insbesondere aber ihn. Dass er auch nicht wisse, wieso. Weil es einfach üble Typen waren. Mark war der erste Mensch, dem Noah davon erzählte, und er musste sich dazu durchringen. Er wollte doch nicht wie ein Schwächling wirken.

Mark hatte ihm ernst und aufmerksam zugehört. »Da muss man was machen. Deine Eltern und die

Lehrer scheinen ja nichts zu unternehmen. Obwohl es ihre Pflicht wäre, um das mal klarzustellen. Die Lehrer wollen natürlich nichts gegen Migranten sagen, ach, das kenne ich so gut. Was man von dieser Einstellung hat, sieht man ja an dir. Ich kenne viele solcher Fälle.«

Kasimir, Mustafa und Dragan hatten sich allerdings andere Beschäftigungen gesucht und grinsten ihn höchstens mal blöd an. Wahrscheinlich hatte dieser eine böse Blick von Mark gereicht. Das war herrlich. Wie einen großen starken Bruder zu haben. Außerdem stand Noah inzwischen über diesem ganzen Kinderkram aus der Schule. Insgesamt lief es bei ihm also nicht schlecht.

Bei seiner Nachhilfelehrerin dagegen lief es offenbar schlecht. Noah hatte schon lange keine Lust mehr, einmal in der Woche zu Evelyn zu gehen. Er hatte zwar immer gern in ihrer Küche gesessen, aber das lag gefühlt ein halbes Leben zurück. Mindestens. Ihre Strenge nervte ihn, sie war schlimmer als die Lehrer und seine Erziehungsberechtigten. Leider stand ihm mit vierzehn die Entscheidung, den Nachhilfeunterricht abzubrechen, nicht frei, solange seine Erziehungsberechtigten darauf bestanden. Und seine Schulnoten hatten sich nicht wirklich verbessert.

In letzter Zeit jedoch hatte Evelyns Strenge nachgelassen. Sie war oft unkonzentriert. Nicht bei der Sache. Warf sie das sonst nicht immer ihm vor, »Noah, du bist so unkonzentriert, du musst dich jetzt wirklich mal zusammenreißen«? Wenn Noah eine Aufgabe nicht erledigt hatte, ging sie neuerdings kommentarlos darüber hinweg. Sah auch seine Klassenarbeiten nicht mehr so gründlich durch wie früher, um gemeinsam mit ihm »an den Fehlern zu arbeiten«. Und einmal hatte sie ihn sogar versetzt. Noah war wie immer zur vereinbarten Zeit in die Kulmer Straße gekommen, eine ganz schön weite Strecke von Prenzlauer Berg übrigens, und Evelyn hatte ihm nicht geöffnet. Zuerst hatte er sich noch nichts dabei gedacht und ein zweites Mal geklingelt. Dann ein drittes und viertes Mal. Er hatte unten vor der Haustür gestanden, schließlich sein Smartphone hervorgekramt, um nachzusehen, ob eine Nachricht von Evelyn eingegangen war, Verschieben des Termins, ich komme zehn Minuten später, so was in der Art. Keine Nachricht von ihr. Noah hatte ihr eine geschickt: Stehe vor deiner Tür. Wo bist du? Allmählich war er sich wie ein Idiot vorgekommen. Nach etlichen Minuten war immer noch nichts passiert, weder hatte Evelyn ihm geschrieben noch war sie aufgetaucht. Also hatte Noah sie angerufen. Mailbox. Einerseits war er nicht traurig, dass die Nachhilfe ausfiel, er hatte nichts dafür vorbereitet und die von ihr extra gestellten Aufgaben nicht erledigt, andererseits ärgerte er sich, weil er ganz umsonst nach Schöneberg gefahren war. Sagten die Erwachsenen nicht ständig, man muss andere mit Respekt behandeln? Und irgendwas mit Kant oder so? Er hatte fast eine halbe Stunde gewartet. Während des Wartens war ihm eine dünne Frau in Evelyns Straße aufgefallen, die in der Nähe des Hauses stand, genauso wie er, bloß etwas weiter weg und auf der gegenüberliegenden Seite. Sie war völlig reglos geblieben, hatte nur nach oben gestarrt wie ein Android oder ein Cyborg oder so was. War sie auch versetzt worden? Sie war Noah fast ein bisschen unheimlich gewesen mit ihrem Starren.

Er war dann nach Hause gefahren. Seiner Mutter hatte er nichts von der ausgefallenen Nachhilfe erzählt. Es interessierte sie sowieso nicht, weil sie wie immer mit dem neuen Kind beschäftigt war. Statt einer Entschuldigung von Evelyn – sagten die Erwachsenen nicht auch immer, dass man sich entschuldigen muss? – war eine neue Nachricht von Mark eingetroffen. Er wollte Noah bald nach Berlin-Buch mitnehmen, schrieb er, um dort Freunde zu treffen.

Und wie es seit einiger Zeit bei Evelyn aussah. Zuerst hatte Noah noch gedacht: Na ja, sie hat halt nicht aufgeräumt. Er konnte Aufräumen auch nicht besonders gut leiden, vergaß, seine Schmutzwäsche in den Wäschekorb zu legen, all so was, und fühlte sich im ersten Moment solidarisch. Aber Evelyns Wohnung – früher immer ordentlich und sauber – war eine ganz andere Nummer. Noah ekelte sich richtig. Und Evelyn selbst sah manchmal furchtbar aus. Einmal hatte sie ihn sogar im Schlafanzug empfangen. Nachmittags. Sie war nicht krank oder so, dann hätte er einen Schlafanzug ja noch verstanden. Wenn er krank war, verbrachte er auch gern den ganzen Tag im Schlafanzug. Ihre Haare wirkten nicht gekämmt und fettig, so hatte Noah sie noch nie gesehen, sie bot ihm nichts zu trinken an, und in der Küche saßen sie inmitten von schmutzigem Geschirr, das sich auf der Spüle stapelte und auch auf dem Esstisch stand, seinen Schulsachen im Weg, was sie nicht zu stören schien. Es roch nicht gut bei ihr. Nach Essen, als lüftete sie nie. Nach vergammeltem Obst. Und so wie ranziges Öl.

Noah war schon seit der Grundschule daran gewöhnt, nicht besonders beliebt zu sein, hatte sich fast damit abgefunden. Aber jetzt war plötzlich alles ganz anders. Jetzt gab es jemanden, der wissen wollte, was er dachte, der seine Gedanken mit ihm teilte. Noah stand jetzt über allem. Über seinen Eltern, den armseligen Gestalten aus der Schule, über Evelyn, die in einer zunehmend verdreckten Wohnung lebte und es nicht einmal schaffte, Tassen und Teller und Töpfe in die Spülmaschine zu räumen oder ihre Haare zu waschen. War ihm doch egal, was mit ihr los war. Hauptsache, ihm ging es gut. Vielleicht bekamen manche Erwachsene irgendwann gar nichts mehr auf die Reihe, weil sie alles falsch angingen und die Zeichen der Zeit nicht erkannten. Weil sie nicht wussten, was gut war. Für sich selbst und für das Land. Mark wusste das. Und, das war das Wichtigste, er mochte Noah.

Damals

Ich wusste schon immer, dass mich keiner mag. So was kriegt man ja mit. Wenn man das nicht mitkriegt, muss man komplett bescheuert sein.

Die Gruppe fand ich gar nicht schlecht. Anfangs zumindest. Es gab mal wieder so was wie Unterricht. Schule. Obwohl ich auf Schule ja eigentlich nicht so scharf war. Schlechte Erfahrungen. Ich hatte Schule schon fast vergessen. Die ganzen Gestalten, die sich das Maul über mich zerrissen. Die Streber und die, die es allen recht machen wollten. Die, denen einfach immer alles gelang. Wie machten sie das? Gab es dafür irgendwelche Tricks? Ein Rezept? Dir gelang auch alles.

Die Wohngruppe fand ich zuerst also ganz in Ordnung, aber sie kam erst später. Direkt nach der *Tat* sah alles noch anders aus. Nach der *Tat* kam ich in den Knast, weit weg von zu Hause, Jugendstrafanstalt, auch wenn meist vermieden wurde, es so zu nennen. Zig Psychos sprachen mit mir. Andauernd. Sie mochten mich übrigens auch nicht, das merkte ich, versuchten es aber zu verbergen. Lag wohl am Beruf. Sie wollten unbedingt wissen, warum. Warum, warum, warum. Hätten sie irgendwas davon gehabt, wenn sie die Antwort kannten? War das nicht egal? Ich wusste es ja selbst nicht so genau. Oder eigentlich wusste ich es doch, hatte aber keine Lust, es zu erzählen. Mit dem Erzählen tat ich mich grundsätzlich schwer. Außerdem ritten sie endlos auf meiner Familie herum, hatten sich richtig an ihr festgebissen. Sie beleidigten meine Familie die ganze Zeit, auch wenn das vielleicht nicht ihre Absicht war. Hörten sie sich selbst zu? Keine Ahnung. Sollten solche Psychoheinis und -tanten nicht verständnisvoller sein? Meine Familie sei dingsda. Irgendwas mit dys. Hatte ich nicht so genau verstanden, aber das sagten sie alle. Nicht unbedingt direkt an mich gerichtet, aber ich hörte sie es oft murmeln. Stammt aus einer Dysdingsdafamilie, wie traurig, kein Wunder. Stand bestimmt auch in meiner Akte. Ob mein Vater mich betatscht hatte, wollte eine Psychotante immer wissen. Ob ich verprügelt wurde. Zweimal nein. Mein Vater und betatschen. Der kam ja kaum von seinem Stuhl hoch. Um Impulskontrolle ging es auch ständig. Dieses Wort hatte ich mir gemerkt. Die sei angeblich nicht so gut bei mir. Sie zogen meine Zeichnungen zu Rate, die sie natürlich bei uns zu Hause in meinem Zimmer entdeckt und gründlich studiert hatten. Meine Zeichnungen waren doch bloß ein Zeitvertreib. Das versuchte ich ihnen klarzumachen. Es hat keine tiefere Bedeutung. Sie nickten dann nur und sagten: Ja, ja. Messer und so was fand ich einfach schon immer schön. Manchmal stand ich in unserer Küche vor der Besteckschublade, nahm die Messer zum Gemüseschneiden nacheinander in die Hand und befühlte sie. Leider waren sie alt und größtenteils stumpf. Wir hatten ja kein Geld.

In die Wohngruppe kam ich ein halbes Jahr nach dem Knast. Im Knast, Jugendstrafanstalt, wurde ich von den anderen hart angegangen, ausgerissene Haarbüschel, ständig blaue Flecke am ganzen Körper, all so was, deswegen wollte man es mit der Gruppe versuchen, hieß es. Aber, so hieß es weiter, das bedeute nicht, dass die *Tat* vergessen sei. Weder für die Gesellschaft noch für mich selbst. Ich müsse hart an mir arbeiten. Mithilfe einer Therapie und eines strukturierten Tagesablaufs. Ich müsse mich mit der *Tat* auseinandersetzen. Die Wohngruppe lag näher an zu Hause als der Knast. Mit dem Bus zu erreichen. Wir hatten ja kein Auto. Der Bus fuhr alle dreißig Minuten. Die Psychos sagten, es sei wichtig, den Kontakt zu meiner Familie aufrechtzuerhalten. Wieso eigentlich, wenn sie meine Familie doch so schrecklich fanden.

Immer ging es um Familie. »Weswegen bist du hier? Auch eine Scheißfamilie?«, fragten mich nach und nach alle aus der Wohngruppe. Außer natürlich die Stumme. Die, die kein Wort mit den anderen redete, also noch weniger als ich, und so aussah, als hätte man sie geohrfeigt, wenn man sie ansprach. Ich verriet ihnen nicht, warum ich hier war. Eine ganze Weile zumindest nicht. Es kam mir zu heikel vor. Sie würden es nicht verstehen, dachte ich. Sich von mir abwenden. Dass sich alle von mir abwandten, hatte ich schon mein ganzes Leben erfahren. Wobei mir die Psychos in den Gesprächen ja immer gesagt hatten:

»Du bist kein Monster. Du bist ein ganz normales Kind.« Als hätte ich je gedacht, ein Monster zu sein. Aber ein Kind, hallo? Ich war doch kein Kind mehr.

In der Wohngruppe lernte ich zum ersten Mal ein richtiges Badezimmer kennen. Mit Dusche und Wanne und Fliesen, die nicht kaputt waren, und allem. Mit warmem Wasser, das einfach aus der Wand kam. Es erschien mir wie ein kleines Weltwunder. Du mochtest eure Wohnung nicht, sie war dir nicht gut genug. Ich konnte das nicht verstehen, hatte dich immer beneidet. Ihr hattet ein richtiges Badezimmer.

Insgesamt tat mir die Wohngruppe also gut. Viel besser als die Jugendstrafanstalt. Ich hatte erwartet, dass mich keiner mögen würde, wie sollte ich von etwas anderem ausgehen, doch es war anders. Jedenfalls in der ersten Zeit. Ich fügte mich sogar ganz gut ein. Eine neue Erfahrung, die ich aus meinem bisherigen Leben gar nicht kannte. In der Wohngruppe lebten einige ziemlich Schräge. Und ich meine jetzt: echt Schräge. Die Stumme. Außerdem mindestens zwei Ritzerinnen mit schraffierten Unterarmen. Auch eine, die immer ihr Essen ausgekotzt hat, klar, die durften ja nicht fehlen. Die Stumme, die Ritzerinnen und die, die ihr Essen auskotzte, waren aber nicht das Problem. Die waren harmlos und alles in allem nett zu mir. Das Problem waren die Fiesen. Zwei richtig Fiese lebten nämlich auch in der Gruppe. Das kapierte ich aber nicht sofort, weil sie sich eine Weile wie Engel benahmen, sodass ich mich fragte, was haben sie hier überhaupt verloren. Sie hatten mich eher an die früher in der Schule erinnert, diejenigen, denen alles so mühelos gelang. So brav, so funktionstüchtig, richtige Schätzchen. Mit den adretten Klamotten. Alles vom Mamilein frisch gewaschen und gebügelt. Keine Flicken drauf und immer das Neuste, Begehrte. Das, was ich nie haben konnte.

20

Evelyn verschlief fast den ganzen Samstag. Dieser Samstag war beides – lang und kurz. Ein Tag, der nicht zu Ende zu gehen schien und gleichzeitig gar nicht richtig stattfand. Statt sich ins Bett zu legen, schlief Evelyn auf dem Sofa. Sie zog sich nicht aus, sondern blieb in der Kleidung, mit der sie am frühen Morgen nach Hause gekommen war. Sie ging nicht einkaufen. Den ganzen Tag nicht. Duschte nicht. Sprach mit niemandem. Aß lange nichts. Evelyn hatte sich allen Ernstes mit einem Obdachlosen um eine öffentliche Bank gestritten. War das nicht der absolute Niedergang? Sie schämte sich. Der Obdachlose hatte sie am frühen Morgen, erste Vögel machten sich gerade bemerkbar, von der Bank verscheucht, weil es seine war, wie er sagte, und sie hier nichts zu suchen habe. Evelyn hatte sofort klein beigegeben und sich getrollt. Sie hätte auch gar nicht gewusst, wie eine solche Auseinandersetzung zu führen war. Mit Worten? Argumenten? Mit Freundlichkeit? Oder mit Fäusten?

Am späten Nachmittag regte sich leichter Hunger. Evelyn stellte fest, dass mit Ausnahme von Tiefkühlpizza fast nichts zu essen im Haus war. Richtig, sie erinnerte sich, die vielen verdorbenen Lebensmittel im Kühlschrank. Wie konnte man so leben? Das war widerlich. Trotzdem konnte sie sich nicht aufraffen, das alles nach unten zum Müll zu bringen. Sie schaltete den Fernseher ein und ließ ihn laufen, ohne hinzusehen. Aß eine halbe Tiefkühlpizza. In den Nachrichten hörte sie von Diktatoren, Hunger, eins Komma fünf Grad, Überflutungen, Bränden, Krieg. Die Welt war in keinem guten Zustand. Sie auch nicht. Sie schaltete den Fernseher stumm. Griff nach ihrem Handy. Mona hatte angerufen und auf die Mailbox gesprochen. Und Alina, Evelyns Nichte, ebenfalls. Vom Klingeln des Handys hatte Evelyn gar nichts mitbekommen. Statt die Mitteilungen abzuhören, schaltete sie das Gerät aus. Sie wollte auf gar keinen Fall wissen, was Mona zu sagen hatte, und ihre lästige Nichte, die sich in den vergangenen Wochen mehrfach bei ihr gemeldet hatte, kannte sie kaum. Sie musste sich jetzt aus- und ihren Schlafanzug anziehen. Sich ins Bett legen. Traumlos schlafen, bis dieser Tag endlich vorbei war. Doch sie blieb vor dem Fernseher ohne Ton auf dem Sofa liegen. Alles war aus dem Takt geraten. Im Herbst der KVP-Termin. Kontinuierlicher Verbesserungsprozess. Evelyn war die Leiterin der Qualitätssicherung und musste diesen wichtigen Termin rechtzeitig vorbereiten. Musste ihr Team dafür im Griff haben. Aber sie ging nicht mehr gern ins Büro, mied den Kontakt zu ihrem Team, blieb so oft wie möglich zu Hause und erledigte die Arbeit von dort. Peter sprach nicht mit ihr. Oder kaum noch. Nur das Nötigste. Er sagte hallo, guten Morgen, tschüss, schönen Feierabend, schönes Wochenende. Er bemühte sich, höflich zu sein. Zumindest wirkte es auf Evelyn so, als müsste er sich bemühen und als würde es ihm nicht leichtfallen. Hatte er plötzlich vergessen, dass sie befreundet waren?

Dass sie erstens draußen geschlafen und sich zweitens mit einem Obdachlosen um eine schmutzige Bank gestritten hatte, war ungefähr das Schlimmste, was Evelyn sich vorstellen konnte. Alles in ihrem Leben war aus dem Takt geraten. Dagegen musste sie etwas tun. Evelyn musste auf ihr seelisches Gleichgewicht achten. Nicht nur für sich selbst und ihr eigenes Wohlbefinden – als Teamleiterin war das seelische Gleichgewicht von enormer Wichtigkeit. Stanken die verdorbenen Lebensmittel bis hierhin? Das war eigentlich nicht möglich, denn das meiste davon lag im verschlossenen Kühlschrank.

Abends füllte sie endlich eine große Mülltüte mit dem Zeug aus dem Kühlschrank, außerdem mit allem, was sonst noch herumlag, mit verschimmeltem

Brot, uraltem, grün gewordenen Toast, fauligen Äpfeln, der verschimmelten, staubigen Zitrone, weich gewordenen Zwiebeln mit langen Keimen, zwischen denen Fruchtfliegen aufgeschreckt nach oben stiegen. Sie trug noch immer die Kleidung von gestern Abend, in der sie zuerst in der Bar am Paul-Lincke-Ufer gewesen war, danach auf der Bank in Schöneberg geschlafen hatte und später auf ihrem Sofa. Ihre Kleidung war völlig verknittert und roch ranzig und nach Schweiß. Sie hatte nicht geduscht und sich nicht gekämmt. Nicht einmal einen Blick in den Spiegel geworfen. Mit der schweren Mülltüte trat sie ins Treppenhaus. Sie achtete übervorsichtig darauf, ihren Schlüssel fest umklammert in der Hand zu halten. Irgendetwas war doch gestern Nacht mit dem Schlüssel gewesen?

Sie schämte sich. Ein Streit mit einem Obdachlosen um eine Bank. Sie war zwar betrunken gewesen, aber noch klar genug, um die paar Meter von der Langenscheidtbrücke nach Hause zurückzulegen. Warum um Himmels willen hatte sie sich auf die Bank gelegt? Und dann auch noch um diese Uhrzeit Mona angerufen? Was war los mit ihr? Sie musste das Ganze jetzt so schnell wie möglich vergessen. Aus ihrem System löschen.

Im Hof traf Evelyn auf Sabine, ihre Nachbarin von nebenan. Auch das noch. Sabine schloss ihr Fahrrad auf und verstaute einen großen Rucksack auf dem Gepäckträger. Sie sah Evelyn kurz an, dann schnell wieder weg. Sagte nichts. Kein Wort. Das war gar nicht ihre Art. Wenn Evelyn Sabine oder ihrem Mann Thorsten begegnete, redeten sie kurz miteinander. Jedes Mal. Sabine und Thorsten waren nett zu ihr. Immer. Sie waren längst mehr als nur Nachbarn. Befreundete Nachbarn? Selbst wenn sie nicht dauernd zusammen Kaffee oder Wein oder Aperol Spritz oder Sekt mit Pfirsichlikör tranken oder sich gegenseitig zum Essen einluden, konnte Evelyn auf sie zählen. Seit Monas Auszug war das Verhältnis zueinander noch enger geworden. *Nebenan wohnen Thorsten und Sabine.* Das war eine der beruhigenden Konstanten in Evelyns Leben. *Thorstens und Sabines Tür steht immer für mich offen.* Vielleicht hatte Sabine heute Morgen gesehen, in welchem Zustand Evelyn nach Hause gekommen war. Derangiert. Völlig neben der Spur. Vielleicht hatte dieser Anblick sie abgestoßen, was man ihr, falls es so war, nicht verdenken konnte. Sie schlafe nicht mehr so gut wie früher, erzählte Sabine öfter, sie werde früh wach, und statt sich sinnlos im Bett herumzuwälzen und dabei Thorsten zu wecken, stehe sie dann meistens auf. Wahrscheinlich hatte sie Evelyn angeekelt vom Fenster aus beobachtet.

Alle zogen sich von ihr zurück. Peter. Ihr Team bei der Arbeit. Und nun auch ihre Nachbarin. Das ganze Üble, Scheußliche hatte erst mit *ihr* begonnen. Mit Jennifer. Mit dieser Gestalt aus der Ur- und Frühgeschichte. Vorher war alles gut gewesen. Seit *sie* im Februar vor ihrer Tür gestanden hatte, war Evelyns Leben nach und nach in Schieflage geraten. Seitdem ließ Evelyn sich gehen, lief mit fettigen Haaren herum, achtete insgesamt nicht mehr auf ihr Aussehen und hatte einen Kühlschrank voller widerlicher stinkender Lebensmittel.

Sabine hatte mit ihrem Rad den Hof verlassen. Evelyn stand mit der Mülltüte da und überlegte, ob sie ihr hinterhergehen sollte, schnell, damit sie sie noch einholte. Um sie zu fragen, was los war. Warum sie nicht mit ihr sprach. Nein, besser nicht. Sie schämte sich viel zu sehr. Ungeduscht, nicht gekämmt, mit der Kleidung, in der sie geschlafen hatte. Sie warf den Müll in den Container und nahm sich vor, oben einen Schlafanzug anzuziehen, falls es noch einen sauberen gab – ach, ein dreckiger tat's auch –, alles, was sie trug, in den Wäschekorb zu geben, der überquoll, wie Evelyn jetzt wieder einfiel, weil sie auch seit Wochen nicht mehr gewaschen hatte, den Fernseher auszuschalten und ins Bett zu gehen. Morgen. Morgen führte sie dann endlich ihr normales Leben weiter. Ihr normales Leben war nur vorübergehend außer Kontrolle geraten.

Damals

Meine anfängliche Befürchtung, dass in der Wohngruppe lauter Durchgeknallte lebten und nicht nur »schwierige Jugendliche mit ein paar Problemen«, bestätigte sich nicht. Echte Verrückte, hatte ich gedacht, die irgendwas mit den Messern anstellten, die eigenartigerweise nicht weggeschlossen waren – ich hätte sie weggeschlossen –, oder die Bude abfackelten, während wir anderen schliefen.

Die beiden Fiesen in der Gruppe, so brav, richtige kleine Goldschätzchen, passten mich meist in der Wohnung oder draußen ab, wenn kein anderer da war. Kein Betreuer und keine anderen Mädchen. Das Gelände durften wir nur mit ausdrücklicher Erlaubnis verlassen, darum wurde immer ein großes Bohei gemacht. Ein bisschen war es also auch wie Knast. Ich durfte das Gelände in den ersten Monaten gar nicht verlassen und auch danach nur ganz selten und immer in Begleitung. Hatten sie Angst, dass ich abhaue? Wohin denn, ohne Geld und alles und mit gerade mal fünfzehn Jahren? Ich hatte ganz bestimmt nicht die Absicht, auf der Straße zu leben. Inzwischen war ich fünfzehn geworden. Schon ziemlich erwachsen, fand ich. Mein erster Geburtstag, an dem du mir nicht gratuliert hattest. Ich war enttäuscht, hatte auf eine Nachricht von dir gehofft, irgendein Zeichen, dass du an mich denkst, wenigstens eine Postkarte. Aber wahrscheinlich wusstest du gar nicht, wo ich war.

Die beiden Fiesen klebten immer zusammen. Eigentlich so wie wir früher. Zuerst war alles noch ganz harmlos. Die üblichen Fragen, ob ich auch aus einer Scheißfamilie komme. Vor mir, das hatte ich beobachtet, hatten sie sich an der Stummen abgearbeitet, die übrigens doch sprechen konnte, wie sich herausstellte, aber das war ihnen wohl irgendwann zu langweilig geworden. Also gingen sie zu mir über.

»Und, warum bist du hier? Na los, sag schon. Oder ist das so schlimm, dass du nicht drüber reden kannst?«

Ich schwieg. Genauso wie die Stumme. Die Stumme hörte ich das erste Mal sprechen, als ein Mädchen eine Ameise auf dem Küchentisch mit den Fingern zerquetschte. »Was hast du gemacht?«, kreischte sie. »Das war Mord!« Alle waren erschrocken und sahen die Stumme überrascht an. *Das war Mord.* Kein Scherz, sondern ganz ernsthaft. Als wären wir in so einem Fernsehkrimi. Es war doch nur eine Ameise gewesen.

Es begann also mit Fragen, im Grunde immer mit derselben Frage, bei denen die Fiesen noch freundlich taten. Dann kamen die ersten Sprüche: »He, wie siehst du überhaupt aus, du Assi-Schlampe.« Sie achteten darauf, dass nie Publikum zugegen war. »Warum willst du uns denn nicht sagen, weshalb du hier bist? Muss wohl ganz schlimm sein.« Sie lachten dabei und sprachen es immer so gedehnt aus: Muss wohl gaaanz schlimm sein. Ach je. Sooo schlimm.

Sie bedrängten mich. Fingen an, mich herumzuschubsen. Sobald sich jemand näherte, ließen sie von mir ab und spielten wieder die kleinen Engel. Sie sahen auch noch so aus wie Engel. Blond, reine Haut, unschuldige blaue Augen. Wie Schwestern, die sie nicht waren. In der Jugendstrafanstalt war es viel extremer gewesen, dort hatten sie mich verprügelt, getreten, mir Wunden zugefügt, Vergewaltigung gespielt – klar, oder, welche Rolle ich dabei einnahm –, aber die beiden Fiesen in der Wohngruppe ertrug ich schlechter, weil ich doch zum ersten Mal in meinem Leben das Gefühl hatte, irgendwo angekommen zu sein. Ich lag abends im Bett und wünschte mir, dass sie am nächsten Tag nicht mehr da wären. Morgens beim Frühstück musste ich dann feststellen, dass sie immer noch da waren und mich über den Tisch hinweg auf diese besondere Art angrinsten.

Daneben gab es auch die alltäglichen Probleme mit allen anderen. Wie das so ist mit einem Haufen »schwieriger Jugendlicher«. Einige kamen mir schon ziemlich gestört vor, aber nicht bedrohlich. Ehrlich gesagt fand ich, dass ich hier nichts zu suchen hatte. Trotzdem gefiel mir manches. Es war durchaus besser als in meinem vorherigen Leben und besser als in der Jugendstrafanstalt sowieso. Die, mit der ich im selben Zimmer wohnte, hatte einen friedfertigen, leicht tumben Charakter und blieb am liebsten für sich. Ich hatte nie rausgekriegt, weshalb sie hier war. Sie kotzte nicht ihr Essen aus und war auch keine Ritzerin. Ihre nackten Unterarme bekam ich öfter zu Gesicht, keine Schnitte und Narbenmuster. Sie ließ mich in Ruhe, und das war mir am liebsten. Wir teilten uns alle das Badezimmer, das für mich lange Zeit ein Weltwunder blieb. Warmes Wasser, das einfach aus der Wand kam, wenn man es aufdrehte. Ich hätte natürlich gern meine Privatsphäre gehabt, aber das war nicht drin. Wir sollten lernen, miteinander auszukommen. Ich genoss das Weltwunder-Badezimmer, obwohl es oft Streit deswegen gab: He, wie lange brauchst du denn noch. – Lass deinen Kram nicht überall rumliegen. – Eines Tages klebte überall Kotze. Das war wirklich eklig, aber nicht so schlimm wie etwas später die Dünnschisskacke auf den Bodenfliesen. »Sie wollen auf sich aufmerksam machen«, sagten die Psychos. »Ein Zeichen setzen.« Da in beiden Fällen keine zugab, es gewesen zu sein, bekamen wir kollektiv Ärger und mussten gemeinschaftlich die Sauerei entfernen. Wir mussten sowieso die ganze Zeit selbst die Bude putzen, Gemüse schnippeln – ich hätte ja die Messer weggeschlossen –, kochen, Geschirr abwaschen. »Damit ihr Verantwortung lernt.«

Es war nicht so schlimm. Ich konnte es gut aushalten. Man kann eine Menge aushalten, oder? Und natürlich gab ich dir nicht die Schuld. Nein, nie. Wieso sollte ich? Manchmal versuchte ich mir vorzustellen, was du so tust. Schule. Normales Leben. Mit wem du jetzt deine Tage verbringst. Ungefähr zu der Zeit, als du nach meiner Einschätzung Abitur machtest, obwohl ich nicht wusste, ob ich tatsächlich so genau nachgerechnet hatte, ich kam damals oft ein bisschen durcheinander mit allem, ganz schön durcheinander sogar, hörte ich auf, mir das vorzustellen.

Nachdem sie sich erst mal auf mich eingeschossen hatten, ließen die beiden Herzchen, die Goldschätzchen, etliche Wochen nicht von mir ab. Sie lauerten mir auf. Warteten nur darauf, dass sie allein mit mir waren. Beim gemeinsamen Frühstück, Mittag- und Abendessen, bei Filme- und Spieleabenden, oh, Filme- und Spielabende waren ja so toll, wir mussten dauernd sagen, wie toll sie waren und dass wir sie genossen, bei den Gesprächsrunden und der Hausarbeit grinsten sie mich aus ein paar Metern Entfernung an. Meine Brote aß ich am liebsten mit Ketchup. Nur Margarine und obendrauf dick Ketchup. Die anderen fanden das seltsam. Die Fiesen grinsten so zart, dass es sicher nur mir auffiel. Die anderen hielten es bestenfalls für ein freundliches, unschuldiges Lächeln. Ich sah als Einzige die hässliche Grimasse. Das Grausame ihrer Blicke. Die Androhung: Warte nur. Warte nur ein Weilchen. Heute Nacht. Oder morgen.

Ich erzählte niemandem davon. Weder den anderen Mädchen noch den Betreuern. Die Möglichkeit, sich zu beschweren, war mir damals völlig fremd. Sie existierte in meiner Welt nicht. Obwohl uns die Betreuer und Betreuerinnen ständig aufforderten, mit ihnen zu reden, ihnen zu sagen, wenn wir mit etwas nicht klarkamen. Sprecht mit uns!, sagten sie immer. Reden ist so wichtig.

Also redete ich. An einem Nachmittag, wir hatten »Freizeit«, die beiden Fiesen, die Herzchen, hatten sich inzwischen gesteigert und nannten mich nicht mehr »Assi-Schlampe«, sondern waren zur »Assi-Fotze« übergegangen, wenn kein anderer zuhörte, wer hätte das von diesen braven Engeln vermutet, erwähnte ich ihnen gegenüber die *Tat.* Kurz und knapp. Ich brauchte nicht lange dafür, höchstens drei, vier Sätze. War ja auch nicht sonderlich kompliziert.

Sie wurden schweigsam. Das kannte ich gar nicht von ihnen. Sie glotzten blöd. Kannte ich auch nicht. Eine der beiden fing an mit: »Ja, ja, erzähl du nur, meinst du etwa, das glauben wir dir« – verstummte nach einem kurzen Blick zur anderen aber sofort. Sie fragten nicht genauer nach. Lag nicht sogar ein bisschen Angst in ihren Augen? Das gefiel mir. Das gefiel mir richtig gut.

Ich machte dich nicht dafür verantwortlich. Für nichts davon. Natürlich nicht. Du konntest ja nichts für die beiden Herzchen oder alles andere, was danach mit mir passierte. Du warst nicht schuld.

21

Evelyn schlief ungefähr zehn Stunden, ohne ein einziges Mal wach zu werden. Im Bett, nicht auf dem Sofa. In ihrem Schrank hatte sich tatsächlich noch ein sauberer Schlafanzug gefunden. Vor dem ersten Kaffee befüllte sie die Waschmaschine und blickte sich um. Wie konnte man nur so leben? Das passte gar nicht zu ihr. Sie musste die ganze Wohnung putzen und wäre damit mindestens den halben Sonntag beschäftigt.

Im Wohnzimmer lief noch immer der stumm geschaltete Fernseher. Was für eine Stromverschwendung. Wie vorausschauend, dass sie gestern den Müll nach unten gebracht hatte und nicht als Erstes von den widerlichen, stinkenden Lebensmitteln begrüßt wurde. Ihre eigenartige Begegnung mit Sabine im Hof fiel ihr wieder ein. Ihre Nachbarin Sabine, die kein einziges Wort zu ihr gesagt hatte. Sollte sie später bei Sabine und Thorsten klingeln? Nein, besser nicht. Die Nachricht von Mona fiel ihr wieder ein. Sollte Evelyn sie endlich abhören? Besser nicht.

Sie trank Kaffee, duschte, verließ die Wohnung, traf niemanden, wofür sie dankbar war, kaufte Brot beim Bäcker und eine Packung Käse im Späti. Als sie zurückkam, hörte sie bei Sabine und Thorsten laute Musik. Die siebte Sinfonie von Beethoven. Thorsten war besessen von Beethovens siebter Sinfonie. Das Frühstück, zwei Käsebrote, schmeckte

Evelyn außerordentlich gut, als hätte sie schon sehr lange nichts mehr zu essen bekommen. Nach dem Frühstück schaltete sie Musik ein und suchte alles zusammen, was sie zum Putzen brauchte. Beethoven aus der Nachbarwohnung übertönte ihre eigene Musik, und Evelyn ärgerte sich ein wenig. Das war sonst gar nicht ihre Art. Normalerweise waren Sabine und Thorsten höflich und rücksichtsvoll. Evelyn würde nicht bei ihnen klingeln, um sich zu beschweren. Vielleicht später.

Nachdem sie Bade- und Schlafzimmer absolviert, die Wäsche aufgehängt und die zweite Maschine angestellt hatte, musste Evelyn sich ein bisschen ausruhen, bevor sie die Küche in Angriff nahm. Die Küche sah am schlimmsten aus. Doch es ging eindeutig wieder aufwärts, das spürte sie. Evelyns Leben war nur kurz außer Kontrolle geraten.

Gegen Nachmittag war es bei ihren Nachbarn still. Fast gespenstisch still. Wahrscheinlich machten Sabine und Thorsten einen Ausflug. Seit ihr Sohn ausgezogen und Thorsten pensioniert war, unternahmen sie häufig Ausflüge. In den Botanischen Garten in Steglitz, in den Grunewald, manchmal an die Ostsee. Es klingelte. Jennifer, war Evelyns erster Gedanke. Natürlich Jennifer. War es nicht wieder an der Zeit für die nächste Heimsuchung? Oder hatte sie womöglich eine Verabredung mit Katharina vergessen? Seit einer Weile trafen Katharina und sie sich allerdings seltener, ohne dass Evelyn einen Grund dafür hätte nennen können. Zeitlich fiel es mit der unangenehmen Atmosphäre bei der Arbeit zusammen, wobei das eine nichts mit dem anderen zu tun hatte.

Jetzt war Schluss. Mit dem festen Vorsatz, diesmal klipp und klar zu sagen, dass sie nicht erwünscht war, dass sie gefälligst verschwinden und nie wieder hier auftauchen solle, ging Evelyn zur Tür. Es war nicht schön, es so deutlich auszusprechen, wirklich nicht schön, auch für Evelyn selbst nicht, aber Jennifer verstand offenbar keine andere Sprache.

Ihre Stimme war dünn und leicht zittrig und nicht so entschieden wie erwünscht, als Evelyn durch die Gegensprechanlage fragte, wer da sei.

Es war nicht Jennifer, sondern Alina.

Alina? Wer war Alina?

Evelyn brauchte einen Moment, bis ihr einfiel, dass es sich um ihre Nichte handeln musste. Ihre Nichte hatte ihr in den letzten Wochen etliche Nachrichten geschickt und gestern angerufen. Evelyn hatte auf ihre Nachrichten nicht reagiert und auch den gestrigen Anruf nicht abgehört. Ihre Nichte war ihr vollkommen fremd. Sie konnte sich nicht einmal daran erinnern, wann sie Alina das letzte Mal gesehen hatte. Irgendwann Weihnachten vor vielen Jahren, als Evelyn aus Pflichtgefühl über die Feiertage in die alte Heimat gefahren war. Wie alt war Alina damals gewesen? Noch ein Kind? Oder eher eine Jugendliche?

Sie wartete hinter der geöffneten Tür. Hörte die Schritte auf der Treppe, die sich nach oben bewegten.

Was wollte ihre Nichte? Und wieso tauchte sie einfach bei Evelyn auf?

Dann stand eine junge Frau vor ihr. Kein Kind mehr.

»Tut mir leid, dass ich einfach so vorbeikomme«, sagte Alina. »Aber ich habe dich gestern auch angerufen.«

Als machte ein Anruf es besser. Evelyn bat die fremde Nichte in die Wohnung. Im selben Moment fiel ihr ein, dass sie mit dem Putzen noch lange nicht fertig war und wie es hier aussah. Aber vielleicht fanden junge Leute das cool und nicht abstoßend.

Evelyn ging mit ihr in die Küche. Erklärte, dass sie gerade beim Putzen sei, wozu sie als Berufstätige unter der Woche nicht komme. Das bedeutete: Ich bin beschäftigt und habe keine Zeit für dich. »Klar, sicher«, sagte Alina und sah sich verstohlen um. Ohne zu fragen, goss Evelyn ihrer Nichte und sich selbst abgestandenen Kaffee ein. Alina berichtete, wann sie sich zum letzten Mal gesehen hatten. Weihnachten zu Hause bei Evelyns Eltern. Sie sei damals ungefähr in der neunten Klasse gewesen. »Voll in der Pubertät«, sagte sie. Jetzt habe sie Abitur und wolle studieren. In Berlin.

»Wohnst du hier allein?«

Evelyn überlegte eine Weile, viel zu lange, was sie darauf antworten sollte. Sie hatte ihrer Familie nie etwas von Mona erzählt. War auch nicht auf die Idee gekommen, mit Mona zusammen anzureisen und sie ihrer Familie vorzustellen. Und Mona ihrerseits hatte sich auch nicht gerade darum gerissen.

Sie entschied sich für die Wahrheit. Zumindest fast. Sie habe zuerst mit ihrer Partnerin hier gewohnt. Mona. Die Partnerin sei dann ausgezogen. Sie, Evelyn, habe sich von Mona getrennt. Das war ihr wichtig, und sie betonte es mehrfach. Ich habe mich von Mona getrennt. Weißt du, es ging nicht mehr. Verlassen worden zu sein klang einfach nicht gut.

Alina tat sehr erwachsen, als kennte sie sich unheimlich gut in Liebesangelegenheiten aus, bedauerte Evelyn wegen der Trennung – »Selbst, wenn du dich getrennt hast, weh tut es ja trotzdem, oder« –, erzählte irgendwas von einem Dennis, der sie wegen einer anderen verlassen hatte – »Aber jetzt geht's mir gut, der kann mich mal« –, und sah sie erwartungsvoll an.

Evelyn erkundigte sich, wo in Berlin sie untergekommen war und wie lange sie bleiben wolle. Sie sprachen über Studienfächer, über die Freie Universität und die Humboldt-Universität. Alina machte keine konkrete Angabe dazu, wann sie zurückfahren würde, und Evelyn fragte nicht weiter nach.

Ihre Nichte sollte jetzt gehen. Evelyn kannte ihre Nichte gar nicht und hatte keine Lust, über Studienfächer, Erstsemesterpartys, spätpubertäre Besserwisserei und die Bedürfnisse und Wünsche einer Neunzehnjährigen zu reden. Doch Alina machte keine Anstalten zu gehen. Inzwischen waren sie ins Wohnzimmer gewechselt. Auch hier hatte Evelyn noch nicht geputzt, was Alina aber nicht aufzufallen schien. Oder es störte sie nicht. Wahrscheinlich sah es bei ihr zu Hause wie geleckt aus, das würde zu Evelyns Schwägerin passen. Alina bedachte Evelyn die ganze Zeit mit diesem erwartungsvollen Blick, als wäre sie für ihre Unterhaltung zuständig. Sie rückte damit heraus, dass ihr Notebook im Hostel in Friedrichshain gestohlen worden sei. Nicht weggeschlossen. Wie konnte man nur so blöd sein? Evelyn musste am nächsten Tag zur Arbeit. Sie hielt sich nicht mehr gern in den Büroräumen auf. Doch wegen der unguten Stimmung in ihrem Team sollte sie morgen unbedingt nach Moabit fahren. Ihr Team persönlich sehen, mit jedem Einzelnen von Angesicht zu Angesicht sprechen. Sich blicken und keinen Zweifel an ihrer Autorität lassen. Wahrscheinlich bildete sie sich bloß ein, dass in den letzten Wochen alle etwas gegen sie zu haben schienen und hinter ihrem Rücken über sie redeten. Ihr Leben ging wieder aufwärts, sie hatte alles unter Kontrolle. Eigentlich reichte es, wenn sie erst übermorgen nach Moabit fuhr. Mit ihrem Team konnte sie morgen genauso gut per Videocall kommunizieren.

Evelyn hatte es nicht geschafft, Jennifer loszuwerden, und genauso verhielt es sich nun mit ihrer Nichte. Am frühen Abend nahm sie Alina mit nach draußen, weil sie nicht wusste, was sie sonst mit ihr anstellen sollte. Zuerst aßen sie etwas in einem Imbiss, wozu Evelyn sie einlud. Mehr als ein Imbiss war nicht drin, das wäre ja noch schöner gewesen. Danach führte sie Alina in die Mansteinstraße zum Leydicke. Eine Traditionskneipe, die Evelyn auf die Nerven ging und in die sie normalerweise keinen Fuß setzte. Hin und wieder fanden hier auch Geburtstags- oder Firmenfeiern statt oder Treffen der DKP Tempelhof-Schöneberg. Erstaunlich, dass es die DKP noch gab. Der Wirt war unsterblich in sich selbst verliebt. Evelyn hoffte auf eine abschreckende Wirkung, doch das Gegenteil war der Fall. Alina fand es »so authentisch« und begann, als er die Getränke brachte, sofort eine Unterhaltung mit dem Wirt. Sie erzählte ihm, dass sie die Absicht habe, nach Berlin zu ziehen. »Na, dann sehen wir uns ja öfter« sagte er und stellte noch zwei Schälchen mit Erdnussflips auf ihren Tisch. Evelyn redete mit Alina, war aber nicht bei der Sache, sondern dachte die ganze Zeit an Jennifer. Genau besehen war ihr Leben erst in diese Schieflage geraten, seit Jennifer aufgetaucht war. Vorher war alles gut gewesen. Evelyn hegte nicht den geringsten Zweifel, dass es von nun an immer so weiterging, dass Jennifer aus dem Nichts auftauchte, wenn sie nicht damit rechnete, und nach und nach ihr Leben vergiftete. Auch wenn sie gar nicht die Macht hatte, es fühlte sich so an, als bestände ein unmittelbarer Zusammenhang zwischen Jennifer und den unguten Entwicklungen in ihrem Leben. Evelyn wollte doch nicht mehr so passiv sein. Erstens. Sie musste aktiv die Probleme in ihrem Team angehen. Zweitens. Sie musste Jennifer loswerden, aktiv, sobald sie das nächste Mal hier aufkreuzte. Verfolgte Jennifer irgendeinen Plan, der sich ihr nicht erschloss? War sie überhaupt dazu in der Lage, einen Plan zu ersinnen?

Sie konnte nicht einfach zur Polizei gehen und Jennifer wegen Belästigung oder Stalking anzeigen. Die würden sie auslachen. Nach einem Besuch und zwei weiteren Begegnungen. Ganz abgesehen davon, dass es für Evelyn nicht möglich war, zur Polizei zu gehen.

Wie machte man das, jemanden loswerden? *Endgültig* loswerden? Zum Teufel schicken? Genau das wollte sie, Jennifer zum Teufel schicken, aber leider war es nur eine Redensart ohne praktische Handlungsanweisungen. Jemanden dafür anheuern vielleicht. Was das wohl kostete? Dank ihres guten Jobs waren Evelyns Finanzen in einem soliden Zustand. Woher war ein solcher Dienstleister zu beziehen? An Laternenpfählen und im Briefkasten warben immer nur Möbelträger und Gitarrenlehrer für sich. Entrümpeln, Umzugshelfer, Hundeausführer, Ofenabriss, Yoga, Dielen schleifen. Keine Angebote, dem Kunden fachmännisch und diskret eine unliebsame Person vom Hals zu schaffen.

Evelyn betrachtete in der lauten Kneipe ihre fremde neunzehnjährige Nichte, die sich pudelwohl fühlte. Sie wusste nicht, ob sie ihre Nichte mochte und was sie von dieser plötzlich in ihr Leben tretenden Verwandtschaft halten sollte. Ein bisschen bedrohen und einschüchtern, wenn Jennifer das nächste Mal aufkreuzte. Genau. Nichts wirklich Schlimmes. Dafür musste es doch Leute geben und auch einen Markt. Erst recht in Berlin. Schließlich gab es in Berlin nichts, was es nicht gab. Und wenn sie nicht in Erfahrung bringen konnte, wo solche Leute aufzutreiben waren, sie dürften sich auch in einem anderen Milieu bewegen als Evelyn, musste sie darüber nachdenken, wie sie es selbst anstellte.

Damals

Du warst schuld. Und natürlich machte ich dich verantwortlich. Für alles. Für alles, was danach mit mir passiert ist. Für die beiden fiesen Bitches. Sogar für die Kacke im Wohngruppen-Badezimmer. Wer sonst war daran schuld, wenn nicht du? Die Wohngruppe – Überraschung! – tat mir zuerst ja sogar ganz gut. Irgendwie war es schon okay, und die nächste Versetzung in der Schule hätte ich sowieso nicht geschafft, das wusste ich.

Die Schule war nichts für mich. Für dich schon, Klar, dass du Abitur machen und so durchrutschen würdest, dass du ein Teil von ihnen wirst. Den Erfolgreichen. Die alles im Griff haben, ihr Leben auf die Reihe kriegen und immer im eigenen Bett schlafen, außer im Urlaub.

Von Urlaub konnte bei mir keine Rede sein. Auch zu Hause, in meinem früheren Leben, waren wir nie in Urlaub gefahren, weil das Geld dafür fehlte. Trotzdem hatte ich mich fast an die Wohngruppe gewöhnt – dass ich mich dort rundum wohlfühlte, wäre wohl etwas übertrieben –, als ich sie auch schon wieder verlassen musste. Die Herzchen waren daran schuld. Also indirekt du. Ich konnte nicht bleiben. Es ging einfach nicht mehr. Die, mit der ich mir das Zimmer teilte, fand das schade. Eine der Ritzerinnen auch. Die dachte tatsächlich, wir wären auf demselben Level oder so. Waren wir nicht. Habe ich ihr aber lieber nicht gesagt. Sonst hätte sie sich bestimmt sofort ein paar ordentliche Schnitte verpasst. Aus Frust. Sie waren alle so frustriert. Im Grunde passte ich nicht hierher, und deswegen war es bloß konsequent, dass ich schon wieder den Ort wechseln musste. Neues Bett. Neue Tagesabläufe und Vorgaben, und diesmal sollten sie wesentlich strenger sein. Noch mehr Gespräche mit Psychos. Außerdem so ein Gruppenpsychoding, das mir nicht gefiel. Ich hatte ja schon die Schule nicht gemocht, wenn ich drankam und mich alle anglotzten und manche von ihnen kicherten. So etwas vergisst man nicht, obwohl mir die Schule inzwischen vorkam wie aus einem anderen Leben. Der neue Ort mit den neuen Abläufen und dem neuen Bett und neuen Psychos, meine Residenz, wie ich es für mich selbst nannte, war viel weiter von zu Hause entfernt, sodass meine Mutter mich nur noch selten besuchte. Konnte ich verstehen. Ohne Auto war das eine kleine Weltreise für sie, und sie hatte ja auch zu Hause genug zu tun.

»Hast du alles, was du brauchst?«, wollte sie wissen. Was für eine dämliche Frage. Was sollte ich darauf antworten? Nein, ich kriege hier fast nichts zu essen. Wir müssen alle hungern. Siehst du nicht, wie dünn ich geworden bin?

Ich war traurig, als meine Mutter ging. Meine Mutter sah auch traurig aus. Und zugleich war ich kein bisschen traurig, sondern froh.

Ich musste also schon wieder den Ort wechseln, das Zimmer, das Bett, die Leute. Eigentlich fand ich das ziemlich ungerecht. Ich war schließlich nicht daran schuld. Zu dieser Zeit nahm ich vieles einfach so hin. Ich kannte es nicht anders und wusste es nicht besser. Das muss jetzt sein, wurde mir erklärt. Sonst könne man mir nicht helfen. Ich fand gar nicht, dass man mir helfen muss, aber das verschwieg ich lieber. Es wäre nicht gut angekommen. So viel hatte ich inzwischen gelernt – sie wollten immer, dass man dankbar für die Hilfe ist. Also musste ich so tun, als wäre ich dankbar. Das ganze Gequatsche ging mir total auf den Geist. Aber besser mitspielen, dachte ich. Ja, und an all dem warst du schuld.

22

Ihre Tante legte keinen Wert auf ihre Gesellschaft. Das war eindeutig. Im Grunde kannten sie sich auch gar nicht. Und ältere Leute wie Evelyn mochten keine Überraschungsbesuche, waren nicht mehr so flexibel, das wusste Alina, aber sie hatte ihr Kommen schließlich angekündigt. Mehrfach.

Am liebsten hätte Alina gesagt: Passt wohl gerade nicht. Entschuldigung, dass ich hier aufgetaucht bin. Ich bin ja nur deine Nichte, aber was heißt das schon. Ich gehe sofort wieder. – Doch sie wollte etwas von Evelyn, auch wenn sie nicht zwingend auf sie angewiesen war. Vielleicht reichte vorerst ihr Smartphone. Trotzdem, der Diebstahl des Notebooks war ein herber Verlust. Über kurz oder lang brauchte Alina ein neues. Und ohne Computer kam sie sich nicht vor wie eine künftige Studentin, die bald mit ihrer akademischen Ausbildung beginnen wollte.

Evelyns Wohnung war ziemlich groß für eine Person. Eine schöne Wohnung, genau so, wie Alina sich eine Berliner Altbauwohnung immer vorgestellt hatte, mit Flügeltüren und abgeschliffenen Dielen und allem, allerdings nicht hinsichtlich ihres Zustands. Alina war überrascht, wie ihre Tante hauste. Überall lagen Sachen herum, getragene Kleidung, benutztes Geschirr, irgendwelcher Papierkram, und es war sichtlich dreckig, an der Grenze zum Ekligen. Das kannte Alina nicht von zu Hause. Ihre Mutter achtete penibel auf Sauberkeit, die Religion, der sie sich verschrieben hatte, und zweimal in der Woche kam eine Putzfrau. Natürlich schwarz, obwohl ihre Eltern ständig über die Schmarotzer meckerten, die den Staat ausnahmen und auf Kosten der anderen lebten. Ihre Tante gehörte offenbar nicht dieser Sorte Religion an. Oder sie musste so viel arbeiten, dass sie nicht zum Putzen kam. Davon ab wirkte sie nicht ganz auf der Höhe. Sie hörte ihr nicht richtig zu, erkundigte sich nach etwas, das Alina erst wenige Minuten zuvor ausführlich erläutert hatte. Litt sie mit Mitte vierzig schon unter Alzheimer? Gab es solche Fälle in ihrer Familie? Wahrscheinlicher war jedoch, dass sie sich einfach nichts aus ihrer Nichte machte. Deutlicher hätte sie jedenfalls nicht zeigen können, dass sie Alina loswerden wollte. Und dann diese Bar, die so wirkte, als wäre sie seit ungefähr einem halben Jahrhundert nicht mehr renoviert worden. Die Gäste sahen so ähnlich aus. War das Evelyns Lieblingsort? Egal. Alina versuchte, das Beste daraus zu machen. Annäherung an die fremde Tante. Etwas anderes blieb ihr nicht übrig. Das Hostel konnte sie sich noch ungefähr zwei, drei Wochen leisten. Aber würde Alina so lange das Mehrbettzimmer ertragen? Wenn die feierwütigen Neuseeländerinnen abreisten, käme jemand anders. Reichten zwei Wochen für die ganzen Uni-Formalitäten? Besser wäre es natürlich gewesen, das Geld zu sparen. Himmel, Alina wusste ja nicht einmal, welche Uni. Auch so ein Punkt, bei dem sie auf die Unterstützung durch ihre Tante gehofft hatte. Evelyn hatte doch auch in Berlin studiert.

Alina hatte sich das alles ganz anders vorgestellt. Aufregend, aber viel einfacher. Ihre Tante wirkte unruhig, irgendwie getrieben und nicht ganz bei sich. Und sie brachte kein Mitleid auf. Weder beim gestohlenen Notebook noch bei den Beschreibungen der Hostel-Unterkunft. Da nützten wohl auch fünfundzwanzig Prozent gemeinsame Gene nichts. Was hatte Alina denn erwartet? Mit offenen Armen empfangen zu werden?

Ein bisschen aufmerksamer hörte Evelyn ihrer Nichte zu, als sie erzählte, dass ihre Eltern entschieden gegen ein Studium in Berlin waren. »Wir haben uns total deswegen gestritten«, sagte Alina. »Ich habe ihnen gesagt, dass das ja wohl meine Sache ist.«

»Das sehe ich auch so«, entgegnete Evelyn. »Es ist deine Sache.« Sie sei damals direkt nach ihrem Abitur hierher gezogen. »Mich hielt nichts mehr. Ich wollte einfach nur weg.«

Das deckte sich mit dem, was Alina von ihrem Vater und ihren Großeltern wusste. Angeblich war Evelyn nur eine Woche nach ihrem Abitur ausgezogen, fast wie eine Nacht- und Nebelaktion, was ihr alle übel genommen hatten, Alinas Vater, ihr Onkel und vor allem ihre Großeltern. »Sie tut immer so, als wäre es hier unerträglich«, sagten ihre Großeltern, »als könnte man es hier nicht aushalten. Und wenn sie uns mal mit ihrem Besuch beehrt, was uns aufrichtig freut, ist sie froh, sobald sie wieder abreisen kann. Sie denkt, wir merken das nicht. Doch wir merken das natürlich.«

In den vergangenen Jahren war Evelyn eine Art Vorbild für Alina geworden. Oder sogar ein heimliches Idol? Seit sie mit ihren Eltern immer öfter in Streit geriet. Ein Vorbild jedoch, das gar keine reale Grundlage hatte, das eine Illusion war, ein Luft- und Fantasiegebilde, wie ihr in diesem Lokal namens Leydicke aufging. Sie kannte ihre Tante nicht, wurde nicht warm mit und auch nicht schlau aus ihr. Die zumeist eher abfälligen Bemerkungen ihrer Eltern zu Evelyn – falls sie überhaupt über sie sprachen – hatten für Alina immer den Schluss nahegelegt, dass ihre Tante *anders* war, und zwar auf gute Weise anders, mit einem großartigen, freien Leben in Berlin, das sie auch anstrebte.

Alina musste sich entscheiden. Welches Fach an welcher Uni. Sie musste zusehen, all die notwendigen Formalitäten zu erledigen, und dann musste sie sich einen Plan B ausdenken, den sie nicht mal in Ansätzen hatte, wie das alles zu bewerkstelligen war, Umzug, Wohnen, Job, Geld. Verwandtschaftliche Starthilfe war ganz offensichtlich nicht zu erwarten. Und in spätestens zwei, drei Wochen, wenn ihr das Geld ausging, musste sie wohl oder übel erst mal zurück nach Hause.

23

Noah sah die Welt mit anderen Augen. Viel klarer. Politik und dieser ganze Kram, der ihn bisher nicht interessiert hatte, viel zu kompliziert und auch total langweilig, war gar nicht so schwer. Das lag daran, dass Mark alles so gut erklären konnte. Noah hatte noch niemandem von ihm erzählt. Vor allem nicht seinen Erziehungsberechtigten. Sie wählten die Grünen, soweit er wusste, genauso wie Evelyn, sprachen freundlich und voller Mitgefühl über Migranten und hatten ganz andere Auffassungen als Mark. Das würde nicht zusammenpassen, und er hatte keine Lust, sich ihr Gutmenschengeschwätz anzuhören. Das sagte Mark gern: Gutmenschen. »Deine Eltern sind bestimmt solche Gutmenschen. Kenne ich. Ich kann sie mir lebhaft vorstellen.«

Seine Mutter fragte ihn kaum noch, wohin er ging, auch nicht, mit wem er sich traf, erinnerte ihn nur daran, pünktlich zu Hause zu sein. Zuerst war es noch das Abendessen gewesen, bei dem er ohne Wenn und Aber zu erscheinen hatte, dann ließ sie das Abendessen weg und nannte ihm nur eine Uhrzeit, mit dem Zusatz: »Du hast morgen Schule.«

Wenn er später nach Hause kam, suchte Noah sich alles aus dem Kühlschrank zusammen, was ihm in die Hände fiel, und stopfte es in der Küche im Stehen in sich hinein. Dazu trank er Milch und Orangensaft im Wechsel direkt aus der Flasche. Seine

Mutter konnte das nicht leiden und ermahnte ihn jedes Mal, doch bitte ein Glas zu benutzen. Den neuen Typen seiner Mutter hatte Noah sagen hören: »Er hat Freunde. Das ist doch gut. Dann kommt es auf die Minute ja nicht an. Sei doch froh, dass er Anschluss gefunden hat. Vielleicht hat er ja auch seine erste Freundin. In dem Alter geht es doch los.« – »Noah? Eine Freundin?«, hatte seine Mutter erwidert. »Nie im Leben. Er ist doch noch so unreif.«

Über diese Bemerkung, auch wenn sie nicht für seine Ohren bestimmt war, ärgerte Noah sich maßlos. Nicht dass er Interesse an einer Freundin gehabt hätte. Eine Freundin, was für eine eigenartige Vorstellung. Wozu brauchte man das? Er fand Mädchen seltsam. Zickig. Einige Mädchen aus seiner Klasse lachten über ihn, wenn er im Unterricht drankam und die altbekannte Röte sein Gesicht überzog.

Noah war kürzlich vierzehn geworden. Getrennte Geburtstagsfeiern, einmal zu Hause in Prenzlauer Berg bei seiner Mutter und ihrem neuen Kerl, zwei Tage später bei seinem Vater in Moabit. Sein Vater hatte sich wirklich Mühe gegeben, mit den Geschenken, ungesundem Essen, sogar alberne Luftschlangen hatte er aufgehängt, hatte auch angeboten, Klassenkameraden einzuladen, was Noah ablehnte, aber insgesamt war es eine ganz schön traurige Veranstaltung, Noah und sein dauerdeprimierter Vater zu zweit in seiner Wohnung. Sein Vater hatte sich bemüht, fröhlich zu sein. Das bewirkte das Gegenteil und machte alles noch trauriger.

Er kannte inzwischen auch ein paar von Marks Freunden. Noah war mit Abstand der Jüngste, was er zu verbergen versuchte – indem er besonders tief sprach, was meistens misslang, oder mit coolen Sprüchen oder was er dafür hielt. Gleichzeitig war er auch stolz. Mark fand ihn schließlich nicht zu jung. Er hielt sich oft an der Schule auf, weil er neben Noah auch andere Schüler kannte. Älter, elfte oder zwölfte Klasse. Eine kleine Gruppe, sieben, acht Jungs, zog manchmal abends zusammen los. Sie trafen sich an einer vorher verabredeten U-Bahnstation und mischten dort Leute auf. Weiber mit Kopftuch. Penner. Irgendwelche Schwulis. Denen sah man das ja auf zehn Meter an. Oder Transen. Einmal hatten sie auch die Frontscheibe von so einer linken Kneipe in Kreuzkölln im Reuterkiez demoliert, was heikel gewesen war, weil es jemand mitbekommen hatte und sofort mit seinem Handy rumfuchtelte. Sie hatten ganz schön rennen müssen. Mark war bei solchen Aktionen nie dabei, was Noah anfangs ein bisschen verwundert hatte. Er ermunterte sie schließlich immer dazu. Aber er musste ja studieren. Er hatte erst neulich erzählt, dass man sich beim Jurastudium dahinterklemmen musste, weil man es sonst gleich vergessen konnte. Und für das Richteramt, das ihm vorschwebte – »um endlich mal aufzuräumen und für Ordnung zu sorgen« –, brauchte man gute Noten.

Noah war verdammt stolz, dass er mitgenommen wurde und inzwischen auch Teil der Messengerdienst-Gruppe war. Er hatte sich vor ein paar Monaten schon mal ähnlich die Zeit vertrieben, zusammen mit ein paar Jungs, die er im Mauerpark kennengelernt hatte, Leute in U-Bahnhöfen erschrecken, gegen Mülleimer treten, so was, aber das war im Vergleich bloß Kinderkram gewesen. Außerdem lebten die meisten dieser Jungs im Kreuzberger Zentrum am Kottbusser Tor, und mit denen wollte Noah nichts mehr zu tun haben. »Die leben alle auf Staatskosten«, hatte Mark ihm erklärt. »Fallen der Allgemeinheit zur Last. Erhalten Unterstützung, die woanders gebraucht würde.« So wie Mark es erklärte, so einfach und klar, leuchtete es Noah sofort ein.

Seine Mutter fragte nicht groß nach, womit er sich abends die Zeit vertrieb. Noah lebte sein Leben und sie ihres. Das gefiel ihm ziemlich gut. Mit den Worten »so etwas braucht ein Junge« hatte Mark ihm kurz nach seinem Geburtstag ein Butterflymesser geschenkt. »Damit du dich verteidigen kannst.« Er wusste ja, als Einziger, um Noahs Probleme mit Kasimir, Mustafa und Dragan. Vermutlich dachte er bei dem Geschenk an die drei. Mark dachte echt mit. Das Messer wirkte richtig teuer. Goldfarbene Griffhälften. Dreizehn Zentimeter lange Klinge. Mark musste ihn ziemlich gern haben, wenn er ihm etwas so Kostbares schenkte. Er hatte ihm gezeigt, wie man es benutzte, und zuerst hatte Noah sich dabei sehr ungeschickt angestellt. »Du musst das üben«, hatte Mark gesagt. »Wenn es hart auf hart kommt, muss es sitzen.« Das klang fast ein bisschen wie Krieg. Laut Mark befanden sie sich aber auch in einer Art Krieg.

Zu Hause versteckte Noah das Butterflymesser gut. Seine Mutter hätte Zustände gekriegt, wenn sie es in seinem Zimmer gefunden hätte. In der Schule waren Messer streng verboten. Kasimir, Mustafa und Dragan hielten sich nicht an dieses Verbot. Inzwischen waren Messer auch in U-Bahnhöfen verboten. Aber wer sollte das eigentlich alles kontrollieren? Beim nächsten Mal würde Noah sich wehren. Nicht mehr das kleine Opfer sein und wieder Spucke auflecken. Beim Gedanken daran wurde ihm heute noch schlecht und er fing an zu würgen. Er würde sich wehren und nicht zögern, sein neues Messer zu benutzen. Allein der Gedanke gefiel ihm. Wie er es zu ihrer großen Verblüffung hervorzog, damit hätten Kasimir, Mustafa und Dragan natürlich nicht gerechnet, ihre blöden Gesichter, und wie er es ohne Vorwarnung einem von ihnen, je nachdem, wer am nächsten stand, in den Oberschenkel rammte. Noah konnte sich richtig gut vorstellen, wie es sich anfühlte, wenn das Messer in Muskeln und Fleisch drang. Mit dem Messer würde er sich endlich verteidigen können. Ihn kontrollierte in der Schule sowieso niemand. Dass er so jung und so ungefährlich aussah, hatte Noah bislang immer gestört, aber vielleicht bot es ja auch Vorteile. Vielleicht sollte er gar nicht darauf warten, sich verteidigen zu müssen. Angriff ist die beste Verteidigung, hieß es nicht so?

Es traf nicht zu, dass Kasimir, Mustafa und Dragan sich Noah als zufälliges Opfer ausgesucht hatten, dass er einfach Pech hatte und sie auch andere schikanierten. Möglicherweise taten sie das, andere schikanieren, zuzutrauen wäre es ihnen, davon hatte er allerdings bislang nichts mitbekommen. Sie benahmen sich insgesamt rüpelhaft, vor allem, wenn sie zu dritt waren, was fast immer der Fall war, aber es blieb bei ein paar blöden Macker-Sprüchen, die meistens mit »Alter« anfingen. Noah war kein zufälliges Opfer.

Vor einem guten Jahr, also gefühlt vor einem halben Leben, mindestens, hatte er Mustafa bei einer Lehrerin beschuldigt, die Turnhalle in Brand gesetzt zu haben. Die Feuerwehr musste damals anrücken, die Turnhalle war fast komplett ausgebrannt und Sportunterricht etliche Wochen nicht möglich. Noah hatte den älteren Mustafa, vor dem er sich fürchtete, öfter mit einem teuren Feuerzeug herumspielen sehen, so ein Zippo-Ding, das man aufklappen musste, was er auch dauernd tat. Noah hatte der Lehrerin gegenüber einfach behauptet, Mustafa mit seinem Feuerzeug beim Betreten der Turnhalle gesehen zu haben, kurz bevor der Brand ausbrach. Das entsprach nicht der Wahrheit. In seinem Kopf jedoch hatte sich diese Vorstellung, Mustafa mit seinem silbernen Zippo-Angeberfeuerzeug, der in der Turnhalle die Matten und alles andere Brennbare anzündete, so verfestigt, dass sie wahr wurde. So konnte es doch gewesen sein, oder? Er wusste selbst nicht genau, warum er das der Lehrerin erzählt hatte. Weil es so hätte sein können. Oder nicht? War doch gar nicht so unwahrscheinlich. Weil es wichtig klang, wenn Noah auf so etwas hinwies. Weil er selbst dadurch wichtig wurde. Ein wichtiger Zeuge, so hieß das doch, oder.

Mustafa war nichts nachzuweisen, keine Strafe und kein Schulverweis folgten, aber durch irgendwelches Getratsche hatte er herausgefunden, dass Noah ihn beschuldigt hatte. Das Ganze war also nach hinten losgegangen, ein Eigentor, und die Lehrerin hatte ihn später dann auch noch beiseitegenommen und gesagt: »Du musst aufpassen, wenn du jemanden beschuldigst. Du musst vorher nachdenken.« Sie hatte mit Noahs Erziehungsberechtigten sprechen wollen. Seine Mutter war hochschwanger gewesen, deswegen war Noahs Vater allein zu einem Gespräch in die Schule gekommen. Sein Vater hatte kein großes Drama daraus gemacht, bloß ähnlich wie die Lehrerin irgendwas von vorschnellen Anschuldigungen und Beweisen erzählt und einen auf großer Jurist oder so was gemacht, dabei hatte er davon gar keine Ahnung. Mark war derjenige, der Jura studierte. Mark hatte Ahnung. Eigentlich hatte er bei allem den Durchblick, ganz anders als Noahs Eltern, die Lehrer oder Evelyn.

Es wurde nie aufgeklärt, wer damals für den Brand in der Turnhalle verantwortlich war. Und diese Geschichte hatte Noah erst recht noch keinem erzählt, nicht einmal Mark, sie lag abgeschlossen in einem sicheren Safe in seinem Inneren, und dabei würde es auch bleiben.

24

Evelyn musste damit aufhören. Sie wusste es. Sie wusste, dass es ihr nicht guttat, sondern schadete, auch wenn sie es vor sich selbst immer als Spaziergang rechtfertigte. »Ich gehe nur ein bisschen spazieren. Spazierengehen ist gesund.« Sie musste damit aufhören, aber jedes Mal, wenn sie es sich vornahm, dachte sie: Nur noch heute. Nur noch dieses eine einzige Mal, dann ist Schluss.

Sie sah ohnehin nichts außer Fenstern. Erleuchtete und dunkle Fenster. Evelyn wusste auch gar nicht, was sie zu sehen erwartete oder hoffte. Es war nicht befriedigend, dort unten zu stehen. Im Gegenteil. Es brachte ihr nichts. Bloß ein schlechtes Gefühl. Doch es war wie ein Zwang, gegen den sie nicht ankam.

Evelyn unternahm diese Spaziergänge seit über einem Jahr. Zwei-, dreimal im Monat. Manchmal öfter, je nach Befindlichkeit. Ausschließlich in den späten Abendstunden und meist am Wochenende. Immer nur dann, wenn sie in dieser besonderen

Stimmung war, wie sie es nannte, die eine solche Maßnahme erforderlich machte. In dieser besonderen Stimmung musste sie dem nachgeben, musste es ausleben. Sie hatte nie jemandem davon erzählt. Nicht einmal Katharina.

Und nun war sie mit ihrer Nichte Alina hier gelandet. Natürlich war es kein Zufall. Evelyn hatte sie gezielt hierher gelotst. Alina, so vermutete Evelyn, wollte etwas von Berlin sehen. Etwas von Berlin zu sehen, hieß in der Regel: Kreuzberg. Evelyn hatte sie zum Essen eingeladen – diesmal kein Imbiss – und danach einen kleinen Spaziergang vorgeschlagen. »Wir können ja irgendwo noch was trinken.« Der Kanal am Maybach- und Paul-Lincke-Ufer gefiel Alina so sehr, dass sie bleiben wollte. Doch Evelyn zog es weiter. So nah, nur wenige Straßen entfernt, wurde sie automatisch unruhig. »Da entlang«, sagte sie, »da vorn ist auch eine schöne Ecke.« Den Kottbusser Damm, den sie überquerten, konnte man wahrlich nicht als schön bezeichnen, aber Alina beschwerte sich nicht. Alina war an diesem Abend schüchtern und kleinlaut.

»Was hältst du von einem Späti-Bier?«, fragte Evelyn. Gehörte das nicht auch zu einem Berlin-Besuch dazu, zumindest, wenn man im Alter ihrer Nichte war? Sie besorgten sich zwei Flaschen Bier, wobei Evelyn das Sternburger verweigerte und lieber etwas Teureres aus dem Kühlschrank griff, und tranken sie am Hohenstaufenplatz, genannt Zickenplatz.

Nah, aber noch nicht nah genug. Jetzt im Sommer nahmen die Bäume Evelyn die Sicht auf das Haus. Ihre Nichte sprach über ihr bevorstehendes Studium. Bislang hatte sie sich weder für eine Uni noch für ein Fach entschieden. Evelyn hörte ihr nur halb zu. Sollte sie ihrer Nichte etwa dabei helfen herauszufinden, was sie wollte? Sie saßen wirklich ungünstig. Evelyn konnte nichts sehen, nicht einmal den Hauseingang.

Mona wohnte zusammen mit ihrer Neuen in der Dieffenbachstraße in Kreuzberg, nicht weit vom Zickenplatz. Mona hatte sich nach der Trennung keine Wohnung suchen müssen. Sie war einfach zur Neuen gezogen. »Total schön«, hatte sie damals gesagt, »im Graefekiez wollte ich immer schon wohnen.« Raus aus der gemeinsamen Wohnung in der Kulmer Straße und geradewegs in die der Neuen mit bezahlbarem Altmietvertrag. Wobei es zumindest klare Verhältnisse waren. Einer von Evelyns Arbeitskollegen, nicht aus ihrem Team, hatte seit einigen Monaten eine neue Freundin. Aufgrund der angespannten Wohnungslage in Berlin war seine neue Freundin in die Wohnung gezogen, in der er mit seiner Ex-Partnerin lebte. Seine Ex wurde ins winzige Arbeitszimmer abgeschoben, während der Kollege mit der Neuen den Rest der Wohnung in Beschlag nahm. Er redete ganz offen darüber und fand nichts dabei, war sogar der Meinung, sich besonders vernünftig und »undramatisch« zu verhalten. Darauf angesprochen, sagte er nur: »Das ist natürlich keine Dauerlösung. Aber wir sind doch alle erwachsene Menschen. Natürlich kommen wir klar.«

Bei ihren Ausflügen in die Dieffenbachstraße blickte Evelyn einfach nur abwechselnd in die Straße und an der Fassade empor. Sie wusste nicht einmal, um welche Wohnung es sich handelte. Nette Gegend. Hätte Mona sich normalerweise gar nicht leisten können. Das nannte man wohl gemachtes Nest. Manchmal fuhr Evelyn mit der U-Bahn, manchmal mit dem Rad. In der Regel nahm sie diese sinnlose Aktion nach ein paar Gläsern Wein in Angriff. Wenn sie sich bereit dafür fühlte. Wenn sie dachte, es geht nicht anders, ich muss das jetzt tun. Es war nicht gut für sie, das wusste Evelyn. Und was erwartete sie zu sehen? Mona, wie sie ihre Neue umarmte und küsste? Und selbst wenn. Sollte Evelyn dann ein Präzisionsgewehr hervorzaubern und einen gezielten Schuss abfeuern? Außerdem hatte sie die Trennung überstanden und war ohne Mona viel besser dran. Das betete sie immer herunter: Ohne Mona geht es mir viel besser. Sie fragte sich jedes Mal, wie es wäre, ihr auf der Straße zu begegnen, was aber noch nie passiert war. Sie sei verabredet, hätte Evelyn dann behauptet, hier ganz in der Nähe. Ach, stimmt, du wohnst ja jetzt hier, hatte ich vergessen. Was für ein Zufall. Die Stadt ist in Wahrheit ganz klein.

Evelyn hatte Alina angerufen und einen Spaziergang am Landwehrkanal vorgeschlagen. »Das wird dir gefallen«, hatte sie gesagt. Sie konnte beides kombinieren. Zwei Fliegen mit einer Klappe. So tun, als kümmerte sie sich um ihre Nichte, und dabei die sich anbietende Gelegenheit nutzen, der Dieffenbachstraße einen Besuch abzustatten. Sie war seit Wochen nicht mehr dort gewesen. Evelyn fühlte sich zwar nicht verantwortlich für eine erwachsene Nichte, die nicht wusste, was sie im Leben wollte, die so blöd war, sich ihren Laptop im Hostel stehlen zu lassen, und die sie im Übrigen gar nicht kannte, war aber zu dem Schluss gekommen, dass sie sich zumindest ein kleines bisschen mit ihr abgeben musste, solange sie in der Stadt war. Aus Anstand. Um ihren guten Willen zu zeigen. Andernfalls ginge das Gerede in ihrer Familie los. Evelyn konnte die Bemerkungen hören, ohne dass jemand sie anrief. Die soziale Kontrolle funktionierte sogar nach all den Jahren noch und hunderte Kilometer entfernt.

Evelyn hatte sich Mühe gegeben – bis vor Kurzem noch eine Selbstverständlichkeit, bevor alles anfing, den Bach runterzugehen –, hatte geduscht und saubere Kleidung angezogen. Nicht so sehr Alinas wegen, was ihre Nichte von ihr dachte, war ihr egal, aber sie konnten ja Mona begegnen. In Begleitung ihrer Nichte fühlte es sich ganz anders an. Normal. Nicht mehr so getrieben. Evelyn war nicht hier, um ein Haus zu belauern, sondern verbrachte einen Abend mit ihrer Nichte in Kreuzberg, ein Abend, der auch um zehn noch so warm war, dass sich alle draußen aufhielten, sprach über ihren Beruf, Qualitätsmanagement und Verantwortung. »Ich habe ein Team unter mir.« Alina wirkte beeindruckt. Das konnte sie ruhig zu Hause erzählen. Dass es bei der Arbeit alles andere als gut lief, dass es schlimmer wurde statt besser, dass sie bis jetzt nicht dahintergekommen war, woran es lag, dass alle aus ihrem Team sie schief ansahen, dass sie geschnitten wurde und Peter nicht mehr mit ihr redete, erwähnte Evelyn nicht. Neulich hatte Peter sie beiseitegenommen und ihr mitgeteilt, dass Noah ihre Nachhilfe eigentlich nicht mehr benötige. Er werde darüber noch mit Anke reden, denke aber, Noahs Mutter sei derselben Ansicht.

Evelyn schämte sich jedes Mal. Seit über einem Jahr. In der U-Bahn oder auf dem Fahrrad noch nicht, unterwegs war sie noch fest davon überzeugt, dass es richtig war. Dass sie es durchziehen musste. Obwohl sie gar nicht wusste, was genau durchziehen. Doch je näher Evelyn dem Haus kam, desto mehr geriet ihre Entschlossenheit ins Wanken. Sollte sie an der Tür klingeln? Nach oben stapfen, falls sie zu Hause waren? Mona eine Szene im Treppenhaus machen? Sie womöglich im Bademantel, glückselig lächelnd und mit zerzausten Haaren, antreffen? Monas kerlige Neue hätte Evelyn wahrscheinlich sofort eins aufs Maul gegeben.

Es war nie etwas passiert. Manchmal, wenn sie unten auf der gegenüberliegenden Straßenseite stand und zu den Fenstern hochsah, dachte Evelyn, dass Mona sie gut hätte erkennen können. Peinlich. Oder war genau das ihre Absicht? Dass Mona aus dem Fenster blickte und sie unten auf dem Gehweg erkannte? Wenn Evelyn genug herumgestanden und geschaut hatte, es gab ja auch gar nichts zu sehen, weil sie von unten keinen Einblick in die höher gelegenen Wohnungen hatte, spätestens dann fiel ihr auf, wie idiotisch und auch würdelos sie sich benahm. In der U-Bahn auf dem Rückweg war sie davon überzeugt, dass ihr alle ihre Jämmerlichkeit ansahen, sogar der Typ, der anfing mit »Entschuldigung, dass ich Sie störe, aber ich bin obdachlos und brauche etwas zu essen oder eine kleine Spende …« Und am nächsten Morgen schämte sie sich wieder. Beim ersten Kaffee beschloss sie jedes Mal, den gestrigen Ausflug sofort zu vergessen. Und es auf gar keinen Fall zu wiederholen. Gott sei Dank war nichts passiert. Mona hatte nichts davon mitbekommen.

Ihre Nichte fragte nicht, warum sie nach einer Stunde und noch zwei weiteren Bieren immer noch an diesem Platz saßen, wenn sie auch am Kanal hätten sitzen können, und genauso wenig fragte sie, warum Evelyn so abgelenkt war und die ganze Zeit nur in eine Richtung sah. »Du hast mit der Familie wohl nicht so viel am Hut«, sagte sie. »Das gefällt mir.« Sie jammerte noch ein bisschen wegen des gestohlenen Laptops, fragte vorsichtig, ob Evelyn sie vielleicht beraten könne, was die Berliner Universitäten betraf und wie man an ein WG-Zimmer kam, und dann brachte Evelyn sie zur nächsten U-Bahnstation.

Als sie selbst zurück nach Schöneberg fuhr, sah sie, dass eine Nachricht von Mona eingegangen war: *Wir müssen reden. M.*

Damals

Meine neue Residenz, wie ich sie bald nannte, war eine Klinik in Dortmund-Aplerbeck. Weit weg von zu Hause und mit öffentlichen Verkehrsmitteln schlecht zu erreichen. Meine Mutter besuchte mich dort noch seltener als selten, nämlich nur ein einziges Mal. Danach nie wieder. Sie erklärte es zuerst noch: Ich schaffe den weiten Weg nicht. Ich habe doch die Putzstelle. Ich muss mich um deinen Vater kümmern. Du hast dort ja alles, was du brauchst. Ich verstehe davon sowieso nichts. Dort können sie dir viel besser helfen.

»Die sehen das nicht so gern«, behauptete sie auch am Telefon. Das war mir neu. Die anderen, selbst die Beklopptesten, bekamen durchaus Besuch von ihren Familien. Sei's drum. Konnte mir egal sein. Ich hatte mich inzwischen daran gewöhnt, auf mich allein gestellt zu sein. Außerdem war mir bei diesem einen einzigen Besuch der Blick meiner Mutter nicht entgangen. Vorwurfsvoll. Sie machte mir keine direkten Vorwürfe, fragte mich stattdessen bestimmt zehnmal, wie es mir geht – wie sollte es mir schon gehen? –, aber ich sah es in ihrem Blick. Meine Mutter konnte mich nicht mehr leiden.

Seit ich in der Wohngruppe den beiden Goldschätzchen, die wie Schwestern aussahen, aber keine waren, den Grund für meinen Aufenthalt genannt hatte, ließen sie mich in Ruhe. Zumindest dachte ich das. Doch es war nicht von Dauer. Zu früh gefreut. Ein paar Wochen später ging es wieder los. Erst fiese kleine Bemerkungen, so leise, dass die anderen, vor allem die Betreuer, nichts davon mitbekamen, dann passten sie mich ständig irgendwo draußen auf dem Gelände ab.

Nicht schon wieder, dachte ich. Ich will das nicht. Bis zu diesem Zeitpunkt war ich daran gewöhnt, alles hinzunehmen. Ich kannte es nicht anders. Ich hatte endlich diesen Ort für mich, falls man das so nennen konnte, an dem ich zwar nicht gerade hoch geachtet war, aber weitgehend in Ruhe gelassen wurde, und mit dem Psychozeug konnte ich leben, war nicht so wild, Unterricht gab es auch, fand ich okay. Und dann fing das wieder an.

Ich habe nie erfahren, weshalb die beiden in der Wohngruppe gelandet waren. Irgendeinen Grund musste es ja geben. Sie waren der Ansicht, hier fehl am Platz zu sein. Das waren wir alle. Manchmal hörte ich Getuschel über eine von ihnen, dass sie aus einem echt guten Stall kam, Riesenhaus, eher eine Villa, Kohle ohne Ende.

Riesenhaus, eher eine Villa, Kohle bis zum Abwinken – das hatte ich durchaus im Kopf, als ich ihr hinten im Garten begegnete. Wir hatten einen ziemlich großen Garten, mit viel Gebüsch und Hecken und sprießendem Grünzeug mit hübschen Blüten, gut für die Insekten, erklärten uns die Betreuer immer. Ich war auf dem Weg zum hinteren Teil des Gartens, weil ich tatsächlich begonnen hatte, mich für die Insekten zu interessieren, ich wollte den Krabbelviechern zusehen – die hatten so ein schönes, geordnetes Leben, teils aber mit viel Gewalt – und außerdem meine Ruhe haben. Ich erwischte die eine, die angeblich aus einem guten Stall kam, beim Kiffen. Die andere hatte gerade ihr Psychogespräch. Eine Seltenheit, sie nicht im Doppelpack anzutreffen. Sie klebten normalerweise immer zusammen, weil sie allein schwach und jämmerlich waren.

Zuerst war sie ungewohnt freundlich zu mir, sagte, ein bisschen ängstlich, dass ich sie doch nicht verraten würde? Sie meinte den Joint. Ich war auch freundlich zu ihr. Nein, klar, natürlich verrate ich dich nicht. Nachdem das geklärt war, fing sie wieder mit den Assi-Sprüchen an, wie ich überhaupt rumlaufen würde, meine Klamotten, die stammten wohl geradewegs von so einer Altkleider-Ausgabestelle. Allein war sie nicht ganz so überzeugend wie zu zweit, ein bisschen halbherzig, aber sie konnte einfach nicht darauf verzichten. Dabei hatte ich ihr doch versprochen, meinen Mund wegen des Joints zu halten. Das war ja wohl total nett von mir. Dass ich angegeben hätte mit dem, was ich ihnen vor ein paar Wochen erzählt hatte, sagte sie auch. Natürlich glaube sie mir das nicht. Ich wolle mich nur wichtig machen, das sei leicht zu durchschauen. Sie hatte wieder diesen widerlichen, herablassenden Ton drauf.

An das, was danach kam, konnte ich mich nicht mehr richtig erinnern. Es war so, als wäre es in einem Traum passiert, den ich sofort nach dem Wachwerden vergessen hatte. Wir waren dort im hinteren Teil des Gartens allein. Ich hätte ihr nichts getan, wenn sie nicht wieder mit all dem angefangen hätte, ehrlich nicht, ich schwöre. Aber allein ihr Blick. Ich wusste, was solche Blicke bedeuten. Ich konnte sie lesen. Da lag dieser Ast herum, so musste es wohl gewesen sein, das erzählten sie mir danach, angeblich hielt ich ihn noch in der Hand, als die Betreuer kamen, dieser dicke tote Ast, der immer noch seinen Beitrag leistete, weil Insekten in ihm lebten. Ich griff mir diesen Ast, so musste es gewesen sein, dachte, während ich ihn in der Hand hielt, noch an all die Krabbeltiere, die ich total mochte, und dann sah ich ihr Gesicht, die Goldschätzchenfresse, und diesen Blick, sie grinste so herablassend.

Da war Blut. Von ihrem Kopf und vor allem von ihrem ausgeschlagenen Zahn. Ich dachte noch, etliche der Krabbeltiere werden sehr gern das Blut von ihr aufschlabbern, manche hatten ja richtige kleine Rüssel, das ist willkommene Nahrung für sie, und dann kamen schon welche herbeigeeilt, so groß war der Garten der Wohngruppe auch wieder nicht, sie kamen angerannt, als würde es brennen oder als wäre eine Katastrophe passiert, machten einen totalen Aufstand, zerrten mich weg, kümmerten sich um das am Boden liegende Herzchen und ihre schlimme blutige Lippe, ein Betreuer zog mich unsanft hinter sich her Richtung Haus, schickte mich in mein Zimmer, als wäre ich sechs oder so, und an diesem Tag sprach niemand mehr richtig mit mir.

Irgendwann kam meine Zimmernachbarin rein. Sie sah mich kurz an, wortlos, drehte sich dann weg und legte sich mit Kopfhörern ins Bett. Das war nicht ungewöhnlich, sie redete nie besonders viel mit mir, aber an diesem Tag war ihr Blick anders als sonst gewesen. Aufmerksamer. Auf der Hut. Als ich selbst im Bett lag, merkte ich aus den Augenwinkeln, dass sie unter ihren Kopfhörern die ganze Zeit zu mir spähte.

Mit dem ausgeschlagenen Zahn und der Kopfverletzung des Goldschätzchens endete meine Zeit in der Wohngruppe. Ich hatte mich dort fast wohlgefühlt. Als allen mitgeteilt wurde, dass ich sie verlassen würde, verabschiedete sich die Stumme übrigens von mir. Sie verabschiedete sich richtig, mit laut gesprochenen Worten. Ich war gerührt und ein bisschen traurig, dass ich gehen musste. Gleichzeitig war ich froh, manche von ihnen nicht mehr sehen zu müssen, allen voran natürlich die beiden fiesen Herzchen, aber auch die eine, die sich in unserem Gemeinschaftsraum dauernd ihre Pickel vor dem Spiegel ausdrückte, wirklich eklig, die hatte gar keine Manieren.

Dass meine Mutter mich nicht mehr in der Residenz in Dortmund besuchte, war mir egal. Ich vermisste sie nicht. Ich vermisste eigentlich gar nichts in dieser Zeit. Wieder ungefähr tausend Gespräche mit Psychos. Ansonsten war ich mit irgendwas so zugedröhnt, dass ich nicht allzu viel fühlte. Gespräche, zudröhnen. Zudröhnen, Gespräche. Schlafen. Viel schlafen. Eigentlich war es gar nicht schlecht, nichts zu fühlen. Überraschend. Ich hatte immer etwas gefühlt, vielleicht sogar zu viel, kann man überhaupt zu viel fühlen?, und nun war alles so gedämpft. Als wäre ich mitten in einem riesigen Wattebausch. Manchmal dachte ich, ich könnte mir jetzt wahrscheinlich mit einem schönen scharfen Messer ins Bein stechen und würde gar nichts davon merken. Das habe ich natürlich nicht gemacht, abgesehen davon, dass an diesem Ort die Messer weggeschlossen waren. Alles Gefährliche war hier weggeschlossen, woran auch der Unterschied zur Wohngruppe zu erkennen war. Ein alberner Gedanke. Was sollte das bringen, sich selbst zu verletzen? Total bescheuert. Dafür war ich nicht der Typ.

25

Alina fühlte sich mit ihren neunzehn Jahren ungeheuer erwachsen. Das war sie schließlich auch. Volljährig. Sie hatte das Abitur. Führerschein. Bald studierte sie. Und gleichzeitig fühlte sie sich schrecklich jung, allein hier in dieser großen Stadt, die sie als ihre Stadt auserkoren hatte. Sie wusste immer noch nicht, was sie im Hauptfach studieren sollte, schwankte zwischen Ethnologie und Kunstgeschichte. Sie wusste ja nicht einmal, an welcher Uni.

Im Moment war es im Hostel-Zimmer erträglich, weil außer ihr nur eine andere Frau darin übernachtete. Aus Frankfurt/Main. Morgens verließ sie immer in Business-Klamotten, Hosenanzug und so, obwohl es dafür viel zu warm war, das Zimmer. Sie redete nicht viel und hockte spätabends noch geschäftig über ihrem Laptop. Den Computer trug sie immer bei sich, nahm ihn morgens mit, ließ ihn nie unbeaufsichtigt im Zimmer. Klug von ihr. Sie war jedenfalls nicht auf Party aus. Sie sei beruflich hier, sagte sie, was nicht zu übersehen war. Irgendwas mit Verlagen. Konnte man sich dann nur ein Zimmer in einem Hostel leisten?

Alina gestand es sich nur ungern ein, aber sie brauchte Evelyns Hilfe. Bisher war es überhaupt nicht so gelaufen, wie sie es sich vorgestellt hatte. Ihre Tante behandelte sie wie eine Fremde. Und das waren sie genau genommen ja auch füreinander – Fremde. Alina telefonierte alle paar Tage mit ihrer Mutter, die immer nach Fortschritten fragte. Die Missbilligung, weil Alina die Absicht hatte, nach Berlin zu ziehen, war nicht zu überhören. Am liebsten wäre es ihrer Mutter gewesen, wenn sie zu Kreuze gekrochen wäre, kleinlaut gesagt hätte, dass sie in Berlin nicht klarkam, dass ihr das Geld ausging und die Stadt so groß und so böse sei und sie sofort wieder nach Hause komme, um in Münster oder Bielefeld zu studieren. Alina durfte sich bei diesen Telefonaten auf gar keinen Fall eine Blöße geben und antwortete deswegen immer sehr knapp, es laufe alles nach Plan, alles sei bestens, sie sei noch mit der Studienfachfindung befasst, hierbei gebe es schließlich dieses und jenes zu bedenken. Ja, auch mit ihrer Tante laufe es bestens.

»Das wundert mich«, sagte Alinas Mutter bei einem dieser Gespräche.

»Wieso?«

»Deine Tante hat sich hier seit Jahren nicht mehr blicken lassen, nicht mal zu Weihnachten oder zu den Geburtstagen deiner Großeltern. Sie macht sich nichts aus der Familie.«

»Zu mir ist sie total nett.«

Nett? Evelyn war nicht nett zu ihr, kein bisschen, aber das wollte sie vor ihrer Mutter nicht zugeben. Ihre Mutter hätte sofort so etwas entgegnet wie: *Siehst du? Habe ich dir doch gleich gesagt.* Alina wusste auch gar nicht, ob sie ihre Tante mochte.

Konnte man jemanden ernsthaft mögen, der einem nichts entgegenbrachte? Andererseits war ihr Blick möglicherweise durch ihre Eltern und Großeltern gefärbt, die im Grunde noch nie besonders freundliche Worte über Evelyn verloren hatten. Ein Psychologie-Studium wäre auch eine Überlegung. Neulich hatten Evelyn und sie stundenlang irgendwo in Kreuzberg herumgesessen, in einer Gegend, in der es gar nichts zu sehen gab. Zur Studienfächerwahl sagte Evelyn, das müsse Alina schon selbst wissen. Immerhin hatte sie ein bisschen über ihre eigene Studienzeit an der FU geredet. Alina hatte sie gefragt, warum sie damals so schnell, nur eine Woche nach bestandenem Abitur, ihre Heimatstadt verlassen hatte. »Weil man es da nicht aushält«, hatte Evelyn geantwortet. »Du hältst es da doch auch nicht aus, oder?« Sie hatte noch etwas von »unguten Erfahrungen« hinterhergeschoben, die sie »hinter sich lassen« wollte. An den genauen Wortlaut konnte Alina sich nicht mehr erinnern. Evelyn hatte so leise gesprochen, dass es unverständlich blieb. Ungute Erfahrungen? In ihrer Heimatstadt? In ihrer Familie? Natürlich hatte es Alina neugierig gemacht, aber sie wagte nicht nachzufragen.

Sie würde es weiter versuchen. Vielleicht wurden Evelyn und sie doch noch warm miteinander. Sie würde das alles schaffen. Immatrikulation. Fuß fassen in Berlin. Mit oder ohne ihre Tante.

Damals

Meine neue Residenz war nicht schön. Nicht dass ich gequält wurde oder so, nicht einmal schlecht behandelt wurde ich, und die Psychos waren im Grunde ganz nett zu mir. »Wir wollen dich doch nur verstehen«, sagten sie immer. Früher oder später kamen sie auf meine Familie. Stellten mir Fragen dazu. Früher oder später kam immer die Familie. In der Regel früher. Das war schon mit den Psychos in der Wohngruppe so gewesen. Wahrscheinlich notierten sie sich auch in der Residenz dieses Dysdingsda auf ihren Blöcken, dass ich aus so einer Dysdingsdafamilie stamme, alles klar.

Allerdings war nicht zu leugnen, dass die Residenz auch durchaus Vorteile bot. Zum Beispiel musste ich nicht mehr frieren. Ein völlig neues Gefühl. Ich hatte meine ganze Kindheit gefroren. Oder wurde oben unter dem Dach gegrillt, die andere Variante. »Wie schläfst du hier eigentlich?«, hast du mich mal gefragt. Ziemlich blöde Frage, echt. Wie sollte ich schon schlafen? Ich passte mich an. Mir blieb nichts anderes übrig. Tränen und alles andere Feuchte froren nachts auf meiner Bettdecke. Morgens war sie oben ganz hart von all dem Gefrorenen. »Noch nie was von einer Wärmflasche gehört?«, hast du auch mal gesagt. Dafür hätte ich dich erwürgen können, echt. Dir irgendwas in dein Maul stopfen, bis du keine Luft mehr kriegst. Du mit deinen Eltern und der Luxus-Heizungswohnung mit richtigem Badezimmer und warmem Wasser aus der Wand und Balkon und allem. Irgendwann bekam ich einen kleinen Heizlüfter. Der hat das Ganze ein bisschen erträglicher gemacht. Man musste aber nah am Heizlüfter bleiben, einen halben Meter daneben war es wieder total kalt. Irgendwann hatte ich mal vorn was in die Schlitze gestopft, ein T-Shirt, das zu hundert Prozent aus Kunststofffasern bestand, nur so, keine Ahnung, warum, um zu gucken, was passiert, ich war vermutlich sauer wegen irgendwas, oder in der Schule war es mal wieder nicht gut gelaufen, in der Schule lief es eigentlich nie gut, mich hatte auch ernsthaft interessiert, was passieren würde, jedenfalls fing es erst zu stinken an, total eklig, dann qualmte es. Ich hätte fast die Bude abgefackelt. Und damit auch mich selbst und meine Eltern. Um die wäre es nicht wirklich schade gewesen, oder. War aber noch mal gutgegangen. Meine Mutter kam hoch. Oder die Sicherung sprang raus? Oder beides, erst die Sicherung, dann meine Mutter. Der Heizlüfter war danach hinüber. Ich war ein bisschen enttäuscht, dass es nicht geklappt hatte. Außerdem gab es keinen neuen Heizlüfter, zu teuer, und ich musste wieder frieren.

In der Wohngruppe war ich nach Möglichkeit für mich geblieben. In der Residenz hingegen hatte ich eine Freundin. Nicht sofort, aber recht bald. Unter diesen Bedingungen entwickeln sich Freundschaften anders als im normalen freien Leben draußen, und sie gehen viel tiefer. Das verstand ich aber erst später. Ich kannte das gar nicht mehr. Du warst doch immer meine Freundin gewesen, seit der Grundschule. Du hast mir nie geschrieben, weder an die Adresse der Wohngruppe noch in die Klinik, und besucht hast du mich erst recht nicht. Du wolltest nichts mehr mit mir zu tun haben, das war eindeutig. Ich hatte also die Nase gestrichen voll von Freundschaften. Das war sowieso verlogen und falsch, nur Schein, und sobald es hart auf hart kam, war alles schlagartig vergessen.

Ich kam auch ohne aus, hatte ich beschlossen, als sie anfing, sich beim Mittagessen immer öfter zu mir zu setzen. Sie war irgendwie total schüchtern, kriegte sofort eine rote Birne, fragte immer brav und auch ein bisschen ängstlich – als würde ich ihr gleich eine reinhauen oder so –, ob hier noch Platz sei. Überhaupt, wie sie redete, passte überhaupt nicht hierher. Irgendwie vornehm, viel vornehmer auch als du. Na ja, so vornehm hast du eigentlich gar nicht geredet, aber mir kam alles, was anders war als bei mir zu Hause, automatisch vornehm vor. Sie konnte übrigens Geige spielen, erzählte sie. Gehört hatte ich es nie, aber das hier war ja auch keine Musizieranstalt. Wenigstens Geige und nicht Klavier. Mal im Ernst, Klavier wäre schon echt schräg gewesen, oder? Und sie trug im Unterschied zu mir teure Klamotten, auch in der Residenz, machte mich aber wegen meiner nie runter. Sie lieh mir manchmal was von ihren

Sachen, die sie nicht zurückhaben wollte, und fand, dass sie mir viel besser stehen als ihr.

Anfangs hatte ich was gegen Gesellschaft, wollte lieber für mich bleiben wie in der Wohngruppe, damit kam ich am besten klar, jeder ist sich selbst der Nächste und so, aber sie war trotz ihrer Schüchternheit und der roten Birne total hartnäckig, und so stellte ich irgendwann fest, dass sie eigentlich ganz nett war.

Auf das Wort Residenz kamen wir gemeinsam. Wir nannten es entweder Residenz oder Anstalt, manchmal auch Irrenhaus oder Klapsmühle für die ganz Bösen, was uns gerade so einfiel und wonach uns war. Kam auf den Tag an und wie wir gerade drauf waren. Drauf sein wörtlich gemeint. Manchmal waren wir nämlich voll drauf durch die ganzen Pillen. Wie in so einem riesigen Wattebausch, aber der Wattebausch bewirkte, wurde mir erklärt, dass ich meine *Impulse* besser unter Kontrolle hatte. Der riesige Wattebausch machte mich aber vor allem auch wattig im Kopf. Es war natürlich nicht schön, mir war schon bewusst, wo ich gelandet war, aber mit ihr zusammen war es viel lustiger und vor allem erträglicher als allein.

»Deine Eltern besuchen dich gar nicht«, sagte sie irgendwann. Keine Frage, sie stellte es einfach sachlich fest.

Ich hatte gehofft, dass es niemandem auffiele, selbst ihr nicht. Oder vor allem ihr nicht. Es wirkte so, als wäre ich noch verlorener als die anderen, die ständig Besuch von Müttern, Vätern, Geschwistern, Ehefrauen, Ehemännern bekamen, weil nicht einmal meine Mutter mich mochte.

Ich setzte zu einer Erklärung an, dass es so weit entfernt war, mein Vater nicht mehr so mobil sei, meine Mutter zu Hause so viel zu tun hatte, den Putzjob erwähnte ich zuerst nicht, ist man ja nicht stolz drauf, wenn die Mutter putzen geht, ich entschuldigte meine Mutter also die ganze Zeit, erzählte sogar irgendwas total Blödes über den Kanarienvogel, obwohl der schon ewig tot war, doch sie unterbrach mich und sagte: »Ist schon okay. Du hast es gut. Ich wünschte, meine Eltern kämen nicht so oft.«

Spätestens da wurden wir Freundinnen.

Ich erzählte ihr irgendwann, warum ich hier gelandet war, die *Tat*, und sie erzählte es mir umgekehrt auch. Sie war abends mit einer Gruppe anderer Jugendlicher losgezogen. Erst hatten sie Bier getrunken und dann Wodka rumgehen lassen. Bei Wodka fielen mir mein Vater, seine begrapschten Gläser und die über den ganzen Tisch verteilten Kreuzworträtsel ein. Mit viel Mühe lösten sie einen Gullydeckel aus seiner Verankerung, schafften es aber nicht, ihn danach vom Fleck zu bewegen, viel zu schwer, rollen konnte man ihn auch nicht, also ließen sie ihn einfach neben dem offenen Loch liegen. Sie kamen an einer Baustelle vorbei, kletterten über die Absperrung, klauten Steine, packten ihrer Rucksäcke damit voll, gingen zu einer Brücke, die über eine Autobahn führte, und warfen die Steine über das Geländer auf die Fahrbahn. Einige der Steine trafen einen Pkw, und eine Mutter starb mitsamt ihren beiden Kindern.

Ein Streifenwagen war zufällig in der Nähe gewesen und die Jugendlichen schnell gefasst worden. Hatte damals auch groß in den Zeitungen gestanden, ich erinnerte mich. Sie fand das selbst nicht gut, sagte sie. »Würde ich heute nicht mehr machen.« Aber sie sei einsam gewesen. Eigentlich sei sie schon immer einsam gewesen, seit sie denken konnte – das kam mir bekannt vor –, und sie wollte unbedingt Teil dieser Gemeinschaft sein und nicht als Spaßbremse gelten.

»Ist schon okay«, sagte ich. *Ist schon okay*. Ich benutzte mit Absicht genau dieselben Worte, mit denen sie die Abwesenheit meiner Mutter als nicht so schlimm abgetan hatte.

Seit der Sache mit den Baustellensteinen und der Brücke und der Autobahn war sie hier. Ihre Eltern kamen andauernd, brachten ihr Geschenke, teure Süßigkeiten und neue Klamotten mit. Sie benahmen sich so, als würden sie ihre Tochter im Internat besuchen. Einmal bemerkte ihre Mutter eines ihrer Shirts an mir. Ich hörte die Mutter leise sagen: »Ist das nicht deins? Das, was wir dir erst letzte Woche mitgebracht haben? Du musst doch *solchen Leuten* nicht deine Sachen geben. Oder wurdest du dazu gezwungen? Wenn du dazu gezwungen wurdest, melden wir das dem Klinikleiter.«

»Jetzt weißt du«, sagte sie, nachdem ihre Eltern gegangen waren und wir die teuren Süßigkeiten in uns reinstopften, »warum es gar nicht so toll ist, wenn sie dich besuchen. Ich hasse sie.« Sie schenkte mir zwei weitere Shirts und einen Pullover.

26

Von Jennifers grauem Haaransatz war jetzt im Hochsommer nichts mehr zu sehen, und sie war insgesamt, verglichen mit ihrem ersten Auftauchen im Februar, nicht wiederzuerkennen. Evelyns Leben fiel nach und nach auseinander, und Jennifer blühte auf. Evelyn lebte in einer zusehends verwahrlosten Wohnung, duschte nur noch alle paar Tage, wozu sie sich jedes Mal aufraffen musste, und wechselte selten die Kleidung. Bei Besprechungen mit ihrem Team schaltete sie inzwischen meist die Kamera aus. Es widerstrebte ihr, ins Büro zu gehen, weil die Stimmung dort so feindlich war.

Anfangs hatte sie noch die Hoffnung gehegt, das Problem würde sich von selbst lösen. Schließlich hatte Jennifer krank ausgesehen. Evelyn hatte sogar überlegt, ob es sich womöglich um eine Art Abschiedsbesuch handelte, weil Jennifers Zeit begrenzt war.

Jennifer begrüßte Evelyn mit einer flüchtigen Umarmung, nannte sie dabei wieder »Elli« und marschierte an ihr vorbei geradewegs in die Wohnung, als wäre es das Selbstverständlichste der Welt. Evelyn wunderte sich nicht mehr, wenn sie unangemeldet aufkreuzte. Nahm es einfach hin. Als hätte sie aufgegeben.

Diesmal wollte Jennifer keinen Tee, »viel zu heiß draußen«, sondern etwas Kaltes. Evelyn drehte den Hahn in der Küche auf und reichte ihr ein Glas Leitungswasser. Jennifer ging mit dem Glas auf den Balkon, natürlich ohne zu fragen, und setzte sich draußen auf einen der beiden Stühle.

»Schön hier«, sagte sie, hob die Beine und legte ihre Füße auf das Geländer. »So was stelle ich mir auch für mich vor. Genau so eine Wohnung.«

Evelyn setzte sich auf den anderen Stuhl. In den beiden Blumenkästen starb nur noch struppiges, vertrocknetes Zeug vor sich hin, von »schön hier« konnte also keine Rede sein. Evelyns Bepflanzungsversuche waren kläglich gescheitert. Nach Monas Auszug war sie fest entschlossen gewesen, die Wohnung umzugestalten, sie zu *ihrer* Wohnung zu machen, in der nichts mehr an ihre Ex erinnerte. Um die Pflanzen hatte sie sich auch einige Wochen gekümmert, doch dann waren sie, wie der Rest der Wohnung, der allgemeinen Verwahrlosung zum Opfer gefallen. Und daran war *sie* schuld. Jennifer. Sie vergiftete ihr Leben. Alles war erst passiert, nachdem sie das erste

Mal in der Kulmer Straße aufgetaucht war. Dass Evelyn sich manchmal anstrengen musste, um morgens überhaupt aufzustehen. Dass sie seit Wochen keine Zeitung mehr gelesen hatte, weil ihr die Konzentration dafür fehlte. Dass sie kaum noch etwas unternahm, auch Katharina viel seltener sah, außer alle paar Wochen zur Dieffenbachstraße zu fahren und ein Haus anzustarren. Die feindselige Stimmung bei der Arbeit. Dass Peter nicht mehr mit ihr sprach. Obwohl Jennifer für das, was in der Firma vor sich ging, wohl schlecht verantwortlich sein konnte. In jedem Fall musste Evelyn sie loswerden. Und zwar auf eine radikale Art. Vorher würde sie keinen Frieden finden und Jennifer sie nicht in Ruhe lassen. Sie hatte ihr immer noch nicht gesagt, was der Zweck ihrer Besuche war. Alte Zeiten wieder aufleben lassen und eine Grundschulfreundschaft pflegen ganz bestimmt nicht. Hatte sie es auf die Wohnung in der Kulmer Straße abgesehen, so gierig, wie sie alles betrachtete, als würde sie sich gedanklich schon hier einrichten?

Evelyn wurde nicht schlau aus ihr. Sie wollte aber nicht nachfragen. Bloß nichts heraufbeschwören. Das Vergessen hatte so gut funktioniert, all die Jahrzehnte. Evelyn musste auf sich achten. Auf ihr Wohlbefinden. Ihr seelisches Gleichgewicht. Sie wollte das selige Vergessen zurück. Sicher war, dass Jennifer beabsichtigte, ihr auf irgendeine Weise zu schaden. Evelyns Leben zu ruinieren, was ihr ja schon halb gelungen war. Wegen damals. Obwohl Jennifer nie über damals sprach und, von Andeutungen abgesehen, keinen Ton darüber verlor, wie es ihr in den letzten dreißig Jahren ergangen war.

Wie viel konnte das – die radikale Art, sie loszuwerden – wohl kosten? Zehntausend? Oder war das viel zu tief gegriffen? Evelyn hatte keine Vorstellung davon. Wie auch. Fünfzigtausend? Das wäre allerdings schon ein anderes Kaliber gewesen. Dafür müsste sie einen Kredit aufnehmen. – »Und wofür brauchen Sie den Kredit?« – »Um mein Leben aus dieser Schieflage zu bringen.« – »Aha. Worin genau besteht denn diese, äh, Schieflage? Das müssen wir als Geldinstitut schon wissen. Irgendwelche Schulden? Ein neues Auto kaufen? Wohneigentum? Aber ich sehe … Sie haben nie Ihr Konto überzogen, feste Anstellung, alles gut so weit … da lässt sich schon was machen.«

Sie konnte es auch einfach selbst erledigen, bevor sie sich auf die Suche nach jemandem machte, von dem sie nicht wusste, wo man ihn fand, und möglicherweise unangenehme Gespräche mit ihrem Bankberater führen musste. Evelyn Beckmann war daran gewöhnt, ihr Leben allein zu bewältigen. Sie war früh von zu Hause ausgezogen und hatte in Berlin ihr neues Leben und ihr Studium organisiert. Sie hatte einen verantwortungsvollen Posten. Schreckte nicht vor großen Aufgaben zurück. Jennifer sah jetzt im August zwar wesentlich besser aus als damals im Februar, Herrgott, seit mehr als einem halben Jahr verfolgte sie Evelyn nun schon, sie sah adrett in ihren Secondhand-Klamotten aus und auch nicht mehr krank, war aber nach wie vor sehr dünn. Ein bisschen krank war sie bestimmt immer noch. So schwer konnte es eigentlich nicht sein, sie im richtigen Moment zu überwältigen. Ein kleiner Ausflug vielleicht. Auf keinen Fall innerhalb des S-Bahnrings. Zu viele Leute. *Komm, ich zeige dir total schöne Stellen in Berlin, die niemand kennt.*

»Noch ein Glas Wasser?«, fragte sie.

»Ja, gern.«

Sie saßen eine Weile auf dem Balkon und führten mühsam ein Gespräch über nichts. Evelyn musste zu ihrer alten Stärke zurückfinden. Aktiv werden. Danach ergäbe sich alles andere wie von selbst. Die Situation in ihrem Team würde sich entspannen, sie würde endlich die Wohnung putzen, vielleicht sogar renovieren, eine gute Idee, ein paar neue Möbel kaufen, neue Kleidung, und ihr Leben wäre wieder intakt.

Irgendwann fragte Jennifer nach etwas zu essen.

»Oh, ich weiß gar nicht, ob ich was im Kühlschrank habe.«

»Ein Brot reicht völlig.«

»Ja, Brot habe ich noch. Aber nichts zum Belegen, fürchte ich. Ich muss erst einkaufen. Ich komme kaum zum Einkaufen. So viel Arbeit.«

»Hast du Ketchup?«

»Ketchup?«

»Ja, jeder hat doch Ketchup im Kühlschrank, oder?«

In Evelyns Küche sah es furchtbar aus und ebenso im Kühlschrank. Ein Schweinestall. Und sie selbst stank auch vor sich hin, bekam es, je länger es anhielt, selbst immer weniger mit. Wie konnte man so leben? Evelyn testete die Funktionalität der in ihrer Firma entwickelten Anwendungen, gewährleistete dadurch die Qualität, vernachlässigte jedoch ihre eigene. Das musste sich ändern. Bald. Evelyn nahm eine Scheibe Brot aus der Tüte, das immerhin gab es noch, und es war auch noch nicht schimmelig, sondern nur trocken und sehr hart, aber sie hatte nicht die Absicht, eine gute Gastgeberin für Jennifer zu sein, legte die Brotscheibe auf einen Teller, fand einen Rest Butter im Kühlschrank, nicht ranzig, und ganz hinten tatsächlich eine vergessene Flasche Ketchup. Sie brachte Teller, Ketchup und Butter auf den Balkon.

Draußen sah sie dabei zu, wie Jennifer die Brotscheibe erst mit der noch harten Butter zu bestreichen versuchte, was nicht leicht war, und dann großzügig Ketchup darauf verteilte.

»Esse ich total gern«, sagte sie.

Jennifer schien sich auf Evelyns Balkon rundum wohlzufühlen. Im Unterschied zu den toten Pflanzen in den Balkonkästen stand sie in voller Blüte, wirkte nicht mehr krank, wich aber immer noch Evelyns Blick aus, konnte ihr nicht in die Augen sehen. Evelyn betrachtete sie von der Seite, wie sie das harte, trockene Brot mit der dicken Ketchupschmiere darauf aß, sie hatte roten Ketchup am Mundwinkel kleben, und ekelte sich vor ihr. Evelyn ekelte sich auch vor sich selbst. Was willst du von mir, dachte sie. Wieso bist du hergekommen? Die radikale Lösung musste her. Es gab keine andere Möglichkeit. Sonst würde alles noch weiter den Bach runtergehen. Vielleicht war die radikale Lösung gar nicht so schlimm, sondern fiele Evelyn leichter als gedacht.

Irgendwann ging Jennifer. Wie all die Male zuvor, in Evelyns Wohnung, auf der Straße vor ihrem Haus, in Moabit in der Firma, bat sie weder um Geld noch um Unterkunft oder Zuneigung. Sie drohte Evelyn auch nichts an – was im Bereich des Möglichen lag, sogar wahrscheinlich war – und ließ sie über ihre Beweggründe weiterhin im Unklaren. Es musste einen Grund geben, warum sie hier aufgetaucht war. Und dieser Grund war ganz sicher nicht freundlicher Natur. Evelyn gefiel nicht, dass sie in der Firma gewesen, so weit in ihr Leben vorgedrungen war. Dass sie in der Firma etwas über sie erzählt haben könnte. Das war natürlich Unsinn. Seit dem Tag, als die Office-Managerin Natascha Evelyns Büro betreten hatte, um ihr mitzuteilen, dass sie Besuch habe, war Jennifer nicht mehr in Moabit aufgetaucht. Allerdings arbeitete Evelyn inzwischen so oft wie möglich im Homeoffice, und was im Büro vor sich ging, erzählte ihr niemand mehr.

Nachdem Jennifer gegangen war, entdeckte Evelyn in ihrer verdreckten Küche, in der kreuz und quer Pizzaschachteln lagen, teils noch mit Inhalt, und schmutziges Geschirr herumstand, einen karierten Zettel in DIN-A4-Größe auf dem Tisch. Eine Bleistiftzeichnung eines Hundes, der Klavier spielte. Viele schraffierte Flächen. Jennifer musste diese Zeichnung mitgebracht und in einem unbeobachteten Moment auf dem Tisch platziert haben. Und spätestens jetzt war sich Evelyn zu ungefähr eintausend Prozent sicher, dass Jennifer nicht aus alter Freundschaft kam. Sie wollte ihr schaden. Evelyn riss das Blatt in kleine Fetzen und stopfte sie in den überquellenden, stinkenden Müll.

Sie hörte Geschrei aus der Nachbarwohnung. Sehr lautes Geschrei. Eher eine höhere, weibliche Stimme, Sabine, und nur zwischendurch Thorstens dunkle. Solche Lautäußerungen kannte Evelyn gar nicht von ihnen. Normalerweise waren Thorsten und Sabine leise und rücksichtsvoll. In letzter Zeit ging Evelyn allen Nachbarn aus dem Weg, weil ihr bewusst war, wie sie aussah, dass sie sich gehenließ, schlimmer als in der Trennungszeit vor einem Jahr. Von Thorsten und Sabine hatte sie kaum etwas mitbekommen. Die beiden hatten auf sie immer den Eindruck gemacht, als würden sie sich nie streiten. Offensichtlich war dem nicht so, und das beruhigte Evelyn fast, denn sich nie zu streiten, über Jahre und Jahrzehnte hinweg, war im Grunde übermenschlich.

Thorsten und Sabine gehörten nicht zu der Sorte Eltern, die unter dem Auszug des erwachsenen Kindes litten. »Jetzt genießen wir unser Leben«, hatten sie verkündet und aus dem Zimmer ihres Sohnes sofort einen Arbeits- und Hobbyraum gemacht, wobei Thorsten seit einer Weile nicht mehr arbeitete. Evelyn überlegte, ob sie bei ihnen klingeln sollte, entschied sich aber dagegen, weil es sie erstens nichts anging und zweitens irgendwann Ruhe eintrat.

Die anstehende Teambesprechung für den nächsten Tag wurde kurzfristig verschoben, weil Rafael wieder krank war. In letzter Zeit war das Sonnenscheinchen Rafael ziemlich oft krank. Dabei behauptete er doch gern, er sei so gesund und robust, nicht einmal Erkältungen ziehe er sich zu. Evelyn war das recht, denn inzwischen waren ihr sogar die Videocalls mit ihrem Team zu viel. Ihr war alles zu viel. Allein ein halbwegs sauberes Oberteil anzuziehen, sofern sie nicht von vornherein die Kamera ausschaltete. Doch wahrscheinlich übertrug es sich sogar über die Sprache, dass sie sich gehenließ, über ihre Stimme, den Tonfall. Außerdem erreichte sie eine Mail von Natascha. Am kommenden Montag habe Evelyn einen Termin bei den Chefs. Das lag außerhalb des Team-Mitarbeiter-Jahresgesprächs, musste also einen ernsten Grund haben. In der Firma dürfte sich herumgesprochen haben, dass Evelyn ihr Team nicht mehr im Griff hatte. Konsequenz daraus war oft das Angebot einer Schulung in Mitarbeiterführung, was wie Scheitern klang. Ihrer Aufgabe nicht mehr gewachsen sein. Rafael, der ja der Ansicht war, Evelyns Posten stünde ihm zu, lachte sich bestimmt ins Fäustchen. Evelyn hatte seit Monaten den Eindruck, dass er gegen sie intrigierte. Unentwegt verteidigte er Jule, warf Evelyn vor, sie zu schikanieren.

Aber wenn Rafael wieder krank war, konnte er Jule gar nicht beschützen, was er als seinen neu entdeckten Lebensinhalt zu betrachten schien. Inzwischen war er, mit Unterbrechungen, schon recht lange krank. Als Evelyn das letzte Mal in Moabit in der Firma gewesen war – wie lange war das eigentlich her? Eine Woche? –, hatte sie aus der Teeküche etwas von »Rafael … ja, wirklich schlimm« munkeln hören, »sind wohl psychische Probleme. Er sucht sich aber Unterstützung«. Nicht an sie gerichtet, denn mit Evelyn sprach niemand mehr.

Damals

Ich war übermütig an jenem Tag. Übermütig, wild und unausgeglichen. Daran erinnerte ich mich auch viel später noch, obwohl die nachfolgenden Ereignisse alles, was ich davor gefühlt hatte, mit einem Schlag verdrängten.

Ein Herbsttag. Kühl. Wolkenlos. Der Himmel hatte diese fast unwirklich blaue Farbe, als wäre er gar nicht echt, sondern künstlich, daran erinnerte ich mich später auch. Unendlich weiter Brandenburger Himmel. Mein Bruder und ich waren allein. Im Rückblick nicht besonders lange, aber lange genug. Meine Mutter war zu einer Nachbarin gegangen, mit der sie alle paar Tage Sekt trank, ohne dass dies in unserer Familie jemals thematisiert wurde. Mein Vater musste etwas Dringendes in seiner Firma erledigen, obwohl Wochenende war. »Diese Idioten kriegen es einfach nicht hin«, fluchte er oft, »alles muss man selbst machen.« Einer von ihnen, meine Mutter oder mein Vater, hatte sicher so etwas gesagt wie: Man kann euch ja wohl einen Moment allein lassen, Jungs, oder?«

Wir lebten in Brandenburg in einem großen, schönen Haus mit genug Platz. Meine Mutter arbeitete nicht und trank gern schon vormittags, wenn mein Bruder und ich in der Schule waren, Sekt mit der Nachbarin. Mein Vater war Inhaber einer Firma. Erfolgreich. Der geborene Geschäftsmann. Neben der Arbeit ging er diversen Hobbys nach. Als Kind fand ich das normal, kannte es ja nicht anders, aber später kam es mir manchmal so vor, als hätte er an keinem seiner Hobbys wirklich Spaß gehabt, sondern sie nur deswegen ausgeübt, weil er der Ansicht war, es passe zu ihm als Firmeninhaber. Er spielte Tennis. Und natürlich Golf. Um seine beruflichen

Kontakte zu vertiefen und zu stärken oder neue an Land zu ziehen, sagte er. Und er ging zur Jagd. Tiere töten fand ich gar nicht gut. An der Jagd gefielen ihm die Kleidung und das Archaische, Maskuline. Mein Vater war äußerst pflichtbewusst. Nie nachlässig. Bei gar nichts. Nicht bei der Arbeit und auch nicht bei uns zu Hause. Er wäre nie mit einem fast leeren Tank losgefahren oder hätte seine Schlüssel vergessen oder den Wartungstermin für die Heizung im Keller. So etwas passierte ihm einfach nicht. Er hielt auch uns, meinen jüngeren Bruder und mich, dazu an, immer konzentriert zu sein, niemals nachlässig. »Sonst erreicht man nichts im Leben. Und ihr wollt doch etwas erreichen?« An jenem kühlen, aber sonnigen Herbsttag vergaß mein Vater jedoch etwas Wesentliches.

Ich war an diesem Tag nicht nur übermütig, sondern auch latent unzufrieden. Als Kind war ich oft unzufrieden. Wusste nicht, wohin mit mir, und fand, dass mein Bruder bevorzugt wurde, auch wenn das vielleicht gar nicht den Tatsachen entsprach. Nach den Ereignissen fand ich es erst recht. Meine Eltern waren danach nicht mehr dieselben. Meine Mutter hörte auf, mit der Nachbarin Sekt zu trinken. Sie trank ihn von nun an allein. Mein Vater führte seine Firma weiter, arbeitete härter als vorher und war selten zu Hause. Er redete kaum noch mit meiner Mutter. Wir alle drei redeten nicht mehr miteinander. Wir waren jetzt nämlich nur noch zu dritt. Fortan lebte ich in einem großen, schönen, sehr stillen Haus.

Mein Bruder wollte an diesem Tag unbedingt Fußball im Garten spielen. Er wollte immer Fußball spielen. Mich interessierte das nicht besonders, auch weil ich mich dabei nicht gerade geschickt anstellte. Das war einfach nicht meins, ich war zu anderem geboren. Aber mein Bruder quengelte so lange – »Ach komm schon, Rafi!« –, bis ich ihm den Gefallen tat. Er kreischte voller Vergnügen, das blieb mir noch weit über die Ereignisse hinaus im Gedächtnis, sein hohes, kindliches Gekreische, der künstlich blaue Himmel ohne Wolken und das dumpfe, satte Geräusch, wenn der Fußball geschossen wurde oder vom Oberschenkel abprallte.

Mein Vater war nie nachlässig, bei gar nichts, folglich vergaß er auch niemals, sein Gewehr ordnungsgemäß wegzuschließen. Außer an diesem Tag. Keine Ahnung, was mit ihm los war. Vielleicht lag es an dem Anruf aus der Firma. Vorher hatte er das Gewehr aus dem Waffenschrank geholt, wahrscheinlich, weil er geplant hatte, mit seinen Geschäftsfreunden zur Jagd zu gehen. Kontakte pflegen.

Nach ungefähr einer Viertelstunde sagte ich meinem Bruder, dass wir nun etwas anderes als Fußball spielen würden. Wie zu erwarten, maulte er rum und zog eine Schnute, wartete gleichzeitig aber auch gespannt darauf, was ich ihm anbot.

»Wir probieren mal das Gewehr aus«, sagte ich. »So wie Papa. Aber nur zum Spaß.«

Mein Bruder jammerte, dass Papa uns das nie erlauben würde – »Rafael, das dürfen wir nicht!« – und wir großen Ärger bekämen. Ich achtete nicht weiter auf ihn, holte das Gewehr aus dem Haus und stellte mich im Garten in Position. Natürlich war es nicht geladen. Mein Vater hätte nie ein geladenes Gewehr herumliegen lassen. Ich hatte ihm manchmal dabei zugesehen, wie er es probeweise lud, hätte es selbst aber nicht hinbekommen. Manchmal stellte er mir in Aussicht, mir den Umgang damit beizubringen, aber erst, wenn ich alt genug dafür sei. Bislang hatte ich keinerlei Interesse daran gezeigt. Ich mochte es nicht. Dachte dabei immer an Blut und die toten Tiere.

Zuerst hantierte ich nur ein bisschen an dem Gewehr herum. Auch an dem Hebel unten, wie ich es mal gesehen hatte. Hielt es mal so, mal anders. Versuchte, zackige Soldaten zu imitieren: Präsentiert das Gewehr! Wollte meinen Bruder beeindrucken, was mir auch gelang. Das Ding war gar nicht so schwer, wie ich gedacht hatte. Ich hatte es noch nie zuvor in der Hand gehalten. Ich war so ein Junge, der nicht gern Fußball spielte und lieber in seinem Zimmer saß und Musik hörte, als sich vom Vater die Jagd erklären zu lassen. Aber es fühlte sich erstaunlich gut an. Wahrscheinlich hatte mein Vater vergessen, dass sich im Magazin noch eine Patrone befand. Anders ließ es sich nicht erklären.

Der Rückstoß, mit dem ich natürlich nicht rechnete, war so heftig, dass er mich nach hinten warf, und der Knall so laut, dass ich glaubte, taub geworden zu sein. Mit dem Gewehr im Arm und vorübergehend taub stürzte ich zu Boden und zog mir eine Prellung am Steißbein zu, die noch wochenlang wehtat. Als ich dort lag, auf dem Rücken in unserem Garten, Summen und Rauschen und Klingeln in den Ohren, erwartete ich, meinen Bruder im nächsten Moment erschrocken vor mir stehen zu sehen, meinen kleinen Bruder, der mit seiner kindlichen Stimme quengelte, dass ihm das keinen Spaß mache und er lieber wieder Fußball spielen wolle. Ich hätte freiwillig noch eine Weile mit ihm Fußball gespielt, ehrlich, obwohl ich es nicht ausstehen konnte.

Die Erste, die in unseren Garten kam, war meine Mutter. Sie hatte den Schuss nebenan bei der Nachbarin gehört und war alarmiert, trotz des Sekts, den sie intus hatte.

Sie rannte auf uns zu. »Rafael, was hast du gemacht?«, schrie sie. Ich sah, dass sie schrie, erkannte es an ihrem Mund und an ihren Augen, es war ein Schreigesicht, fast wie das Bild von Munch, aber ich hörte sie nur ganz gedämpft.

Ich war längst aufgestanden und hatte das Gewehr auf den Boden gelegt, weit weg von mir. Mein Bruder lag auf dem grünen, saftigen Rasen, den mein Vater immer so sorgfältig mähte und wässerte und zweimal im Jahr vertikutierte, und rührte sich nicht. Unter ihm breitete sich Blut aus. Ganz hellrotes Blut, das irgendwie sauerstoffreich und lebendig und gesund wirkte. Sauerstoffreich und lebendig konnte ja eigentlich nicht so schlimm sein, oder. Dunkles Blut war sauerstoffarm, hatten wir in Bio gehabt. Ich hatte meinen Bruder schon vor dem Eintreffen meiner Mutter gesehen, mich aber nicht vom Fleck bewegen können. Ich hatte gedacht, das geht vorbei, in ein paar Minuten geht es vorbei und alles ist wieder so wie vorher, ich muss nichts tun, nur ein bisschen warten. Meine Mutter hörte nicht auf zu schreien, was ich aber eher sah, als dass ich es hörte, denn mit meinen Ohren war immer noch etwas nicht in Ordnung. Am Rande bekam ich mit, dass sie telefonierte, mit meinem Vater und wohl auch mit dem Notruf, denn kurz darauf kam ein Krankenwagen.

Ich erholte mich schnell davon. So überraschend schnell, dass sich in der Schule alle wunderten. Meine Eltern wollten mich zuerst auf eine andere Schule schicken oder in ein Internat, doch das lehnte ich ab. Mein Bruder war nicht mehr da. Das musste mir nicht erklärt werden, ich war alt genug und hatte es begriffen. Er war nicht mehr da und käme auch nicht wieder. Er war tot. Wegen mir. Ich hatte schließlich den Abzug des Gewehrs betätigt. Genau genommen fand ich das alles gar nicht so schlecht. Jedenfalls nicht nur schlecht. Ich stellte mir die uneingeschränkte und hundertprozentige Aufmerksamkeit meiner Eltern vor, die aus dem Fehlen meines Bruders resultieren musste, rein logisch betrachtet. Doch meine Eltern sprachen nicht mehr mit mir. Und nicht miteinander. Stattdessen schickten sie mich zu einem Therapeuten, den ich fast zwei Jahre lang regelmäßig aufsuchte. Mein Vater kam mit einer Geldstrafe davon. Er ging nicht mehr zur Jagd und verkaufte das Gewehr. Manchmal fragte ich mich, ob er die Patrone mit Absicht im Magazin gelassen und gar nicht vergessen hatte. So eine Nachlässigkeit passte einfach nicht zu ihm. Allerdings konnte ich mir keinen möglichen Grund dafür erklären.

Meine Eltern behandelten mich nicht schlecht, wirklich nicht. Sie behandelten mich gar nicht. Ich war froh, als ich nach dem Abitur endlich auszog. Aus dem stillen Haus in Brandenburg mit den weiten, hohen Himmeln.

27

Noah stieg die Treppen in Evelyns Haus nach oben. Er hatte schon lange keine Lust mehr auf Nachhilfe, auf Evelyns Strenge, die Extrahausaufgaben, auf diese Fahrten nach Schöneberg. Und hatte sein Vater nicht neulich angemerkt, dass damit bald Schluss sei? Das war ganz in Noahs Sinn. Bisher war aber noch nichts passiert, und Noahs Mutter hatte kein Wort über das Ende der Nachhilfe bei Evelyn verloren. Wie es schien, kommunizierten seine Erziehungsberechtigten nur unzureichend miteinander.

Er hatte nichts mehr mit Evelyn zu besprechen. Die Zeiten waren vorbei. Noah war kein kleiner Junge mehr. Er hatte jetzt den Durchblick, checkte, was falschlief im Land. Von Mark würde er Evelyn natürlich nichts erzählen. Sie käme dann noch auf die Idee, seinen Vater anzurufen.

Oben hinter der Tür erwartete sie ihn mit ungekämmten, fettigen Haaren in einer Kluft, die wieder verdächtig nach Schlafanzug aussah. Schlafanzug. Nachmittags um vier. Eine Erwachsene. Vorn auf der Brust des Oberteils sah Noah etliche Flecken. Evelyn schien total verwirrt, sah ihn an, fragte, ob sie verabredet waren, unterbrach sich dann schnell selbst und sagte, klar, sicher, unser Mittwochstermin.

Noah steuerte wie gewohnt die Küche an. Hier hatte es schon die letzten Male übel ausgesehen, doch heute war eine eindeutige Steigerung zu verzeichnen. Überall standen dreckige Teller, Tassen und Gläser herum, benutztes Besteck kreuz und quer, eine angebrochene Kekspackung, eine offene Ketchupflasche, halb gegessene Brote, braun gewordene Bananen, die einen durchdringenden Geruch verströmten, eine offene, halb volle Dose Thunfisch, in der noch eine Gabel steckte. So lebten Erwachsene nicht. Jedenfalls keine, die Noah kannte. So lebten vielleicht Cracksüchtige oder Säufer oder Proleten. Er musste an Mark denken und was er wohl dazu sagen würde. Mark vertrat die Ansicht, dass Frauen Kinder austragen und großziehen mussten, weil sie andernfalls ihre gesellschaftliche Aufgabe nicht erfüllten. In Evelyns Leben lief wahrscheinlich eine Menge falsch, und das rächte sich jetzt.

Evelyn hatte die Nachhilfe vergessen, das war eindeutig, auch wenn sie es zu verbergen versuchte und hektisch den Küchentisch abräumte, um Platz für Noahs Schulsachen zu schaffen. Normalerweise erledigte sie das immer vorher. Das konnte sie sich jetzt auch schenken, fand er. Immerhin hatte sie ihn nicht unten vor der Tür stehen lassen wie vor ein paar Wochen, als Noah eine halbe Stunde auf der Straße auf sie gewartet hatte. Darauf angesprochen hatte sie später behauptet, er habe sich im Termin geirrt, sie seien gar nicht verabredet gewesen. Doch das stimmte nicht. Noah hatte sich nicht geirrt. Er war doch nicht bescheuert.

Widerwillig holte er seine Sachen aus dem Rucksack und legte sie auf Evelyns Küchentisch, der klebrig und voller Flecken war. Als hätte sie direkt vom Tisch und nicht vom Teller gegessen. Alte Schlampe. Widerlich, echt. Noah räumte nur selten sein Zimmer auf und zumeist erst, wenn seine Mutter ihn mit diesem Stressgesicht – ich-habe-solchen-Stress – dazu aufforderte. Aber er war ein Jugendlicher, kein Erwachsener. Evelyn war eine Erwachsene. Eine ziemlich alte dazu. Er überlegte, wie er ihr klarmachen sollte, dass sie es heute am besten ausfallen ließen, sie hatte ja sowieso keinen Plan, weil sie den Termin vergessen hatte. Außerdem wollte er sie nicht die ganze Zeit im Schlafanzug sehen.

Evelyn hielt jedoch daran fest, dass sie es durchzogen und seine Hausaufgaben besprachen. Sie war unaufmerksam, nicht bei der Sache und vergaß, was er eine Minute zuvor gesagt hatte. Mittendrin klingelte es an der Tür. Evelyn schrak völlig übertrieben zusammen und verschüttete ihren Kaffee, bloß weil jemand klingelte, als stünde draußen das Exekutionskommando.

»Warte kurz«, sagte sie und verließ die Küche. Ihr Kaffee hatte sich auf Noahs Schulheft verteilt. Er hörte, wie sie die Tür öffnete und mit jemandem sprach. Kurz darauf kehrte sie in die Küche zurück, gefolgt von einer jungen Frau. Evelyn stellte sie als ihre Nichte Alina vor.

»Und das ist Noah, mein Nachhilfeschüler. Noah ist der Sohn eines Arbeitskollegen.«

Die Nichte namens Alina sagte Hallo zu ihm, drückte Evelyn einen Topf Basilikum wie einen Blumenstrauß in die Hand, mit dem Evelyn offenbar nichts anzufangen wusste, und stand unschlüssig herum. Evelyn hatte noch nie eine Nichte erwähnt. Genau genommen gar keine Verwandten. Noah wollte nicht mit der Nichte reden. Sie war zwar jung, aber eindeutig erwachsen. Gespräche mit Erwachsenen verunsicherten ihn. Ausgenommen natürlich Mark. Bei Mark fühlte er sich gut. Inzwischen dachte er nahezu den ganzen Tag an ihn. Eigentlich verunsicherten ihn auch Gespräche mit Gleichaltrigen. Noah spürte, wie er errötete, diese verdammte Pest, als Alina ihn neugierig betrachtete. Sie sollte sich mal besser die Schweinerei in der Küche ihrer Tante ansehen und nicht ihn.

»Tut mir leid«, sagte sie. »Dann störe ich wohl, wenn ihr gerade bei der Nachhilfe seid. Welches Fach?«

»Englisch«, sagte Noah.

»Ich hatte Englisch-Leistungskurs. Vielleicht kann ich ja helfen.«

»Nicht nötig«, sagte Evelyn.

Noah konnte das Verhalten von Erwachsenen nicht besonders gut einschätzen, es war ihm oft ein Rätsel. Jetzt hätte er aber um eine ganze Menge gewettet, sogar um sein iPhone, dass Evelyn der Besuch ihrer Nichte nicht recht war. Genauso wenig wie seiner.

Alina hörte irgendwann auf, ihn anzustarren. Sie blickte sich in der Küche um. Stellte ihren Rucksack an der Tür ab und begann, systematisch das ganze schmutzige Geschirr in die Spülmaschine zu räumen.

»Was machst du denn da?«, sagte Evelyn, hinderte sie aber nicht daran.

»Bisschen Ordnung machen«, sagte Alina. »Ich schätze, du bist nicht zum Aufräumen gekommen. Viel Arbeit und so, ich weiß schon. Setz dich ruhig wieder zu deinem Nachhilfeschüler, ich erledige das hier schnell.«

Warum sagte sie nicht: Deine Küche sieht aus wie ein Saustall. Sie waren doch verwandt. Verwandte durften so etwas sagen.

Es endete damit, dass tatsächlich Evelyns Nichte die Englischaufgaben mit Noah durchging. Evelyn entschuldigte sich, sagte, sie müsse etwas für die Arbeit erledigen und ihr Team kontaktieren, und verschwand in einem anderen Zimmer. Als sie eine halbe Stunde später zurückkam, trug sie andere Kleidung, keinen Schlafanzug mehr, und hatte außerdem gewaschene Haare.

Damals

Schafgarbe. Huflattich. Brennnesseln. Gräser. Brombeersträucher. Disteln. Die Brache mit dem stacheligen Gestrüpp lag ein bisschen außerhalb, nicht im Stadtzentrum, und war voller Müll. Sie gefiel mir nicht mehr besonders. Falls sie mir überhaupt je gefallen hatte. Sie hingegen hatte einen Narren an ihr gefressen, wollte immer wieder in meiner Begleitung hierher. Sie fand das Gelände aufregend. Wie ein Abenteuer.

»Hier haben mal ganz reiche Leute gewohnt«, behauptete sie. »Und dann waren sie nicht mehr reich und mussten alles aufgeben. Ihren ganzen Besitz und so. Ich glaube, sie haben sich umgebracht.«

Ich war in diesem Alter zwar recht gutgläubig, zweifelte hierbei jedoch am Wahrheitsgehalt. Sie verriet mir nicht, woher sie das wusste. Sie liebte solche Geschichten, wenn reiche Leute alles verloren und nicht mehr reich waren, und vor allem, wenn jemand zu Tode kam.

Sie hatte mich dazu überredet, die letzten beiden Schulstunden zu schwänzen. Ihrer Meinung nach war es egal, ob sie am Unterricht teilnahm oder nicht, und damit lag sie wahrscheinlich richtig. Für mich war es nicht egal, und trotzdem hatte ich mich überreden lassen. Zuerst hatten wir im Ort herumgelungert. Kein Geld, um uns etwas zu kaufen. Zum Klauen war sie schon seit einer ganzen Weile nicht mehr aufgelegt, weil sie einige Wochen vorher dabei erwischt worden war. Sie sprach nicht gern darüber, sagte auch nicht, ob Konsequenzen gefolgt waren, machte nur Andeutungen, aber es war offensichtlich, dass es ihr einen empfindlichen Dämpfer verpasst hatte.

Schließlich waren wir zum Brachgelände gegangen. Wir landeten meistens dort. Uns war langweilig, und wir hätten genauso gut in der Schule bleiben können. Ich machte mir Gedanken über die Entschuldigung, die in der Schule verlangt werden würde. Sie interessierte so etwas nicht, weil sie die Unterschrift ihrer Mutter fälschte, ziemlich gut, wie ich zugeben musste. Ich hätte standhaft bleiben sollen, das wusste ich an jenem Tag. Sie zog mich immer wieder in einen Strudel aus schlechten Gefühlen und Problemen.

Überall lagen leere Bier- und Coladosen herum. Zerbrochene Flaschen. Zigarettenkippen. Ein benutztes Kondom, das uns zu albernem Kichern brachte. Die Sonne brannte. Uns war langweilig. Uns war oft langweilig, wofür ich insgeheim sie verantwortlich machte. Ich wollte ihre Gesellschaft nicht mehr, wusste aber nicht, wie ich sie loswerden sollte. Bald begannen die langen Sommerferien. Ob sie versetzt werden würde, stand in den Sternen. Besonders klug war es sicher nicht, in ihrer Lage dem Unterricht fernzubleiben. Vielleicht hatte sie auch längst aufgegeben. Sie sprach nicht darüber, genauso wenig wie über ihren Vater im dunklen Wohnzimmer. Sie schimpfte bloß dauernd über die Lehrer. Und natürlich über unsere Mitschüler und Mitschülerinnen. Ich fürchtete mich davor, dass sie sitzenblieb. Sie war seit der Grundschule meine Banknachbarin. Ich sehnte herbei, dass sie sitzenblieb, wäre es doch eine elegante Art gewesen, sie ein für alle Mal loszuwerden, ganz ohne mein Zutun. Ich ertrug ihr ärmliches Zuhause nicht mehr, ihr Zimmer unterm Dach, ihre Zeichnungen. Neulich hatte ich eine Zeichnung des Hundes in ihrem Zimmer gesehen. Ich war mir sicher, dass genau das ihre Absicht war, dass sie wollte, dass ich sie sah. Sie hatte den Hund gezeichnet. Bemerkenswert gut. Den Höllenhund, der nicht mehr lebte. Als hätte es noch einen Beweis gebraucht, dass sie für seinen Tod verantwortlich war. Das »Geschenk« für mich, wie sie es nannte.

Seitdem war sie mir noch unheimlicher, falls das möglich war. Zusätzlich zu allem anderen. Ich hatte

Angst, mich damit anzustecken, wenn ich mich noch länger mit ihr abgab. Mit dem Ärmlichen. Seltsamen. Damit, von niemandem gemocht zu werden. Ich war fest davon überzeugt, dass es über kurz oder lang auf mich abfärbte. Wobei ich selbst auch nicht gerade zu den Beliebten in der Klasse gehörte. Ich tat mich schwer mit Lockerheit. Damit, Anschluss zu finden. Wenn auch nicht so schwer wie sie. So gesehen beruhte unsere Freundschaft auf beiderseitiger Notwendigkeit. Zumindest in der Grundschulzeit. Später nicht mehr.

Wir langweilten uns. Wir mussten die ganze Zeit unsere schweren Schultaschen mit uns herumtragen, wobei ihre derzeitige Schultasche aus einer Plastiktüte aus dem Discounter bestand. So hätte meine Mutter mich nie nach draußen gelassen. Sie hatte sich wegen der Plastiktüte schon allerhand Häme eingehandelt. *Sieht aus wie eine Assi-Kuh. Sieht aus wie die letzte Pennerin*. Es war warm. Ein bisschen fühlte es sich schon an wie die bevorstehenden Sommerferien. Diese Mischung aus unendlicher Freiheit und Langeweile. Wenn sie sitzenblieb – und danach sah alles aus –, wären wir die längste Zeit miteinander befreundet gewesen. Sie hatte angedeutet, dass sie dann die Schule verlassen würde. Entweder, weil ihre Mutter das wollte, »diese Schule ist doch nichts für dich«, oder sie selbst, das hatte ich nicht genau verstanden.

Die Stunden auf der Brache, die wir eigentlich im Unterricht hätten verbringen sollen, waren ein vorgezogener Abschied von ihr, das spürte ich. Erst kamen die Zeugnisse, dann die langen Ferien, und im Spätsommer, wenn das neue Schuljahr begann, würde alles anders sein. Ich war ein bisschen wehmütig. Insgesamt eher erleichtert als traurig. Und ich fühlte mich seltsam erwachsen und befreit. Ab dem nächsten Schuljahr würde ich ohne sie klarkommen.

Irgendwann drängte ich darauf, das Brachgelände zu verlassen. Ich dachte an meine Mutter und dass sie mir die Hölle heiß machen würde, wenn sie vom geschwänzten Unterricht erfuhr. Inmitten des ganzen Mülls und der vertrockneten Sträucher gab es gar nichts zu sehen. Ich musste nach Hause, musste das mit den versäumten Schulstunden geradebiegen und wollte nicht auch noch zu spät kommen. An etwas anderes dachte ich nicht. Doch sie wollte unbedingt noch bleiben. Verständlich, dass sie kein Interesse an ihrem wenig einladenden Zuhause hatte. Und da ich mich an diesem Tag so erwachsen fühlte und den endgültigen Abschied von ihr nahen sah, tat ich ihr den Gefallen und blieb noch.

Doch nach einer Weile wurde ich unruhig. Ich musste nach Hause, sonst würde meine Mutter toben. Ich sagte ihr, dass ich jetzt wirklich gehen müsse. Widerwillig schloss sie sich mir an. Sie trödelte mit ihrer Plastiktüte herum, betrachtete jede Getränkedose, jeden Grashalm und jeden Käfer ausführlich. Als wir endlich die Straße erreichten, sagte sie plötzlich: »Schau mal. Die Klavierspielerin.«

Und tatsächlich, unweit des Brachgeländes ging unsere Mitschülerin Charlotte die Straße entlang, ihre Schultasche über der Schulter. Also war die Schule längst aus. Ich hatte nicht auf die Uhrzeit geachtet. Ich wunderte mich über ihren Anblick, allerdings wusste ich gar nicht, wo Charlotte wohnte. Oder wo ihr womöglich der Klavierunterricht erteilt wurde.

Charlotte wollte so tun, als bemerkte sie uns nicht, aber dafür war es zu spät. Also ließ sie sich zu einem Gruß herab, weil ihr nichts anderes übrig blieb und weil Klavierschülerinnen gute Manieren hatten. Charlotte war alles in allem eine ziemlich hochnäsige Person, die andere spüren ließ, was sie von ihnen hielt, wenn sie auch niemals Ausdrücke wie Assi, Pennerin, Missgeburt oder Freak in den Mund genommen hätte.

Charlotte fand mich schräg, weil ich immer mit ihr herumhing. Ich sah es in ihrem Gesicht, und es ärgerte mich plötzlich. Wie konnte Charlotte mich mit ihr in einen Topf werfen? Ich war anders. Sah Charlotte das denn nicht?

Sie klärte uns mit einem kleinen fiesen Lächeln darüber auf, dass man uns im Unterricht *vermisst* habe. Sie benutzte genau dieses Wort: *Wir haben euch ja so vermisst.* »Und ich dachte schon, ihr seid krank. Zwei auf einmal ganz plötzlich krank geworden. Was für ein Zufall.« Und an sie gewandt, den Blick leicht angeekelt auf ihre Plastiktüte gerichtet: »Na, wenn du dir das leisten kannst.« Alle in der Klasse wussten um ihre schlechten Noten und dass sie versetzungsgefährdet war.

Mir war zu diesem Zeitpunkt nicht klar, dass sie einen Plan gefasst hatte. Vielleicht war es auch gar kein richtiger Plan gewesen, das war in dieser Geschwindigkeit unwahrscheinlich, sondern ein spontaner Entschluss. Unter dem Vorwand, ihr etwas zeigen zu wollen – »Wir haben da vorhin was ganz Komisches entdeckt, das musst du dir unbedingt ansehen, das ist total gruselig, echt« –, lockte sie Charlotte geschickt von der Straße auf das Brachgelände, auf dem wir die letzte Stunde verbracht und garantiert nichts Komisches oder Gruseliges entdeckt hatten. Zuerst zögerte Charlotte, behauptete, »für so was keine Zeit« zu haben, war aber auch neugierig. Vielleicht dachte sie, die älteren Jugendlichen, die sich oft dort herumtrieben, hätten etwas Spannendes und Verbotenes hinterlassen. Verbotenes zog alle Jugendlichen an, selbst die Braven.

Ich hatte immer angenommen, sie sei daran gewöhnt, dass alle sie seltsam fanden und daraus auch keinen Hehl machten. Schon seit der Grundschule wirkte sie so, als störte sie diese Ablehnung nicht. Insgeheim bewunderte ich sie sogar ein bisschen dafür. Dass sie nichts darauf gab, was die anderen tuschelten oder welche abschätzigen Blicke sie ihr zuwarfen. So dick wie vermutet war ihre Schutzschicht, ihr Panzer, aber offenbar doch nicht. Mit einem Mal brach der ganze Zorn aus ihr hervor. Vielleicht hatte sie ihren Zorn lange unterdrückt. Auf dem Brachgelände nutzte sie einen kurzen Moment, in dem Charlotte zur Seite und auf den Boden blickte – »Was ist denn nun? Was wolltet ihr mir zeigen? Ich kann nichts sehen. Bloß ekelhaften Müll« –, und stieß sie nach hinten. Einfach so. Ich war mindestens genauso überrascht, wie Charlotte es gewesen sein musste.

Es ging so schnell, ohne Vorwarnung, dass Charlottes Reflexe nicht nachkamen. Sie stürzte. Ihr Kopf prallte erst gegen eine im gelben, verdorrten Gras liegende Schnapsflasche, ohne dass sie zerbrach, dann gegen einen Stein.

Charlotte war benommen, einen Augenblick nicht bei sich. Ob etwas mit ihrem Kopf passiert ist?, dachte ich erschrocken. Innen drin? Denn von außen war nichts zu erkennen. Und während ich das dachte, zog sie, die Charlottes Sturz reglos beobachtet hatte, einen fadenscheinigen Pullover aus ihrer Discounter-Plastiktüte, für den es heute zu warm war. Sie knüllte den Pullover zu einem festen Knäuel zusammen, kniete sich vor Charlotte und drückte das Knäuel auf ihr Gesicht. Was tut sie da?, dachte ich. Sie hatte mal davon gesprochen, Charlottes Finger brechen zu wollen. Wie Salzstangen. Knack, knack, knack. Doch ihre Finger ließ sie in Ruhe.

Charlotte kam wieder zu sich. Oder der Lebenserhaltungstrieb war so mächtig, dass er auch in halb bewusstem Zustand automatisch in Gang gesetzt wurde. Ihre Beine zappelten und sie schlug um sich. Ihre wild zappelnden Beine boten einen schrecklichen Anblick.

»Gib mir deine Schultasche«, sagte sie zu mir. »Los, mach schon! Gib mir deine Tasche!«

Was wollte sie jetzt, in dieser Situation, mit meiner Tasche? Irgendein Notfallset herausholen, das eine Schülerin der Mittelstufe natürlich nicht mit sich führte, um Charlotte medizinisch zu versorgen? Wohl kaum. Sie sprach ihren Befehl in einer solchen Schärfe, dass ich meine Tasche folgsam vom Rücken nahm und ihr reichte. Sie hatte keine Hand frei, weil sie mit beiden Händen das Pulloverknäuel fest auf Charlottes Gesicht presste.

»Los, mach schon! Hier! Leg die Tasche oben drauf! Bist du schwer von Begriff, oder was? Oben drauf! Auf den Pulli!«

Und ich tat es. Es war vollkommen unwirklich, als würde es gar nicht geschehen, auf der Brache in der heißen Sonne, die schon an die Sommerferien denken ließ, sie, die ab dem kommenden Schuljahr nicht mehr meine Freundin wäre, und ich, wie wir vor unserer Mitschülerin Charlotte knieten und beide zusammen meinen Schulrucksack, in dem sich lauter Bücher, Hefte, Mappen, lose Stifte und eine Brotdose befanden, auf den Pullover und Charlottes Gesicht darunter drückten.

In Wahrheit hatte all das bereits übel auf mich abgefärbt. Wahrscheinlich schon vor längerer Zeit, ohne dass ich es mitbekommen hatte. So musste es sein. Es konnte gar nicht anders sein. Wir stemmten uns gemeinsam mit aller Macht auf den Pullover und Charlottes Gesicht. Vier Hände drückten zu. Es war anstrengend, ich spürte meine Armmuskeln, spürte, wie sie vor Anstrengung zu zittern anfingen, aber es war gar kein schlechtes Gefühl.

Plötzlich ließ sie mittendrin los. Nahm ihre Hände weg und wollte auch meine beiseiteschieben. Ich war davon ausgegangen, dass sie immer weiter- und weitermachte. Bis zum Schluss. Wie immer dieser Schluss aussah. Davon hatte ich keine rechte Vorstellung.

»Das reicht jetzt«, sagte sie. »Hör auf.«

Aufhören? Wieso? Mir reichte es nicht. Charlotte hatte auch gesagt, dass sie unserem Klassenlehrer am nächsten Tag als Erstes erzählen würde, wo sie uns nach den beiden Schulstunden, in denen wir gefehlt hatten, gesehen hatte. Ich stemmte mich mit der ganzen Kraft, zu der eine Vierzehnjährige imstande ist, weiter auf Charlottes Gesicht. So lange, bis ihre Beine nicht mehr zappelten.

Als alles vorbei war, sagte sie: »Wir müssen sie vergraben.«

»Vergraben?«

»Das macht man so.«

»Wie denn?«, sagte ich. »Ohne Spaten und alles? Und guck mal, wie es hier aussieht. Überall Steine und Schutt.«

Sie gab mir recht. »Stimmt auch wieder. Aber was machen wir dann mit ihr? Sie muss doch weg. Ich will sie nicht mehr sehen.«

Ich musste nach Hause. Ich war schon viel zu spät. Noch nie zuvor war ich in einer vergleichbaren Situation gewesen. Ich wurde zu einem anständigen Menschen erzogen. Auf meinem Konto stand nicht einmal Ladendiebstahl, so wie bei ihr. Etwas sagte mir, dass wir Hilfe holen mussten. Anständige Menschen taten das. Obwohl Hilfe unverkennbar nichts mehr ausrichten konnte. Charlotte rührte sich nicht und lag mit offenen Augen da, wie wir sahen, nachdem wir erst meine Tasche und dann den Pullover von ihrem Gesicht gezogen hatten. Charlottes blaue Augen waren zum Himmel gerichtet, an dem ein paar kleine, fröhliche Sommerwolken träge dahintrieben. Neulich hatten wir in Deutsch ein Gedicht von Brecht durchgenommen, mit einer Wolke, sehr weiß und ungeheuer oben, daran musste ich denken. *Und über uns im schönen Sommerhimmel war eine Wolke, die ich lange sah. Sie war sehr weiß und ungeheuer oben. Und als ich aufsah, war sie nimmer da.* Charlotte blinzelte nicht. Ihre Augen hatten das gleiche Blau wie der Himmel, was mich ganz fertig machte.

»Dann lassen wir sie halt liegen«, sagte sie.

Das widerstrebte uns jedoch, es fühlte sich nicht richtig an, und so zogen wir sie an den Handgelenken, jede griff sich eins, noch ein Stück in einen

Busch, in dem ich mir Hände und Arme aufkratzte, nicht allzu weit, denn Charlotte war total schwer und es war total warm, legten ihre Schultasche neben sie, nahmen unsere eigenen – ich meinen Rucksack, sie ihre Plastiktüte – und verließen die Brache.

Unterwegs sprachen wir kein Wort. Nicht über die Schule am nächsten Tag, nicht über Hausaufgaben, die bevorstehenden Sommerferien, in denen sie sowieso nicht in Urlaub fahren würde, weil ihre Familie kein Geld dafür hatte, und vor allem nicht über Charlotte. Als wir uns trennten, sie zu ihrer Straße weiterging und ich zu meiner, sagten wir Tschüss. Als wäre nichts passiert.

Meine Mutter bemerkte meine zerkratzten Hände und Arme und die sich entwickelnde Hautreizung. Sie bestrich die Stellen mit einer dicken Salbe. Die Hefte und Mappen in meiner Schultasche sahen arg mitgenommen aus, und mein Geodreieck war zerbrochen. Ich beichtete meiner Mutter den geschwänzten Unterricht. Besser gleich als später. Es war weniger schlimm als befürchtet, weil auch meine beiden Brüder sich bereits dieses Vergehens schuldig gemacht hatten.

»Was hast du denn in der Zeit gemacht?«, fragte meine Mutter.

»In der Stadt Cola getrunken.«

Ich hatte mir in der Stadt beim Colatrinken Hände und Arme zerkratzt? Sehr unglaubwürdig. Aber meine Mutter fragte nicht nach.

»Das ist nicht in Ordnung«, sagte sie. »Und das weißt du auch. Aber wenn es nichts Schlimmeres ist. Es ist schlimm genug. Mach das nie wieder, hörst du?«

»Nein, mache ich nicht. Bestimmt nicht.«

Bald darauf verließ sie die Schule. Noch vor den Sommerferien und dem Beginn des neuen Schuljahrs. Ich wurde eine Weile schief angesehen, aber nicht besonders lange, und nach den Ferien hatte sich das Ganze gelegt. Die Mehrheit meiner Mitschüler und Mitschülerinnen schien beschlossen zu haben, dass ich eine bedauernswerte Person sei. »Die war echt schräg«, sagten sie zu mir. »Irgendwie nicht normal. Und wie die immer rumgelaufen ist. Mit dir hat sie bestimmt auch komische Sachen gemacht, oder?« Ich wusste nicht so recht, was mit »komische Sachen« gemeint war, bejahte aber sicherheitshalber. »Hat sie auch mal versucht, dich zu killen?« war eine andere Frage, flüsternd vorgebracht, mühsam das Kichern unterdrückend.

Das war ja absurd. Im ersten Moment wollte ich das auch sagen. Immerhin war sie bis vor Kurzem meine Banknachbarin gewesen. Sehr lange. Seit der Grundschule. Dann überlegte ich es mir anders. »Ja, hat sie«, behauptete ich. »Nicht ganz so direkt, also auf andere Weise, ist schwer zu erklären, aber ich hatte manchmal echt Angst vor ihr.« Das wurde mit wollüstigem Gekreische wie bei einem Horrorfilm quittiert.

Alles in allem profitierte ich also durchaus davon. Ich galt jetzt als eine, die etwas Schlimmes durchgemacht und dadurch sogar einen gewissen illustren Status erlangt hatte. Im nächsten Schuljahr fand ich neue Freundinnen und vergaß bald den Zombievater, die armselige Wohnung, den Kanarienvogel. Ich vergaß das alles. Vor allem sie. Genauso wie die Brachfläche, die ich seit jenem Tag kurz vor den Sommerferien nie wieder aufgesucht hatte. Irgendwann wurde dort ein neuer Wohnblock gebaut. Nach und nach vergaß die kleine Stadt, in der ich aufwuchs, genauso wie ich dieses einst vermüllte Gelände und was dort geschehen war.

28

Wenn ihre Nichte zu Besuch kam, riss Evelyn sich zusammen. Sie duschte, wusch sich die Haare, zog saubere Kleidung an. Versuchte, wie ein Mensch auszusehen. So, wie sie bis vor Kurzem noch der Welt gegenübergetreten war. Es lag gar nicht so lange zurück und schien ihr trotzdem weit entfernt. Die Zeit, als sie ihre Wohnung in Ordnung gehalten, auf sich geachtet, abends die Kleidung für den nächsten Tag rausgelegt hatte.

Um wieder wie ein Mensch auszusehen, musste sie natürlich auch die Waschmaschine regelmäßig befüllen und einschalten. Dafür sorgen, dass Waschmittel im Haus war. Überhaupt – einkaufen gehen. Bewältigung des Alltags. All das, was für sie bis vor Kurzem noch eine Selbstverständlichkeit war und ihr jetzt immer schwerer erschien, an manchen Tagen fast unmöglich. Sie durfte nicht die Sachen feucht in der Maschine liegen lassen, das war ihr in letzter Zeit häufig passiert, ohne die Tür zu öffnen und die Kleidungsstücke aufzuhängen. Hatten sie mehr als einen Tag in der Maschine gelegen, stanken sie und wiesen Schimmelspuren auf. Wenn sie das sah, ekelte Evelyn sich vor sich selbst, vor dem Grad der Verwahrlosung, konnte aber trotzdem nichts dagegen unternehmen.

Die Blicke ihrer Nichte entgingen ihr natürlich nicht. Entweder war Alina zu höflich, Evelyns Zustand und den ihrer Wohnung anzusprechen, oder zu schüchtern. Oder es war ihr egal. Alina war ihr so fremd, dass Evelyn es manchmal eigenartig fand, dass sie sich duzten. Noch eigenartiger fand sie es, Jennifer zu duzen.

Alina hielt sich jetzt schon viel länger in der Stadt auf als angekündigt. Hatte sie nicht von ein, zwei Wochen gesprochen? Konnte sie sich so lange das Zimmer in Friedrichshain leisten? Darüber schwieg sie sich aus, machte nur manchmal kleine Andeutungen. Redete über irgendwelche Brasilianerinnen, oder war es eine andere Nation, ein anderer Kontinent, Portugal vielleicht, mit denen sie sich das Hostel-Zimmer teilte. Jammerte wieder über den Verlust des Notebooks. Hätte sie mal besser darauf aufgepasst. Wie blöd konnte man eigentlich sein? Evelyn hörte ihrer Nichte meist nicht richtig zu. Evelyn interessierte sich nicht für die Suche nach einem für Alina geeigneten Studienfach, für mögliche Jobs in Berlin, für WG-Zimmer oder bezahlbare Einzimmerwohnungen. Alina hatte auch gefragt, ob es möglicherweise einen Aushilfsjob in Evelyns Firma gab. Gab es nicht. An ihre Firma dachte Evelyn gar nicht mehr gern. Homeoffice war keine Dauerlösung. Leider. Natascha hatte neulich angedeutet, dass einige Kolleginnen und Kollegen fragten, warum denn bitte schön Sonderregeln für Evelyn galten und ob das mit der Firmenleitung abgesprochen sei.

Alina war zwar nicht aufdringlich, hatte es sich aber zur Angewohnheit gemacht, alle paar Tage aufzutauchen und Evelyn ansonsten zig Nachrichten aufs Handy zu schicken. Evelyn behauptete meistens, keine Zeit zu haben, »so viel Arbeit«, und Alina nach einem Kaffee, sofern sie saubere Tassen gefunden hatte, wieder aus der Wohnung zu schieben. Wahrscheinlich würde Alina bald ihrem Vater, Evelyns Bruder, vom Zustand der Wohnung erzählen. Falls sie es nicht schon längst getan hatte. Und so würde es auch den Weg zu Evelyns Eltern finden. Evelyn war immer bemüht gewesen, bei ihren seltenen Besuchen in dem kleinen Ort zwischen Ruhrgebiet und Münsterland hervorzuheben, wie erfolgreich sie war. Dass sie ihr Leben im Griff hatte.

Vielleicht musste sie sich doch mehr um ihre Nichte kümmern. Am Ende wäre sie noch schuld an einer weiteren Studentin mit Depressionen. Aber zurzeit konnte Evelyn sich ja nicht mal um sich selbst kümmern.

Bei ihrer Nichte waren die Gründe offensichtlich, sie wünschte sich Unterstützung in der neuen Stadt. Was Jennifer mit ihren Besuchen bezweckte, wusste Evelyn hingegen immer noch nicht. Vielleicht wollte sie ihr die Polizei auf den Hals hetzen. Und sie vorher noch ein bisschen zappeln lassen. Nunmehr ein halbes Jahr zappeln lassen, um genau zu sein. Aus reiner Bosheit. War das nach so langer Zeit überhaupt noch möglich oder realistisch? Die Geschichte lag schließlich Jahrzehnte zurück. Genauso kam es Evelyn heute vor – wie eine Geschichte. Fiktion. Nicht real. Evelyn war damals minderjährig gewesen. Im Grunde noch ein Kind. Niemand konnte sich noch daran erinnern. Vielleicht lebten Charlottes Eltern gar nicht mehr. Und Evelyns Aussage, falls es überhaupt je zu so etwas wie *Aussagen* käme, Gott bewahre, stünde gegen Jennifers. War dafür überhaupt die Berliner Polizei zuständig? War für so einen alten Fall überhaupt noch irgendjemand zuständig? Wahrscheinlich war die Akte nicht einmal digitalisiert, so lange lag es zurück. Aus einem anderen Leben. Musste Evelyn sich etwa einen Anwalt suchen? Katharina kannte einen, wenn sie sich richtig erinnerte, aber der hatte eher mit Mietsachen zu tun und nicht mit Strafrecht. Strafrecht, was für ein unschönes Wort. Evelyn war noch nie mit dem Gesetz in Konflikt geraten. Sie hatte in ihrem ganzen Leben nichts gestohlen, nicht einmal einen Lippenstift oder einen Kugelschreiber oder ein Comicheft. Sie zahlte Steuern, und zwar nicht wenig, ihre Krankenkassen-, Renten- und Arbeitslosenversicherungsbeiträge, sie mogelte nie bei ihrer Steuererklärung. Sie war genau das, was der Staat brauchte und sich wünschte.

Damals, kurz nach Charlottes Tod, wurde Evelyn von der Polizei befragt. Zwei Beamte kamen zu ihnen nach Hause, ein Mann und eine Frau. Evelyns Mutter führte sie zum Küchentisch.

Evelyns Vater und ihr älterer Bruder waren nicht zu Hause. Ihr jüngerer Bruder versuchte zu lauschen, wurde aber von der Mutter in sein Zimmer geschickt. »Und mach die Tür zu!«, rief sie ihm hinterher.

»Ja, ich habe schon davon gehört«, sagte Evelyns Mutter zu den Polizisten. »Eine schreckliche Geschichte. Das arme Mädchen. Und die Eltern.«

Die Polizistin ergriff das Wort. Sie war sanft und zugewandt. Erklärte Evelyn unendlich langsam und ausführlich – als wäre sie blöd –, dass sie gern wüssten, was genau mit Charlotte passiert war. In der Schule hätten sie gehört, dass sie, Evelyn, mit Jennifer befreundet sei. »Richtig dicke Freundinnen«, sagte die Polizistin.

Das stritt Evelyn ab. »Ja, früher mal«, sagte sie, »in der Grundschule. Heute nicht mehr so.«

»Ach ja? Heute nicht mehr so?«

»Na ja, ich bin ja nicht mehr in der Grundschule.«

»Ja, und manches im Leben ändert sich auch«, stimmte die sanfte Polizistin ihr zu.

»Genau.«

Danach wollte sie wissen, ob Evelyn an dem Tag, an diesem Tag, Charlottes Todestag, mit Jennifer zusammen gewesen sei.

»Nur in der Schule«, antwortete Evelyn.

Ob sie das brachliegende Gelände kenne. Alle wussten inzwischen, dass Charlotte dort aufgefunden worden war.

»Ja, schon, aber nicht gut«, sagte Evelyn. Sie schielte zu ihrer Mutter.

Ob das nicht beliebt bei Jugendlichen sei? Sie habe da so manches gehört.

Ja. Vielleicht. Bei ihr aber nicht.

»Ach, und wieso nicht?«

»Weiß nicht«, sagte Evelyn. »Natürlich war ich schon mal da«, sie schielte wieder zu ihrer Mutter, »aber mir gefällt das nicht besonders.«

»Aha. Und wieso nicht, wenn ich fragen darf?«

»Ich mag lieber ordentliche Gärten«, sagte Evelyn. »Mit Blumen und so.« Sie dachte an die Insel Mainau. Die hatten ihre Familie und sie vor ein paar Jahren bei einem Urlaub in Süddeutschland besichtigt. Ihre Eltern hatten sich die ganze Zeit über die hohen Preise beschwert. »Oder einen schönen Park.«

Die Polizistin fragte sie, ob sie an jenem Tag zusammen mit Jennifer dort gewesen sei, auf dem Brachgelände, und vielleicht wisse, was passiert war. Sie wollten nämlich unbedingt verstehen, was passiert war. Die Wahrheit. Die Wahrheit herauszufinden sei wichtig, das verstehe sie doch.

Evelyn hatte doch bereits angegeben, dass sie Jennifer nur in der Schule gesehen hatte. Hörte die Polizistin nicht richtig zu?

»Nein«, sagte sie. Sie sagte es aus voller Überzeugung. Inzwischen hatte sie ihrem Gehirn erfolgreich eingeredet, dass sie gar nicht dort gewesen war.

Wie gut, dass sie heute ein langärmeliges T-Shirt trug. Was für ein Glück! Eigentlich war es dafür zu warm, aber Evelyn war es lieber, wenn die Kratzer auf ihren Armen verborgen blieben. Die Kratzer. Sie waren bestimmt *verdächtig*. Das Gestrüpp. Die stinkende Salbe ihrer Mutter. Sie zog die Ärmel noch ein Stück weiter nach unten und setzte sich danach auf ihre Hände, denn auch auf ihren Händen waren Rötungen und kleine Abschürfungen zu sehen.

Evelyns Mutter blickte zu ihr. Verwundert. Skeptisch. Mit genau dem Blick wie in den Momenten, wenn sie sagte: Lüg mich nicht an. Doch sie schwieg, und im nächsten Augenblick entspannte sich ihr Gesicht wieder.

Sie wandte sich an die Polizisten. »Ich habe Ihnen gar nichts zu trinken angeboten.«

»Danke, sehr freundlich, aber nicht nötig«, meldete sich der Polizist nun zu Wort. »Wir sind ja auch gleich wieder weg.«

Die Polizistin, immer noch sanft, fast unerträglich, so sanft-säuselnd konnte doch niemand dauerhaft sprechen, sah Evelyn eindringlich an. »Du warst also an diesem Tag nicht auf dem Gelände?«

»Nein.«

»Du magst es ja auch nicht. Kann ich verstehen. Ich mag auch schöne Gärten lieber.«

Die Polizisten standen auf und verabschiedeten sich. Evelyns Mutter wiederholte, was für eine schreckliche Geschichte das mit Evelyns Klassenkameradin sei. Unvorstellbar. Und das hier bei ihnen in der kleinen, ordentlichen, friedlichen Stadt.

Direkt danach ging Evelyn in ihr Zimmer. Ihre Mutter hielt sie nicht davon ab. Kein »Warte mal, wir müssen noch miteinander reden«. In ihrem Zimmer tat Evelyn so, als würde sie Hausaufgaben erledigen, obwohl es niemand überprüfte. Sie wartete die ganze Zeit darauf, dass ihre Mutter kam. Ohne anzuklopfen. Dass ihre Mutter nach den Geschehnissen jenes Tages fragte. Nach der Hautirritation und den Schrammen, weshalb sie ihr die stinkende Salbe verpasst hatte.

Doch ihre Mutter betrat Evelyns Zimmer an diesem Tag nicht mehr. Evelyn sah sie erst beim Abendessen, zusammen mit ihrem Vater und einem ihrer Brüder. Der »Vorfall« in ihrer kleinen Stadt wurde mit keinem Wort erwähnt, auch nicht der Besuch der Polizei. Nach dem Abendessen half Evelyn ihrer Mutter, den Tisch abzuräumen, was sie sonst nie tat. »Danke, aber das musst du nicht«, sagte ihre Mutter. Ungewohnt kühl, wie Evelyn fand. Sie verzog sich daraufhin wieder in ihr Zimmer, wo sie blieb, bis es Zeit zum Schlafen war. Sie huschte nur kurz zum Zähneputzen ins Bad, achtete dabei darauf, dass sich niemand näherte, vor allem ihre Mutter nicht. Im Bett dachte sie an die Polizistin. Dass sie so freundlich und sanft getan hatte, war bestimmt nur Show gewesen. Kannte man doch aus dem Fernsehen. Sie wollten einen reinlegen, wollten in einem unbedachten Moment, wenn man nicht richtig nachdachte, etwas hervorlocken. Dass man irgendetwas gestand. Angst schoss Evelyn in den Magen und verteilte sich von dort überall. Als wäre ihr im ganzen Körper übel, nicht nur im Magen, sondern in ihren Gedärmen, in Armen und Beinen und sogar im Hals und im Gesicht, und als würde überall, in jedem noch so kleinen Fleck ihres Körpers, ihr Herz wild pochen. War sie glaubwürdig gewesen? So hieß das doch, *glaubwürdig*, oder? Sie musste das jetzt möglichst schnell vergessen. War ja auch gar nichts passiert. Das musste sie sich immer vor Augen halten, musste es verinnerlichen, auswendig lernen. Es war gar nichts passiert. *Sie* hatte ja angefangen, Evelyn es nur fortgeführt. Und schließlich hatte Charlotte angedroht, sie zu verpetzen. Das musste um jeden Preis verhindert werden. Aber Evelyn hatte nicht angefangen. Mit dem, was jetzt folgte, hatte Evelyn nichts zu tun.

Als Erstes musste sie dringend schlafen. Morgen stand ein Mathetest an. Das war schlimm genug, ihre Noten in Mathe nur mäßig bis schlecht, hier lagen die wahren Probleme. In der Schule würden alle darüber reden. Sie redeten derzeit über nichts anderes. Die Lehrer waren größtenteils rücksichtsvoll, boten den Schülern und Schülerinnen auch während des Unterrichts an, über den »Vorfall« und ihre Gefühle zu sprechen, gleichzeitig vertraten sie aber die Ansicht, dass es nötig sei, wie gewohnt den Unterrichtsbetrieb weiterzuführen, weil Normalität, so sagten sie, das sei, was die Kinder jetzt brauchten.

Evelyn musste dringend schlafen. Schlafen und vergessen. Vergessen konnte man befehlen, davon war sie überzeugt. Man konnte es anknipsen wie irgendein Gerät. Es war nichts passiert.

Ihre Mutter erwähnte Jennifer, die bald darauf von der Bildfläche verschwand, nie mehr. Nicht in Evelyns Schulzeit und danach erst recht nicht. Und Charlotte erwähnte sie auch nur noch selten und wenn, dann wie ein abstraktes Unglück, eine Art Naturkatastrophe, die die Stadt einst heimgesucht hatte.

29

Seit Februar war so viel Zeit vergangen, und inzwischen hatte sich Evelyn fast an Jennifers Besuche gewöhnt. Auch an nicht endenden Horror konnte man sich gewöhnen. Sie zählte nicht mehr mit. Schon lange nicht mehr. Genauso wie sie es aufgegeben hatte zu fragen, warum sie eigentlich hier war. Warum sie hier war, lag ohnehin auf der Hand, und früher oder später würde sie mit der Sprache herausrücken. Forderungen stellen. Drohen. Es ihr heimzahlen. Auf irgendeine Weise. Was immer auch Jennifer plante. So lange konnte Evelyn nicht warten.

Sie hatte die Zeichnung mit dem Klavier spielenden Hund nicht angesprochen und sich auch nicht erkundigt, wo Jennifer wohnte, ob sie gar eine Neu-Berlinerin war. Sie hatte mit niemandem über Jennifer geredet. Schon blöd, wenn man zugunsten der Beziehung andere Kontakte jahrelang vernachlässigte, wenn die Beziehung das Ein und Alles war. Manchmal war sie versucht, es Katharina zu schildern, aber dann hätte sie ihr auch von damals erzählen müssen, von dem Sommertag kurz vor den Ferien auf der Brachfläche, als eine Schülerin versetzt wurde und die andere nicht, und das kam nicht in Frage.

Nach einer Weile ging Jennifer immer, gut gelaunt, entspannt, aber Evelyn wusste nicht, ob es dabei bliebe. Oder ob sie sich irgendwann einfach in ihrer Wohnung festsetzen würde. Hätte sie dem etwas entgegenzusetzen? Den Dreck in der Wohnung schien Jennifer nicht zur Kenntnis zu nehmen oder er war ihr egal. Sie betonte jedes Mal, wie schön die Wohnung sei, auch die Straße, wie gut sie ihr gefalle und dass sie sich so etwas auch für sich selbst vorstellte. Für eine Person allein sei die Wohnung ja ganz schön groß, sagte sie oft. Was meinte sie damit? Stellte sie sich eine WG vor?

Evelyn sah den Dreck inzwischen selbst kaum noch, hatte sich an ein Dasein im Schlafanzug und im Homeoffice gewöhnt, ungeduscht, mit Fertigessen oder Lieferdienst. Bedauerlicherweise war es mit dem Homeoffice in dieser Häufigkeit vorerst vorbei. Weisung der Chefs. An der Stimmung im Team hatte sich nichts geändert. Alle gingen ihr aus dem Weg. Peter redete nicht mit ihr. Die einzige Veränderung bestand darin, dass Evelyn das Büro für sich allein hatte, weil Rafael dauerhaft krank war. Der robuste, gesunde, redselige Rafael. Das Sonnenscheinchen. Über die Gründe hierfür klärte niemand Evelyn auf. »Rafael ist ja nicht da«, hieß es bloß, »Rafael ist krank«, »Rafael hat seine Probleme«. Evelyn hatte einen Termin bei den Chefs wahrnehmen müssen, genau genommen nur bei einem Chef, der andere war im Urlaub. Vielleicht sollte Evelyn auch Urlaub beantragen. Außerplanmäßig. Ihr regulärer Urlaub fiel in den September. Ein paar Tage an die Ostsee fahren, Usedom zum Beispiel, und wenn sie zurückkam, war der Spuk vorbei. Der Chef hatte sie an ihre »Phase der Unzuverlässigkeit« erinnert, »als es dir nicht so gut ging«. Zuerst wusste Evelyn gar nicht, wovon er sprach. Als er dann die Zeit grob eingrenzte, wurde ihr klar, dass er die Trennungszeit meinte, Mona. Das lag nun schon sehr lange zurück.

»Ich habe den Eindruck, dir geht es jetzt wieder nicht gut«, sagte er. »Wenn irgendwas ist, Probleme, kannst du mit uns darüber reden.«

Er drohte Evelyn nicht an, ihr die Teamleitung zu entziehen. Noch nicht. Im Gegenteil, er bot ihr Hilfe an. Schlug vor, vielleicht eine therapeutische Beratung aufzusuchen. »Dafür muss man sich nicht schämen, weißt du.«

Ein ähnlicher Vorschlag war neulich von Mona gekommen. Evelyn hatte seit Monaten nicht mehr mit ihr gesprochen, auch nicht auf ihre Nachrichten reagiert. Mona aber war hartnäckig geblieben.

Sie war am Telefon sofort zur Sache gekommen. »So geht das nicht. Hör auf damit. Wir finden das total gruselig.«

Mit »wir« meinte Mona natürlich sich und ihre Neue, die mit den vielen Tattoos, dem Lkw-Führerschein und der Wohnung im Graefekiez mit bezahlbarem Altmietvertrag.

»Ich fürchte mich manchmal richtig«, hatte Mona gesagt. »Ich traue mich manchmal fast nicht mehr, aus dem Fenster zu sehen, aus Angst, dass du wieder da unten stehst. Vor allem, wenn es draußen dunkel ist und bei uns Licht brennt. Wir ziehen nämlich eigentlich nie die Vorhänge zu. Und ich will auch nicht wegen dir plötzlich damit anfangen. Vielleicht brauchst du ja irgendwas. Keine Ahnung, eine Therapie oder so.«

Eines Abends ging Evelyn zur DHL-Packstation neben dem Parkplatz des Baumarktes an der Yorckstraße. Der Baumarkt war schon geschlossen, der Parkplatz verlassen und die Packstation nur unzureichend beleuchtet. Ein finsterer Ort. Evelyn war froh, als sie sich mit ihrem Paket wieder auf der Yorckstraße befand. Sie schlug den Weg durch die Mansteinstraße nach Hause ein und kam am Leydicke vorbei, die Kneipe, sogenanntes Berliner Urgestein, in der sie mit ihrer Nichte gesessen hatte. In dem Paket befand sich ein Notebook für Alina. Evelyn hatte nicht das allerteuerste gewählt, aber auch nicht das billigste. Für eine angehende Studentin sollte es ausreichen. Sie hatte Alina noch nichts davon erzählt. Zwar fand sie es ausgesprochen leichtsinnig, in einem Hostel-Zimmer ein Notebook nicht wegzuschließen, eigentlich nicht zu entschuldigen, aber es war nun einmal passiert, und aus diesem Fehler hatte Alina sicher gelernt. Manchmal passierten Dinge im Leben, die dann nicht mehr zu ändern waren. Apropos Hostel-Zimmer – wie lange campierte Alina eigentlich schon dort? Evelyn konnte sich nicht mehr richtig erinnern. In letzter Zeit entglitt ihr eine Menge. Manchmal saß sie vor dem Rechner und merkte erst nach einer Viertelstunde, dass sie mit den Gedanken nicht bei der Arbeit war. Sie hatte sich auch überlegt, Alina vorzuschlagen, von dem Zimmer in Friedrichshain zu ihr zu ziehen und so lange bei ihr zu bleiben, bis sie ihre Uni-Angelegenheiten erledigt hatte. Immerhin hatte sie in der Kulmer Straße jahrelang zusammen mit Mona gewohnt. Groß genug war die Wohnung. Allerdings im Moment nicht besonders einladend. Sie nahm sich vor zu putzen. Sie nahm es sich ganz fest vor. Inzwischen wusste sie aber gar nicht mehr, wo sie anfangen sollte. An sich gefiel ihr die Vorstellung sogar, Alina für ein paar Wochen um sich zu haben, doch wie sollte sie ihrer Nichte Jennifer erklären, falls sie dort auftauchte? Zweifellos würde Jennifer nicht damit aufhören, zu allen möglichen Tageszeiten unangemeldet vor der Tür zu stehen. Das musste Evelyn unterbinden. Bevor sie Alina den Vorschlag unterbreitete, bei ihr zu wohnen, damit es nicht zu einer unangenehmen Begegnung kam, die sie in Erklärungsnot brachte. Sie musste Jennifer ein für alle Mal loswerden. Es ging nicht anders.

Als Evelyn das Leydicke passierte, warf sie einen Blick ins Innere. An einem der vorderen Tische führte eine Frau gerade ein Glas zum Mund. Normalerweise wäre Evelyn achtlos vorbeigegangen. Nichts hätte sich in ihr geregt, kein Wiedererkennen. Doch seit dem zurückliegenden Februar sah die Sache anders aus. Evelyn erkannte sie. Täuschte sich nicht. Jennifer saß im Leydicke. Kurzärmelige adrette Bluse. Sie hielt ein Glas Wein in der Hand. Wenn sie Evelyn heimsuchte, verlangte sie Tee oder Wasser, schwafelte entweder über Gesundheit oder aß widerliche Brote mit Ketchup.

Evelyn kannte auch die Frau, mit der Jennifer am Tisch saß. Jule. Evelyns Arbeitskollegin. Diejenige aus ihrem Team, die Evelyn angeblich schikanierte, weshalb Rafael zu Jules Fürsprecher geworden war und sie so ritterlich verteidigte. Jennifer und Jule schienen sich prächtig zu amüsieren. Sie wirkten nicht so, als hätten sie gerade erst in der Kneipe Bekanntschaft geschlossen, sondern vertraut.

Einen Augenblick stand Evelyn vor dem Fenster des Leydicke und konnte sich nicht rühren. Jule. Jennifer. Sie kannten sich. Wahrscheinlich wohnte Jennifer bei Jule. Schon seit Monaten. Sie war nie weggefahren und ein paar Wochen später nach Berlin zurückgekehrt. Sie war immer hier gewesen, die ganze Zeit.

Genau in dem Moment, als sie weitergehen wollte, drehte Jennifer den Kopf. Vermutlich hatte sie gemerkt, dass sie von draußen jemand beobachtete. Sie sah Evelyn nie in die Augen, ihr Blick huschte immer hin und her, mit Vorliebe durch Evelyns Wohnung, doch jetzt sah sie Evelyn direkt an. Zuerst vollkommen ausdruckslos, dann begann sie zu lächeln.

Evelyn wandte sich ab und eilte nach Hause, rannte fast mit dem verpackten Notebook im Arm. In ihrem Hausflur traf sie auf Professor Geisenberg, der gerade auf dem Weg nach unten war. Er war in Begleitung einer Frau. Evelyn hatte ihn noch nie in Begleitung gesehen, all die Jahre nicht. Geisenberg und die Frau wirkten verliebt. Eine Frau in seinem Alter, also keine viel jüngere Orchideenfach-Studentin.

Sie musste sich Jennifer vom Hals schaffen. Ein für alle Mal. Sicher würde niemand Jennifer vermissen. Ausgenommen Jule vielleicht. Bloß wie? Sie zum Essen einladen und vergiftete Bouletten servieren? Der Riesenschnauzer der tennisspielenden Familie Gormann mit dem Swimmingpool im Garten war damals gar nicht an einer vergifteten Frikadelle gestorben. Jennifer hatte Evelyn nur lange in dem Glauben gelassen. Er war eingeschläfert worden. Entweder, weil er jemanden gebissen hatte oder wegen Krebs. Hierbei hatten unterschiedliche Informationen kursiert. In jedem Fall war nicht Jennifer für sein Ableben verantwortlich gewesen.

30

Die neunzehnjährige Alina – Ende des Jahres wurde sie zwanzig – traf bald ein zweites Mal auf den vierzehnjährigen Noah.

Es hatte sich herausgestellt, dass Alinas Englisch besser war als Evelyns, und so fuhr sie bereitwillig zu

Noahs nächstem Nachhilfetermin nach Schöneberg. Der Hintergedanke, dass sie ihre Tante noch brauchte, spielte dabei auch eine Rolle.

Noah wirkte nicht begeistert davon, nun zwei Nachhilfelehrerinnen zu haben. Was für ein Bubi, dachte Alina. Er druckste herum, konnte keinen vollständigen Satz sagen und wurde dauernd rot. Immerhin trug Evelyn normale Kleidung und keinen Schlafanzug wie beim letzten Mal. Sie sagte, sie müsse einen Videocall mit ihrem Team hinter sich bringen, und verschwand in einem anderen Zimmer.

Evelyns Küche war sehr dreckig, fast verwahrlost. Alina musste sich beherrschen, nicht wieder die Spülmaschine zu befüllen und wenigstens den gröbsten Dreck wegzuwischen. Konnte Evelyn nicht zumindest ihr schmutziges Geschirr in die Spülmaschine räumen, statt es kreuz und quer herumstehen zu lassen? Die klebrigsten Flecken beseitigen? Faule Äpfel in den Müll werfen? War das so schwer? Das war Alina von zu Hause nicht gewöhnt. Bei ihr zu Hause hätte man buchstäblich vom Fußboden essen können. Sie hatte immer gewusst, dass Evelyn anders war als ihre Familie. Und genau das hatte Alina gereizt. Sie hatte ihre Tante als Vorbild betrachtet. Doch es war schon ein bisschen eklig. So würde ihre erste eigene Wohnung nicht aussehen, nahm Alina sich vor. Ihre erste Wohnung würde anders aussehen als die ihrer Eltern, komplett anders, aber sauber. Vielleicht brauchte ihre Tante eine Art Unterstützung, weil sie so viel arbeiten musste. Doch wer war Alina denn, ihre Tante zu unterstützen? Sie erwartete umgekehrt Hilfe von Evelyn.

Im Hostel in Friedrichshain war Alina inzwischen der Dauergast. Sie hatte viele kommen und gehen sehen. Zurzeit wohnten drei Spanierinnen in ihrem Zimmer, solo por unos días, just for a few days, wie sie sagten. Langsam konnte Alina sich das Zimmer nicht mehr leisten. Das Geld ging weg wie nichts, obwohl sie es sich einzuteilen und sparsam zu leben versuchte.

Evelyn war anzumerken, dass sie Alina und Noah loswerden wollte. »Ich muss noch einen Test durchführen«, sagte sie. »Kompliziert.« So genau hatte Alina nicht verstanden, was ihre Tante eigentlich arbeitete, aber es klang wichtig. Vielleicht sollte sie sich einfach eine Putzhilfe suchen. Genug Geld hatte sie doch. Alina war zu stolz, um Evelyn direkt um etwas zu bitten. Obwohl sie neulich angedeutet hatte, dass sie vorübergehend bei ihr unterkommen könne, solange sie mit den Uni-Formalitäten beschäftigt war. Sie hatte es jedoch seither nicht mehr angesprochen und ihre Meinung bestimmt wieder geändert.

Alina verließ zusammen mit Noah das Haus. Auf dem Weg zur U-Bahnstation versuchte sie, ihn über Evelyn auszufragen. Ob er sie möge. Ob er gern zu ihr gehe. Seit wann dieses Nachhilfe-Arrangement schon bestand. Ob er ihre Ex-Partnerin kannte. Sie wusste nicht so recht, ob das alles, vernachlässigte

Wohnung, tagsüber im Schlafanzug, Anlass war, sich um Evelyn zu sorgen. Dazu hätte Alina Vergleiche benötigt. Ob es möglicherweise immer oder häufig so bei ihr aussah, je nach Arbeitspensum. Ob es eher dem Normalzustand entsprach. War es überhaupt angebracht, sich Sorgen um eine Tante zu machen, die sie vor zig Jahren das letzte Mal gesehen hatte und die ihr fremd war? Und machte Alina sich wirklich Sorgen oder ging es vielmehr darum, dass sie etwas von ihr wollte?

Noah widerstrebte es sichtlich, mit ihr zu reden. Er sprach manchmal viel zu laut und dann wieder so leise, dass sie ihn kaum verstand. Zwischendurch sagte er eigenartige Dinge, bei denen Alina sich fragte, ob sie sich verhört hatte. Irgendwas von »Volk«. Welcher Vierzehnjährige sprach denn vom Volk? Einen bettelnden Junkie oben am Eingang zur U-Bahn, der neben Plastiktüten und einem verdreckten Schlafsack saß, nannte er »Abschaum«.

»Der hatte wahrscheinlich ein ziemlich schlimmes Leben«, sagte Alina. »Und er ist krank.«

»Ja, ja, der muss einem leidtun, das sagen meine Eltern auch immer. Ich kann's echt nicht mehr hören.« Den Bahnhof Yorckstraße bezeichnete Noah als das »Allerletzte« und sagte, hier müsse mal aufgeräumt werden. Er kenne jemanden, der hier gründlich aufräumen würde.

Wer das sein sollte, wollte Alina lieber gar nicht wissen. Sie fragte sich, ob sie einen kleinen Nazi vor sich hatte und Evelyn das entgangen war. Sollte sich ein Vierzehnjähriger nicht für ganz andere Dinge interessieren als die Drogenprobleme in der Stadt? Für Mädchen oder Skateboards oder Computerspiele? Ihre Eltern wählten keine Rechten. Sie hatten nur etwas gegen Ausländer – oder wen sie dafür hielten –, wovon es in Berlin ihrer Meinung nach noch mehr als anderswo gab. Vor allem in Neukölln. Wenn Alinas Eltern irgendetwas von Ausschreitungen in Berlin-Neukölln in den Nachrichten hörten, schüttelten sie den Kopf. Vielleicht sollte Alina nach Neukölln ziehen.

Das Einzige, was sie im Hinblick auf ihre Tante aus Noah herausbekam, und das auch nur widerwillig, weil er irgendwann beschlossen zu haben schien, gar nicht mehr mit Alina reden zu wollen, war, dass es bis vor ein paar Monaten noch anders bei Evelyn ausgesehen hatte. Dass auch sie selbst anders ausgesehen hatte.

»Ganz normal halt«, sagte er. »Normal angezogen. Nicht wie so ’ne Schlampe.«

Noah hatte also eine Veränderung an Evelyn bemerkt, die er auch zeitlich eingrenzen konnte. Den Grund für diese Veränderung kannte er allerdings nicht. Oder er wollte nicht darüber reden.

Alina wusste noch immer nicht, für welches Hauptfach sie sich entscheiden sollte. Sie schwankte zwischen Anglistik, Politikwissenschaft und Psychologie. Neulich hatte Evelyn gesagt, solche Entscheidungen müssten reifen. Das war das erste Mal gewesen, dass Alina dachte, ihre Tante und sie hätten einen Draht zueinander gefunden.

31

Evelyn stand vor der Spüle, blickte auf die Fliesen an der Wand, die voller Dreckspritzer waren, an die sie sich längst gewöhnt hatte, das war nun der Ist-Zustand, der So-lebe-ich-jetzt-Zustand, teils konnte man anhand der Farbe noch die Speisen erahnen, hörte dem Wasserkocher bei seiner Arbeit zu und beobachtete das Blubbern in dem schmalen Sichtfenster. Sie spürte Jennifers Anwesenheit im Rücken. Jennifer saß hinter ihr am Küchentisch und wünschte heute Tee. Evelyn hatte sogar neuen Kräutertee im Biosupermarkt gekauft, freiwillig, als hätte sie sich damit abgefunden, dass das nie ein Ende haben würde.

Inzwischen bestand kein Zweifel mehr an Jennifers Beweggründen. Sie wollte Evelyn kleinkriegen. Sie quälen, und zwar wohldosiert. Langsam anfangen, dann die allmähliche Steigerung. Mit einer Sache war sie herausgerückt, nachdem Evelyn sie zusammen im Leydicke gesehen hatte: Jule. Sie kenne Jule von früher, »aus einer Einrichtung«. Einrichtung, seltsames Wort. Um welche Art Einrichtung es sich handelte, verschwieg sie. Seitdem seien Jule und sie befreundet. »Wir waren ja auch befreundet«, sagte sie, »du und ich, aber das mit Jule ist was anderes. Ich hoffe, du bist jetzt nicht eifersüchtig oder so.«

Mit einem Mal dämmerte Evelyn, was hinter der schlechten, vergifteten Atmosphäre bei der Arbeit steckte. Natürlich hatte Jennifer Jule alles von damals erzählt. Die Brachfläche, der heiße Sommernachmittag kurz vor den großen Ferien. Womöglich hatte Jule Andeutungen in Evelyns Team gestreut. »Sie kann übrigens Geige spielen«, sagte Jennifer, »wusstest du das?«

Nein, das wusste Evelyn nicht. Im Grunde wusste sie gar nichts über Jule. Jule war nicht besonders belastbar, legte schnell den Griffel aus der Hand, wenn etwas nicht sofort gelang, was bei ihr oft der Fall war, und erbrachte die geforderte Leistung nicht. Deswegen waren Evelyn und sie schon mehrfach aneinandergeraten. Wenn sie zurechtgewiesen wurde, selbst auf rücksichtsvolle und freundliche Art, vergoss Jule entweder Tränen oder wurde bockig. Rafael hatte oft gesagt, er fühle sich für Jule verantwortlich, »fast wie unter Geschwistern, die man beschützt«.

Evelyn hätte noch Stunden vor der Spüle stehen können, die Dreckspritzer in unterschiedlichen Farben vor Augen, mit dem Rücken zu Jennifer, um sie bloß nicht ansehen zu müssen. Sie starrte auf den Becher mit dem Teebeutel. Der Wasserkocher hatte sich längst abgeschaltet. Dann spürte sie eine Bewegung hinter sich, einen leisen Lufthauch. Jennifer war neben sie getreten, nahm die Teepackung in die Hand und las, genauso wie vor sechs Monaten, die Inhaltsstoffe vor. Ging das wirklich schon ein halbes Jahr? Und warum hatte Evelyn neuen Kräutertee gekauft? Freiwillig? War das die Kapitulation? Jennifer sah überhaupt nicht mehr so aus wie im Februar. Sie hatte gewaschene Haare – im Unterschied zu Evelyn – und trug saubere Kleidung ohne Löcher. Sie fasste sich nicht mit Leidensmiene an den Bauch. Keine Spur mehr von Krankheit oder Hilfsbedürftigkeit. Sie hatte das alles generalstabsmäßig geplant. Angefangen mit dem ersten, perfekt hingelegten Auftritt im Winter.

Doch Evelyn hatte nicht kapituliert. Im Gegenteil. Evelyn verfolgte nun ihren eigenen Plan. Der Kauf des Kräutertees bedeutete keine Niederlage, kein Sich-Fügen, er sollte Jennifer in Sicherheit wiegen, ihr weismachen, dass sie gewonnen hatte. Evelyn würde es durchziehen. Sonst nahm der Albtraum nie ein Ende. Sie war fest entschlossen. Auf dem entwidmeten Friedhof Eisackstraße in der Nähe des Innsbrucker Platzes, direkt neben der dröhnenden Stadtautobahn. Irgendwo unten am Kanal in Kreuzberg oder Treptow, wo keine Feiermenschen saßen. Im Dunkeln an der DHL-Packstation neben dem Baumarkt in der Yorckstraße. Wo auch immer. Auf einem leeren Gelände, verdreckt, vermüllt, verlassen, weil das zu Jennifer passte. Weil das zu allem passte, zu der ganzen elenden Geschichte.

Am späten Nachmittag, nachdem Jennifer gegangen war, diesmal hatte sie sich ganz selbstverständlich mit den Worten »bis zum nächsten Mal« verabschiedet, traf Evelyn in der Nähe der Großgörschenstraße zufällig ihre Nachbarin Sabine. Sabine zog einen Rollkoffer hinter sich her.

»Lange nicht gesehen«, sagte Evelyn und schämte sich ein wenig für ihre ungewaschenen Haare und ihren ganzen Aufzug. Sie trug eine Jogginghose.

»Ich bin ausgezogen«, sagte Sabine.

»Was?«

Ausgezogen. Das erklärte, warum Evelyn seit geraumer Zeit nur noch Thorsten im Haus oder im Hof antraf, wenn überhaupt. Auch Thorsten sah sie selten. Manchmal hörte sie Musik aus der Nachbarwohnung, sonst aber nichts. Sie hatte Thorsten immer fragen wollen, ob Sabine verreist oder krank sei, war dann aber zu dem Schluss gekommen, dass sie genug eigene Sorgen hatte.

»Weißt du zufällig, ob Thorsten gerade zu Hause ist?«, fragte Sabine.

»Du fragst mich, ob dein eigener Mann zu Hause ist?«

»Ich will nicht mit ihm telefonieren. Und ich brauche dringend ein paar Sachen aus der Wohnung. Ich will ihm nicht über den Weg laufen.«

»Wo wohnst du denn jetzt?«

»Bei einer Freundin. Eigentlich eine Arbeitskollegin, aber sie ist auch eine Freundin. Ist natürlich keine

Dauerlösung, so groß ist ihre Wohnung nicht. Seit Thorsten pensioniert ist, kenne ich seinen Tagesablauf überhaupt nicht mehr. Leider ist er ja fast immer zu Hause. Ach, verdammt, ich will ihm auf keinen Fall begegnen, aber ich brauche ein paar Sachen.«

»Ja, das sagtest du schon. Was ist denn passiert? Ihr beide wart immer so –«

»Glücklich, meinst du? Wolltest du das sagen? Ja, das dachte ich auch. Warte, ich zeige dir mal was.«

Sabine drehte sich halb herum, hob ihr Oberteil an und deutete auf eine Stelle am unteren Rücken. Ein älteres Hämatom war noch zu erkennen, gelblich-braun, sehr groß.

»War das etwa Thorsten?«

»Ja, das war Thorsten, mein Liebster, mein Göttergatte. Und es ist beileibe nicht das einzige. Ich will mich hier draußen aber nicht komplett vor dir entblättern. Ich fange in meinem Alter ganz bestimmt nicht mit diesen Geschichten an, du weißt schon, ein Fahrradunfall, ach, da habe ich mich gestoßen, oh, da bin ich gegen die Schranktür gekommen, ich bin ja so ungeschickt. Das war Thorsten.«

Sabine berichtete, dass Thorsten immer unzufriedener mit seinem Dasein als Pensionär war. »Das ging schleichend«, sagte sie. »Du hast davon bestimmt nichts mitbekommen. Zuerst habe ich es ja selbst nicht mitbekommen.« Ihm missfiel, dass sie den ganzen Tag außer Haus war, ohne dass er genau wusste, was sie tat. »Was soll ich schon tun?«, sagte sie. »Arbeiten natürlich. Früher hat ihn das auch nicht gekümmert.« Irgendwann hatte er begonnen, sie zu kontrollieren. Verlangte, dass sie alles gemeinsam erledigten. Einkaufen. Kochen. Freunde treffen. Fernsehen. Ausstellungen besuchen. Wenn er las, war es ihm am liebsten, wenn auch Sabine las. Er verlangte, dass sie zur selben Zeit schlafen gingen. Jeden Tag. Wieso sie denn noch länger wach bleiben wolle. *Hast du etwa Geheimnisse vor mir?* Irgendwann hatte sie sich dagegen gewehrt. Hatte nachmittags Freundinnen zum Sport getroffen oder war abends mit ihnen essen gegangen. Das konnte er nicht lange aushalten.

»Er hat mich regelrecht tyrannisiert«, sagte Sabine. »Und von da an war es nur noch ein kleiner Schritt. Irgendwann hat er zugeschlagen. Aus heiterem Himmel. Thorsten war noch nie gewalttätig, auch nicht bei unserem Jungen. Danach nannte er das ernsthaft ›mir ist die Hand ausgerutscht‹. ›Mir ist die Hand ausgerutscht‹, kannst du dir das vorstellen? Ich dachte, das ist doch nicht Thorsten, das ist nicht der Mann, den ich kenne, seit ich Mitte zwanzig war, der liebevolle, fürsorgliche Mann, mit dem ich einen Sohn großgezogen habe.«

Sie schwiegen beide einen Moment. Hörten die nahe S-Bahn. Aggressives Hupen. Eine Auto-Alarmanlage. Ein Martinshorn. Eine heulende Bodenschleifmaschine. Stampfende Musik.

»Dir geht's aber auch nicht so gut, oder?« Sabine blickte an Evelyn herab. »Und du trägst jetzt

Berliner Schick?« Sie lachte und zeigte auf die Jogginghose. »Immer noch wegen Mona? Oder Ärger bei der Arbeit?«

Ärger bei der Arbeit? Wie kam Sabine denn darauf? Evelyn hatte ihren Nachbarn immer nur von der Teamleitung erzählt, von der Verantwortung, die sie trug, niemals von Problemen.

»Willst du jetzt allein nach Hause gehen?«, fragte sie. *Nach Hause* war wohl kein passender Begriff mehr für Sabine.

»Mir bleibt nichts anderes übrig. Ich brauche wirklich dringend ein paar Sachen, Kleidung, Unterwäsche, Arbeitsunterlagen, das kann auch nicht warten. Eigentlich hätte ich Thorsten natürlich anrufen können, du weißt schon, wie erwachsene Menschen und so, irgendwann muss ich mit ihm reden, aber nicht jetzt. Also Augen zu und durch. Vielleicht habe ich ja Glück und er ist nicht da. Ist er immer zu Hause?«

»Ich höre meistens nichts von ihm«, sagte Evelyn. »Ich habe aber auch nicht darauf geachtet. Und gesehen habe ich ihn bestimmt schon seit drei Tagen nicht mehr. Oder noch länger. Du kannst aber nicht allein gehen, finde ich. Komm, ich begleite dich.«

»Das würdest du tun? Das wäre natürlich … ich weiß gar nicht, was ich sagen soll. Das wäre großartig.«

Sie gingen gemeinsam in die Kulmer Straße. Unten schloss Evelyn automatisch die Tür auf, als lebte Sabine schon nicht mehr hier und wäre nur ein Gast. Sie stiegen die Stufen im Vorderhaus nach oben, bis sie in der Etage angekommen waren, auf der ihre Wohnungen nebeneinander lagen.

»Willst du vielleicht erst kurz mit zu mir kommen?«, fragte Evelyn, bereute es im selben Moment und hoffte, dass Sabine ablehnte. Ihre verdreckte Wohnung. Der Saustall. Das schmutzige Geschirr. Die Essensreste. Die getragene Kleidung, in allen Räumen verteilt. Lag nicht sogar im Flur auf dem Boden Kleidung, die sie nicht in den Wäschekorb geräumt hatte? Seit Wochen war es Evelyn völlig egal, es war der Ist-Zustand, der So-lebe-ich-jetzt-Zustand, nur bei ihrer Nichte riss sie sich manchmal ein bisschen am Riemen, aber die Vorstellung, dass Sabine all das zu Gesicht bekam, war ihr plötzlich sehr unangenehm.

»Danke, das ist lieb von dir, aber ich will es lieber schnell hinter mich bringen.«

Sabine klingelte an ihrer eigenen Wohnungstür. Als sich dahinter nichts rührte, kramte sie in ihrer Handtasche nach dem Schlüssel. Bevor sie ihn benutzen konnte, hörten sie schlurfende Schritte im Inneren der Wohnung, die näherkamen. Thorsten öffnete die Tür.

Thorsten sah nicht gut aus. Mindestens so schlecht wie Evelyn oder sogar noch schlechter. Er sah so aus, als hätte er seit Tagen weder geschlafen, geduscht noch die Kleidung gewechselt. So roch er auch. Seine Miene spiegelte im ersten Moment alles Mögliche wider: Zorn und Liebe gleichermaßen beim Anblick Sabines, Verwirrung, als er Evelyn wahrnahm.

»Ich brauche ein paar Sachen«, sagte Sabine kühl. »Lässt du uns rein?«

Thorsten trat zur Seite. »Natürlich«, sagte er. »Natürlich, warum sollte ich dich nicht reinlassen?«

Sabine stapfte an ihrem Mann vorbei, den Rollkoffer hinter sich herziehend, und ging in Richtung Schlafzimmer.

»Tja, also …«, sagte Thorsten zu Evelyn, die im Flur stehen geblieben war. »Kann ich dir was anbieten?«

»Vielleicht ein Wasser«, sagte Evelyn. »Ist ziemlich heiß heute.«

»Der Klimawandel. Das wird jetzt immer schlimmer. Sabine und ich hatten überlegt, ob wir uns nach einer Dachgeschosswohnung umsehen sollen, jetzt, wo wir nur noch zu zweit sind, aber das wäre ja völlig verrückt. Dreißig Grad im Schlafzimmer oder noch heißer.«

Evelyn folgte Thorsten in die Küche. Dachgeschosswohnung? Dass Thorsten und Sabine nach einer Dachgeschosswohnung gesucht oder sich auch nur vage dafür interessiert hätten, war ihr neu. In der Küche goss er ihr ein Glas Wasser ein. Im Unterschied zu Evelyn verfügte Thorsten, der eine leichte Alkoholfahne hatte, immerhin noch über saubere Gläser im Schrank. Sie setzten sich an den Tisch.

»Und, wie geht's dir so?«, fragte er.

»Ganz okay«, sagte Evelyn. Wer war schlechter dran, er oder sie? Eindeutig sie. Er hatte die Möglichkeit, sich bei Sabine zu entschuldigen, vielleicht ließe sie sich nach so vielen Jahren Ehe erweichen, er hatte die Möglichkeit, sein Verhalten zu ändern. Er konnte über eine Therapie nachdenken. Haha, hatte Mona ihr nicht neulich zu einer Therapie geraten? Und ihr Chef? Doch bei Evelyn lagen die Dinge anders. Sie brauchte keine Therapie, sondern eine schnelle, radikale Lösung.

Thorsten griff nach dem halbvollen Glas Weißwein auf der Arbeitsplatte. »Kleiner Schluck zur Entspannung«, sagte er. »Muss ja auch mal sein. Das ist übrigens ein ganz ausgezeichneter italienischer Sauvignon Blanc, den ich neulich beim Weinhändler in der Akazienstraße gefunden habe. Sehr zu empfehlen, wirklich. Willst du mal probieren?«

»Nein, danke, noch zu früh.«

Zuerst verlor Thorsten kein Wort darüber, dass seine Frau gerade im gemeinsamen Schlafzimmer herumkramte, vermutlich Kleidung und Unterwäsche aus dem Schrank zog und in ihren Koffer packte, dass sie weder bei ihnen in der Küche saß noch mit ihm sprach. Dann sagte er schließlich: »Weißt du, Sabine ist in letzter Zeit sehr gestresst. Ich mache mir Sorgen um sie. Sie muss mal richtig ausspannen.«

»Ja, klar.«

Thorsten trank das Glas in einem Schluck leer, holte sich Nachschub aus dem Kühlschrank, goss zu viel ein, verschüttete eine Menge und sagte: »Was hat sie dir erzählt?«

»Was meinst du?«

»Was sie dir erzählt hat, will ich wissen. Über mich.« Er stand auf, trat dicht an Evelyn heran. »Hat sie irgendwas Blödes über mich erzählt? Irgendwelchen Unsinn, der nicht stimmt?«

Evelyn hörte Sabine im Badezimmer rumoren. Vermutlich packte sie ihre teuren Pflegeprodukte ein. Plötzlich hatte Evelyn Angst vor ihrem Nachbarn. Er stand immer noch direkt neben ihr, mit dem Weinglas in der Hand, und sah auf sie herab.

»Sie hat überhaupt nichts über dich erzählt«, sagte sie. »Sie muss nur mal ein bisschen ausspannen. Hast du doch gesagt.«

»Alles, was sie dir über mich erzählt hat, stimmt nicht«, sagte Thorsten. »Ist erstunken und erlogen. Du darfst nicht alles glauben, was sie sagt.« Er legte seine schwere, heiße Hand auf Evelyns Schulter. »Sie ist in letzter Zeit nicht mehr … wie soll ich sagen … nicht mehr ganz bei sich. Nicht mehr sie selbst. Du darfst wirklich nicht alles glauben.« Seine Hand lag immer noch auf ihrer Schulter. »Wir waren doch immer so gute Nachbarn, oder? Und wir haben dich unterstützt, Sabine und ich, als Mona ausgezogen ist. Da ging's dir ja wirklich mies. Wir sind doch richtig gute Nachbarn, oder?«

»Ja, sind wir«, sagte Evelyn. Nimmst du bitte deine Hand von meiner Schulter, dachte sie. Würde sie es wirklich durchziehen können, egal, wo, Friedhof Eisackstraße, entlegene, nicht frequentierte Bereiche am Kanal, diesen extremen physischen Akt, diese Gewalt, wenn sie nicht einmal Thorstens Hand auf ihrer Schulter ertrug?

»Das ist schon schlimm«, sagte Thorsten, »wenn Lügen über dich verbreitet werden, und dann noch von der eigenen Frau. Und du kannst dich überhaupt nicht dagegen wehren. Kannst nichts tun.«

Er knallte seine flache Hand mit aller Wucht auf den Tisch. Evelyn zuckte zusammen.

»Entschuldigung. Entschuldige, das wollte ich nicht.«

»Schon gut.« Evelyn hörte Sabine im Flur.

»Evelyn, ich bin jetzt so weit«, rief Sabine.

Evelyn stand auf, trat nach hinten, bemüht, Thorsten dabei nicht zu nahe zu kommen.

»Bis bald«, sagte Evelyn zu Thorsten. Sabine sagte nichts.

Sie verließen gemeinsam die Wohnung. »Hast du alles?«, fragte Evelyn im Treppenhaus.

»Nicht alles, aber das Wichtigste. Danke, dass du mich begleitet hast. Ich bin dir wirklich sehr dankbar. Das ist natürlich keine dauerhafte Lösung, irgendwann werde ich mit ihm reden müssen, ich weiß, aber erst mal muss ich für mich selbst sehen, wie es weitergeht.«

Sabine stieg mit ihrem Koffer die Stufen nach unten. Evelyn stand unschlüssig vor ihrer eigenen

Tür. Dauerhafte Lösung. Genau das brauchte sie. Sabine hatte ihre Zukunft in die Hand genommen, war aktiv geworden. Das würde Evelyn jetzt auch tun.

Sie ging in ihre Wohnung und schloss schnell die Tür, bevor Thorsten noch auf die Idee kam, ihr nachzugehen und mit seiner schweren, heißen, schwitzigen Hand auf ihrer Schulter weiter über Lügen zu klagen, die über ihn verbreitet wurden.

Sabine war aktiv geworden. Sabine hatte etwas geändert. Im Grunde, wie ihr jetzt auffiel, war Evelyn Sabine viel dankbarer als umgekehrt. Evelyn sah sich in ihrer Wohnung um. So ging das nicht weiter. Und es passte überhaupt nicht zu ihr, entsprach ihr nicht. Wenn sie das Problem gelöst hätte, bekäme sie endlich ihr altes Leben zurück. Bei Mona konnte sie sich beizeiten entschuldigen. Wenn das alles überstanden war. War ja wirklich keine sinnvolle Freizeitbeschäftigung, alle paar Wochen in der Dieffenbachstraße herumzulungern. Sie würde sich bei Mona entschuldigen. Alles in allem war Mona ein gutherziger Mensch und würde wahrscheinlich darüber lachen. Evelyn würde ihr Leben endlich wieder in den Griff kriegen. Kein aufgelöster Friedhof in Schöneberg. Keine vermüllte, verlassene Fläche mit Unkraut, wenngleich sie gut gepasst hätte, sondern der Tegeler Forst. Es war dieser Moment, in dem Evelyn plötzlich wusste, was zu tun war, in dem es ihr vor Augen stand, ein Moment der absoluten

Klarheit, der aus dem Nichts zu kommen schien, in Wahrheit aber schon längere Zeit im Verborgenen gärte.

Zum Tegeler Forst gelangte man jedoch nur sehr umständlich mit öffentlichen Verkehrsmitteln. Evelyn rief Katharina an und fragte, ob sie sich demnächst ihr Auto ausleihen könne. Nur für ein paar Stunden. Sie wolle Klarschiff in ihrer Wohnung machen, es habe sich so viel angesammelt, »ja, genau, immer noch irgendwelche Überbleibsel von Mona, das muss alles raus, es macht mir schlechte Laune«, sie müsse zum Recyclinghof und benötige dafür ein Auto.

32

Mark hatte ein Ziel. Eine höheres, wie er sagte. Eine Mission. So nannte er das immer. »Eigentlich bin ich Missionar.« Er wollte seinen Mitmenschen begreiflich machen, was alles falschlief im Land. Und dazu brauchte er junge Leute, so wie Noah, weil sie die Zukunft waren. Bevor Noah Mark kennenlernte, hatte er Begriffe wie »unser Land« oder auch »Deutschland« nie in den Mund genommen, außer vielleicht, wenn die Fußballnationalmannschaft spielte. Das war nun anders.

Spätestens seit er Mark kannte, verachtete Noah seine Eltern. Seinen Vater, diesen weinerlichen Typen mit dem IT-Job, auf den er sich so viel einbildete. Sein Vater war ein Schwächling. Mark konnte Schwächlinge nicht leiden. Seine Mutter, die seinen Vater sitzengelassen hatte und nur noch mit dem neuen Gör beschäftigt war. Und Evelyn verachtete er auch. Sie machte mit Frauen rum. Dieses ganze Queerzeug konnte Mark auch nicht leiden, was er oft äußerte. Und so toll war es mit Frauen offenbar nicht, denn genauso wie Noahs Vater war Evelyn sitzengelassen worden. Mit all diesen Gestalten wollte er am liebsten nichts mehr zu tun haben, ihm war zuwider, was sie von sich gaben, doch leider war Noah noch nicht alt genug, um das selbst entscheiden zu können.

Zwei Wochen der Sommerferien hatte Noah mit seiner Mutter, ihrem neuen Kerl und dem neuen Kind an der Ostsee verbracht. Total langweilig. Fast war er froh gewesen, wieder zu Hause zu sein. Im Urlaub stand er immer unter Beobachtung und hatte keine Gelegenheit, mit dem Butterflymesser zu üben, wie Mark ihm aufgetragen hatte. Zu Hause hatte er Stunden damit verbracht. Immer, wenn seine Mutter ganz sicher außer Reichweite war. Er hatte sich an Marks Demonstration und seine Erklärungen erinnert. Gar nicht leicht, das mit den zwei Griffhälften hinzukriegen, und zwar so schnell, dass das Messer sofort einsatzbereit war. Er hatte vor dem Spiegel geübt. Unermüdlich. Normalerweise verlor Noah rasch die Konzentration, aber bei dem Butterflymesser mit den goldfarbenen Griffhälften legte er eine regelrechte Verbissenheit an den Tag.

Und direkt nach den Ferien hatte sich plötzlich eine gute Gelegenheit ergeben, seine neu erworbenen Fertigkeiten in die Praxis umzusetzen. Und zwar so, wie Noah sich das immer vorgestellt hatte. Nach der Schule hatte er Mustafa tatsächlich allein gesehen, ohne die anderen beiden. Eine Seltenheit. Er hätte jeden der drei genommen, aber Mustafa war mit Abstand am besten. Noah hatte seine ekelhafte Spucke und die tiefe Demütigung noch immer nicht vergessen.

Er hatte das schöne Messer aus seinem Rucksack geholt, vorsichtig, damit es niemand sah, es sich in die Hosentasche geschoben und war Mustafa gefolgt. Mit ausreichendem Abstand. Hatte gewartet. Sich oft umgeblickt. Und erst, als er ganz sicher gewesen war, dass Kasimir und Dragan nicht in der Nähe waren, hatte er Mustafa von hinten am Arm festgehalten.

Mustafa war stehen geblieben und hatte ihn angeblickt. Allein wirkte er ganz anders als mit den beiden anderen, irgendwie kleiner und weniger bedrohlich.

»Was ist los? Was willst du?«

»Bloß mit dir reden.«

»Mit mir reden? Worüber?«

Noah hatte befürchtet, ausgerechnet in diesem entscheidenden Moment rot zu werden. Dann wäre alles dahin gewesen. Seine Hand umschloss das Messer in der Hosentasche. Natürlich hatte ihn in der Schule niemand kontrolliert, weil er so harmlos aussah. Die Kontrollen waren sowieso total lasch und ein Witz. Gleich. Er würde nicht zögern. Nicht warten, bis Mustafa etwas Blödes sagte.

»Was willst du? Los, zisch ab!«

Noah umschloss das Messer, ging im Kopf die Handhabung durch, seine vielen heimlichen Trainingsstunden zu Hause. Gutes Teil. Nicht einfach zu bedienen. Man musste es schon können. Eigentlich verboten, hatte Mark gesagt, zumindest für jemand in Noahs Alter. Ein solches Verbot machte es besonders attraktiv. Gleich. Er würde Mustafa ins Bein oder in die Seite oder den Bauch stechen. Er stellte sich das Gefühl vor. Wenn die Klinge in Muskeln und Fleisch drang. Manchmal erwischte man ja auch eine Arterie, tja, dann war es ganz schnell vorbei. Er sollte nicht darauf warten, sich verteidigen zu müssen. Er sollte es jetzt tun. Angriff ist die beste Verteidigung. Er müsste nie mehr Angst vor den drei Arschlöchern haben. Mark fände es gut, da war sich Noah ganz sicher. Insofern tat er es nicht nur für sich selbst, sondern auch für Mark. »Die Politik macht ja nichts«, sagte Mark immer. »Wir müssen selbst aktiv werden.«

Und dann, ohne dass er wusste, warum, lockerte Noah den Griff um das Messer und zog seine Hand aus der Hosentasche. Er drehte sich von Mustafa weg und ging schnell in die andere Richtung, obwohl es nicht sein Nachhauseweg war.

Er hatte versagt. Wahrscheinlich war er einfach zu feige. Ein Schwächling wie sein Vater. Steckte das in den Genen? Kein harter Kerl. Davon durfte Mark nichts erfahren.

Einige Zeit später fand Noah das Messer nicht mehr in seinem Zimmer. Weder in der Schultasche noch unter dem Bett, in keinem der Verstecke, die er sich dafür ausgesucht hatte. Er wollte doch weiterüben. Hatte er es bei der gescheiterten Aktion mit Mustafa draußen verloren? Nein, er hatte es wieder in den Rucksack gesteckt, war sich ganz sicher. Hatte seine Mutter es gefunden und konfisziert? Möglich. Aber einen solchen Fund hätte seine Mutter nicht unkommentiert gelassen, sie hätte ein großes Theater veranstaltet und ihm wieder mit dem Doppel-H gedroht: Hausarrest und Handyverbot. Mindestens. Er durfte auf keinen Fall Mark davon erzählen. Was sollte Mark von ihm halten? Dass Noah nicht mal dazu in der Lage war, auf ein Messer aufzupassen?

Das einzig Gute an den langweiligen zwei Wochen Ostsee in den Schulferien war, dass er nicht zu Evelyn musste. Immerhin hatte Noah in dieser Zeit ein paar aufmunternde Nachrichten von Mark erhalten. Seine Mutter hatte jeden Tag gesagt, er solle das Handy im Urlaub doch bitte weglegen. Ihr neuer Typ hatte gesagt: »Lass ihn doch.«

Mark schrieb, dass er an der Ostsee eine Menge total guter Leute kenne. »Die denken so wie wir.« Er hatte ihm jedoch nicht so oft geschrieben wie von Noah ersehnt, und in der zweiten Urlaubswoche hatte er sich gar nicht mehr gemeldet, obwohl er in der ersten geschrieben hatte, dass er vielleicht einen kurzen Abstecher an die Ostsee machen würde, »dann können wir uns treffen, Kumpel«, weil er dort so viele Leute kannte. Alle paar Minuten hatte Noah aufs Display geblickt – nichts. Noah war enttäuscht und hatte Mark vermisst.

Evelyn und ihre verdreckte Wohnung hatte er nicht vermisst. Evelyn war seit einer Weile ziemlich schräg drauf. Im Grunde war Noah das egal, schließlich verachtete er sie. Beim zweiten Termin nach dem Ostseeurlaub öffnete sie schon wieder nicht die Tür. Wie einige Wochen zuvor stand Noah blöd in der Kulmer Straße. Scheiß Bitch. Was sollte das? Sie ging auch nicht ans Telefon. Beim ersten Mal hatte sie später behauptet, er habe sich im Termin geirrt. Hatte er damals nicht und jetzt auch nicht. Er war doch nicht bescheuert. Wie oft sollte er sich das eigentlich noch von ihr bieten lassen? Auf Nachhilfe bei ihr hatte Noah doch sowieso keine Lust mehr. Brachte auch nichts. Na ja, ein bisschen schon, aber in letzter Zeit war Evelyn noch weniger bei der Sache als er selbst. Hatte sein Vater nicht in Aussicht gestellt, mit der Nachhilfe wäre es bald vorbei? Inzwischen hatte das neue Schuljahr angefangen, und Noah wurde immer noch zu ihr geschickt. Sein Vater war einfach ein Waschlappen. Sprach kein Machtwort. Traute sich wahrscheinlich nicht, Evelyn mit der Beendigung des Nachhilfeunterrichts zu konfrontieren. Noah brauchte keine Nachhilfe mehr. Und Evelyn brauchte er erst recht nicht. Er brauchte nur Mark und die Jungs. Das mit der linken Kneipe in Kreuzkölln war ziemlich gut gewesen, schade nur, dass sie hatten losrennen müssen.

Noah fiel ein, dass Alina, Evelyns Nichte, ihm ihre Telefonnummer gegeben hatte. Eigentlich hatte er keine Lust, sie anzurufen, er sprach nicht gern mit Erwachsenen, ausgenommen Mark, aber vielleicht wusste Alina, wo Evelyn steckte.

Alina war verblüfft, dass Noah sie anrief, und sagte, sie sei in Dahlem an der FU. »Ich kann gerade ganz schlecht reden.« Mark studierte auch an der FU. Sie sitze in irgendeiner Beratung wegen des Studiums. Noah schilderte kurz, weshalb er anrief, sie hörte ihm zu und sagte, dass sie nach Schöneberg komme, er solle auf sie warten.

Sie ließ ihre Studienberatung ausfallen, bloß weil Evelyn die Tür nicht öffnete? War das nicht ein bisschen übertrieben? Von Dahlem nach Schöneberg dauerte es natürlich. Noah ging zur Goebenstraße und überlegte, ob er eine Cola trinken sollte. Oder einen Döner essen. Dafür reichte sein Geld aber nicht, und die Karte fürs Konto hatte seine Mutter neulich einbehalten. »Du bist dafür noch zu jung.« Er sah durch die Scheibe in ein Café. Lauter Ausländer. Also wieder zurück in die Kulmer.

Irgendwann kam ihm Evelyns Nichte abgehetzt entgegen. Sie fragte ihn, wie lange er schon warte. Noah erklärte die Situation noch einmal, sagte, dass Evelyn und er verabredet waren und auch, dass sie ihn nicht zum ersten Mal vor verschlossener Tür stehen ließ. Sie klingelten bei Evelyn, doch wie zu erwarten geschah nichts. Danach rief Alina in Evelyns Firma an. Sie telefonierte kurz, sagte »ja«, »ich bin eine Verwandte, ihre Nichte«, »ach so« und »danke«.

»Das war eine Natascha. Sie hat gesagt, dass Evelyn heute im Homeoffice arbeitet und sie den ganzen Tag noch nichts von ihr gehört hat. Irgendwie mache ich mir Sorgen.«

»Vielleicht hat sie ja einen Arzttermin oder so was«, sagte Noah. »Oder ist ins Schwimmbad bei dem schönen Wetter. Sie geht manchmal ins Prinzenbad.«

Noah machte sich keine Sorgen um Evelyn. Wieso auch. Er war eher wütend. Sie hatte ihn zum zweiten Mal versetzt. Und er wollte doch sowieso nicht mehr zu ihr gehen. Evelyn war nicht mehr zuverlässig. Erwachsene, die nicht zuverlässig waren, beunruhigten Noah. Bei seinem Vater hatte er auch manchmal so ein Gefühl, wenn man ihm seine Traurigkeit ansah, die er nicht überspielen konnte. Er dachte an Berlin-Buch und die coole Location, von der Mark und die Jungs gesprochen hatten, wo sie sich manchmal trafen, ein verfallenes Krankenhaus mitten im Wald. Er dachte daran, wie ernst Mark ihn nahm. Und dann sah er Alinas Gesicht, während sie erneut versuchte, ihre Tante telefonisch zu erreichen, und merkte, dass er sich doch Sorgen um Evelyn machte.

33

Als Freiberuflerin konnte Katharina sich den Unterhalt für ihren alten Toyota eigentlich gar nicht leisten, aber sie hing an dem Wagen. Glück für Evelyn. Katharina hatte ihn ihr anstandslos geliehen. »Kannst du mir auch erst in ein paar Tagen zurückbringen«, hatte sie gesagt. »Ist nicht eilig. Ich fahre sowieso meistens mit dem Rad. Ich finde es gut, wenn du deine Bude ausmistest und das alte Zeug zum Müll schaffst. Keine Erinnerungen mehr an Mona. Weg damit.«

Thorsten wollte Evelyn nicht fragen, ob er ihr Sabines und sein gemeinsames Auto lieh. Nach der Begegnung in seiner Küche war er still geblieben, hatte sich mit Ausnahme einiger lautstarker Beethoven-Einlagen nicht bemerkbar gemacht, bis auf das eine

Mal, als er zuerst bei Evelyn geklingelt und anschließend mit der Faust wüst gegen ihre Tür gehämmert hatte. »Mach endlich auf! Ich weiß, dass du da bist! Wo ist Sabine? Du weißt doch, wo Sabine ist!« Evelyn hatte schon Sorge um ihre Tür gehabt und sich gefragt, ob man in so einem Fall, selbst wenn es den eigenen Nachbarn betraf, die Polizei verständigte, aber dann war er wieder abgezogen.

Sie hatte sogar einen Parkplatz in der Nähe ihres Hauses gefunden. Sie würde mit Jennifer zum Tegeler Forst fahren. Es musste sein. Jetzt. Noch bevor der September begann. Es war alles vorbereitet. Kleiner Ausflug. Mit Jennifer in Katharinas altem Toyota hin, ohne Jennifer wieder zurück.

Evelyns Plan war simpel wie gut. Zuerst Katharinas Toyota parken. Dann der Waldspaziergang. »Hach, die frische Luft, schön, nicht?« Im Wald von hinten einen Knüppel auf den Kopf. Nach dem letzten Sturm dürften genug davon herumliegen. Fest. Immer wieder. So lange, bis es vorbei war. Vielleicht für den finalen Akt einen Stein zu Hilfe nehmen. Und falls sich kein geeigneter Ast fand, auch damit musste Evelyn rechnen, hätte sie zur Sicherheit diesen reißfesten Strick in der Tasche, den sie Jennifer von hinten um den Hals schlingen würde. Und dann fest zusammenziehen. Nicht nachlassen. Bis es endlich vorbei war.

Sie hatte im Baumarkt bar gezahlt. Aus irgendeinem Grund hatte sie außer dem Kunststoff-Seil kurzerhand auch Kabelbinder gekauft, obwohl sie gar nicht wusste, was sie damit anfangen sollte, aber sicher war sicher. Vielleicht würden sie ihr noch nützlich sein. Die schnitten so fies in die Haut.

Evelyn saß mit Jennifer auf ihrem Balkon. Als wären sie befreundet oder zumindest gute Bekannte. Diesmal hatte sie Jennifer allerdings selbst eingeladen. Sie hatte ihre Telefonnummer erbeten, behauptet, dass sie den Zettel mit der Nummer, den Jennifer ihr im Februar hinterlassen und den sie sofort weggeworfen hatte, nicht mehr finden könne, und ihr einen kleinen Ausflug vorgeschlagen.

Wie erwartet zeigte sich Jennifer von einem Ausflug begeistert. »Ja, total gern«, hatte sie gesagt. »Dann lerne ich mehr von Berlin kennen. Und unsere alte Freundschaft lebt wieder auf. Das habe ich mir immer gewünscht.«

Freundschaft, dass ich nicht lache, dachte Evelyn. Jennifer war für sie spätestens seit dem Wechsel aufs Gymnasium eine Altlast gewesen, die sie loswerden musste. Das war nicht nett. Wirklich nicht nett. Aber so war es nun mal.

»Willst du wieder ein Brot mit Ketchup? Ich habe frisches Brot gekauft. Und so einen speziellen Gourmet-Ketchup, richtig teuer.«

»Nein, danke. Ich habe heute Mittag schon mit Jule gegessen.«

Klar. Mit Jule.

»Ich finde deine Wohnung echt schön«, sagte Jennifer. »Liegt auch gut. Schöne Straße. Hier kann man es aushalten. Alles gut zu erreichen. Innerhalb des S-Bahnrings. Sagt man in Berlin nicht so, innerhalb des S-Bahnrings?«

»Ja, das sagt man hier so.« Und wie willst du das bezahlen?, dachte Evelyn. Sie hatte Jennifer immer noch nicht gefragt, wovon sie lebte, ob sie arbeitete, und wenn ja, was. Und es war ihr auch vollkommen egal. Heute war der Tag. Heute würde sie sich Jennifer endgültig vom Hals schaffen. Töten. Das Wort, das sie als Kind so schockiert hatte. Soll ich den Hund für dich töten. Ich kann das. Ich mach das. Spätestens im September, wenn sie sich ein bisschen erholt hatte – das Ganze ging sicher nicht spurlos an ihr vorbei, das musste sie mit einkalkulieren –, begann wieder ihr richtiges Leben. Praktischerweise hatte sie im September zwei Wochen Urlaub.

»Sollen wir bald los, was meinst du?«, fragte sie. »Und danach können wir ja zusammen eine Kleinigkeit essen gehen. Ich lade dich ein.«

»Gute Idee.«

Es klingelte an der Tür. Wer war das? Das passte überhaupt nicht in Evelyns Zeitplan.

»Willst du nicht aufmachen?«, frage Jennifer.

»Ach, um die Zeit sind das sowieso bloß irgendwelche Werbefritzen, die dir schnelleres Internet andrehen wollen.«

Kurz darauf klingelte Evelyns Handy. Sie warf einen Blick darauf. Noah. Unwichtig. Für Noah hatte sie jetzt keine Zeit. Dann fiel ihr ein: Heute war Mittwoch. Ihr Nachhilfetag. Verdammt. Sie hatte Noah komplett vergessen. Egal, der Tegeler Forst war jetzt wichtiger. Doch sie musste ihm zumindest eine Nachricht schreiben, damit er nicht weiter nachforschte, wo sie war, oder sogar noch unten vor dem Haus stand, wenn sie es zusammen mit Jennifer verließ. Noah war in Wahrheit sicher froh, dass die Nachhilfe ausfiel.

»Bin gleich wieder da.« Evelyn ging nach innen, um ihre im Baumarkt gekaufte Ausrüstung im Rucksack zu verstauen. Nachdem das erledigt war, alles griffbereit, für jede Eventualität gerüstet, öffnete sie in der Küche den Wasserhahn, füllte ein nicht mehr sauberes Glas und trank es in einem Zug aus. Sie hatte plötzlich einen ganz trockenen Mund. Die Aufregung, weil ES heute passieren würde. Das Adrenalin. Heute Abend konnte sie sich einen Sekt gönnen, auch wenn es ein normaler Wochentag war und sie morgen arbeiten musste. Für Evelyn wäre es ein Festtag. Sie konnte sich beglückwünschen. Ihr neues altes Leben willkommen heißen. Doch zuerst galt es, das Ganze hinter sich zu bringen.

Sie hinterließ eine E-Mail bei ihrem Team, dass sie wegen eines Arzttermins heute nicht mehr zu erreichen war. Sie musste endlich wieder eine zuverlässige Teamleiterin werden. Neulich hatte Evelyn versucht, Rafael zu erreichen, der, soweit sie wusste, immer noch krankgeschrieben war. Sie wollte Freundlichkeit und Mitgefühl demonstrieren, weil sie schließlich mit ihm auskommen musste. Ihm gute Besserung wünschen und ihm versichern, dass es sich hierbei um keinen Kontrollanruf handelte. Er solle sich auskurieren. Doch Rafael war nicht ans Telefon gegangen. Ausgeschaltetes Handy. Daraufhin hatte Evelyn in der Firma angerufen und von Natascha erfahren, dass Rafael nicht mehr bei ihnen arbeitete.

»Hat dir das keiner gesagt?«, hatte Natascha gefragt. Nein, das hatte Evelyn niemand gesagt. »Na ja, du bist ja auch nicht so oft in der Firma. Da kriegt man dann nicht alles mit.«

Außerdem hatte Natascha erzählt, dass Peter zurzeit krankgeschrieben war. »Ich glaube, wegen Depressionen«, hatte sie geflüstert. Woher auch immer Natascha das wusste. Informationen über die Art der Erkrankung unterlagen natürlich der Verschwiegenheitspflicht.

Evelyns Wohnung sah schrecklich aus. Wie hatte sie wochenlang so leben können? Oder waren es schon Monate? Überall lagen Sachen herum. Ein riesiger Haufen auf dem Küchentisch, darunter auch Schulsachen von Noah, die er offenbar nicht vermisste. Er räumte immer seinen halben Rucksack aus und ließ danach oft die Hälfte bei ihr liegen. Als Evelyn noch auf sich und auf alles andere geachtet hatte, hatte sie seinen Kram jedes Mal ordentlich zusammengepackt. Sie ließ schon viel zu lange alles schleifen. Evelyn würde Ordnung schaffen. Putzen. Aufräumen. Sich selbst wieder auf Vordermann bringen. Sobald ES erledigt war.

Jennifer kam in die Küche und setzte sich an den Tisch.

»Ich bin jetzt so weit«, sagte Evelyn, »musste nur noch eine Nachricht an mein Team schicken. Sollen wir los?« Noah hatte inzwischen bestimmt aufgegeben, hoffentlich, und stand nicht mehr vorm Haus. Geduld und Ausdauer zählten nicht gerade zu seinen Stärken.

Jennifer ließ das Taschentuch, das sie gerade benutzt hatte, einfach auf den Boden fallen. »Warum hast du immer weiter zugedrückt?«, fragte sie. »Warum hast du nicht losgelassen? Das frage ich mich bis heute.«

Natürlich wusste Evelyn sofort, was sie meinte. Wartete seit einem halben Jahr darauf, dass es zur Sprache kam.

»Wirfst du immer deinen Müll auf anderer Leute Fußboden?«, sagte sie.

»Na ja, bei dir sieht es so scheiße aus, echt, bei dir läuft's wohl nicht so rund, schlimm, wie es hier aussieht, wirklich schlimm, richtig widerlich, da fällt ein Taschentuch wohl nicht weiter auf. Und das in einer so schönen Wohnung. Wir waren ja arm. Aber bei uns war es immer sauber. Warum hast du nicht aufgehört? Ich wollte aufhören.«

Evelyn hatte nie darüber geredet, nicht mit Jennifer und auch mit niemandem sonst. Weder vor dreißig Jahren noch später. Vor dreißig Jahren war es für Evelyn in die Sommerferien gegangen, danach in ein neues Schuljahr, und für Jennifer an einen anderen Ort, von dem sie bis heute nicht wusste, um welchen es sich handelte.

»Du hast doch angefangen«, sagte sie.

»Ich wollte sie aber bloß ein bisschen erschrecken. Ja, ich gebe es zu, ich wollte der eingebildeten Charlotte einen gehörigen Schreck einjagen, aber mehr auch nicht. War ja sowieso klar, dass ich von der Schule abgehen muss. Auch ohne diesen Mist. War ja allen klar, oder? Ihr habt alle über mich gelacht, Assi-Schlampe und so, soll ich das alles aufzählen? Auch du. Dich hat das kein bisschen gekümmert. Das nehme ich dir heute noch übel. Mehr als alles andere. Ich musste sowieso von der Schule abgehen, mir war also egal, was Charlotte von mir hält, ich konnte sie auch ein bisschen erschrecken. Sozusagen ein kleines Abschiedsgeschenk. Abmurksen wollte ich sie aber nicht. Du hast nicht aufgehört.«

»Du hast angefangen«, wiederholte Evelyn. »Ich wäre gar nicht auf so eine Idee gekommen. Auf so was konntest nur du kommen. Passt ja auch zu deinen ganzen gruseligen Zeichnungen. Du warst mir manchmal richtig unheimlich. Und dieses scheußliche Gelände mit dem Müll und dem ganzen Gestrüpp, allein wäre ich gar nicht dorthin gegangen.

Ich wollte dir bloß einen Gefallen tun. Deswegen, nur deswegen bin ich mitgegangen.«

»Aber wir waren doch Freundinnen«, sagte Jennifer.

»Freundinnen? Das denkst auch nur du. Wir waren keine Freundinnen, hast du das immer noch nicht kapiert? Du hast mir leidgetan. Im neuen Schuljahr, als du nicht mehr da warst, lief für mich alles viel besser. Und seien wir mal ehrlich, die Schule war nichts für dich. Die Schule lag weit über deinen Möglichkeiten.«

Stopp! Sie musste aufhören. Evelyn musste unbedingt nett zu Jennifer sein und sie bei Laune halten. Tegeler Forst. In zwei Stunden, spätestens drei, war alles vorbei. So lange würde sie es doch wohl aushalten, nett zu Jennifer zu sein.

Ihr Handy klingelte wieder. Diesmal war es Alina. Um Alina musste Evelyn sich wirklich nicht kümmern. Heute Abend. Oder morgen. Das war früh genug. Allzu dringend konnte es nicht sein. Vermutlich hatte Alina sich ein neues Wunschstudienfach ausgesucht, war sich hierbei aber unsicher und wollte Evelyn nach ihrer Meinung dazu fragen. Evelyn hatte ihr ja sogar einen neuen Computer gekauft, von dem ihre Nichte allerdings noch nichts wusste.

»Es ist doch so lange her«, sagte sie. »Und sieh dich an, heute geht's dir doch gut. Wir sollten das vergessen. Du hast damals angefangen, aber das spielt jetzt keine Rolle mehr. Du solltest nach vorne schauen.«

Evelyn drehte sich zur Spüle. Sie wollte Jennifer nicht ansehen. Und sie war immer noch durstig. Das ganze Adrenalin. Fast hätte sie es vermasselt. Sie füllte das Wasserglas erneut, trank gierig.

»Wir haben das zusammen gemacht«, sagte Jennifer. »Du und ich. Wir beide. Zusammen.«

Was dachte sie, was sie waren? So etwas wie *partners in crime*? Evelyn hatte schließlich nicht angefangen. *Sie* hatte angefangen, Jennifer, Evelyn es nur fortgeführt. Evelyn hatte nicht angefangen, nein, wäre niemals auf so eine Idee gekommen und hatte mit allem, was danach folgte, nichts zu tun.

Jennifer. Jule. Die Atmosphäre bei der Arbeit. Jule stellte sich als bedauernswertes Opfer dar, das ungerechtfertigt von Evelyn getriezt wurde. Wahrscheinlich hatten das Jennifer und Jule zusammen ausgeheckt. Das konnte sie sich lebhaft vorstellen. Wie sie abends zusammen in Jules Wohnung saßen, im Leydicke oder sonst wo, und gezielt Pläne schmiedeten, wie Evelyn größtmöglicher Schaden zuzufügen war. Hatte Jennifer Jule auch von damals erzählt, von Charlotte und der Brache? War Jule eine Mitwisserin und Evelyn hatte in ihr noch ein weiteres Problem?

»Warst du eigentlich im Gefängnis?«, fragte sie. »Du hast so empfindlich auf das Wort reagiert, das ist mir aufgefallen. Gefängnis. Gefängnis. Gefängnis. Ist das ein schlimmes Wort für dich? Aber dafür warst du eigentlich zu jung. Wobei ich ja nicht weiß, was du später in deinem Leben noch angestellt hast. In dieser ganzen langen Zeit. Oder warst du nicht im Gefängnis, sondern in irgendeinem anderen Loch? Wo immer du warst, es hat dir bestimmt gutgetan.«

Evelyn trank noch mehr Wasser. Dieser trockene Mund. Wie ausgedörrt. Ihr Handy klingelte wieder, diesmal sah sie nicht auf das Display. Sie kehrte Jennifer den Rücken zu. Jennifer raschelte mit etwas auf dem Küchentisch herum. Sollte sie doch. Falls sie Noahs Schulunterlagen so interessant fand. Sie war damals ungefähr in Noahs Alter gewesen, als sie die Schule verließ. Evelyn hatte sie nie gefragt, was danach aus ihr geworden war. Wollte es auch gar nicht wissen. Sie hob erneut das Wasserglas zum Mund und spürte eine Bewegung hinter sich. Jennifer näherte sich. Das Gespräch hatte keinen guten Verlauf genommen. Sie musste Jennifer wieder friedlich stimmen und vor allem sich selbst beherrschen. Durfte Jennifer nicht gegen sich aufbringen. Musste das Ganze in die gewünschten Bahnen lenken. Der Ausflug. Tegeler Forst. Dann erzählte sie ihr halt, wie gut sie früher miteinander befreundet waren, auch wenn es nicht stimmte – wenn es das war, was Jennifer hören wollte. Jetzt war Heucheln angesagt. Alles hatte seinen Preis.

»Es ist doch schon so lange her«, sagte sie. »Lass uns das einfach vergessen. Ich habe einen schönen

Ausflug für uns geplant, mir auch für den Rest des Tages freigenommen und mir extra ein Auto geliehen. Nur für dich. Also für uns, meine ich. Weil wir uns schon so lange kennen. Das ist doch einen Ausflug wert, meinst du nicht? Dort ist es so grün, man denkt, man ist gar nicht in Berlin. Dann kommen wir beide auf andere Gedanken. Oder wir können, wenn du das willst, noch mal in Ruhe über alles reden. Aber lass uns erst losfahren. Ist ein ziemlich altes Auto, aber es wird schon durchhalten.«

Evelyn bemerkte etwas Goldfarbenes an der Seite. Sie erkannte es und gleichzeitig nicht, weil es so fremd war. Weil es nicht hierhin gehörte. Was hatte so ein Teil in ihrer Küche verloren? Ein Faltmesser mit zweigeteiltem goldfarbenem Griff. Diese Messer hatten einen bestimmten Namen. Evelyn wusste den Namen, kam aber nicht darauf. Jennifer handhabte das Ding mit erstaunlicher Fingerfertigkeit, als hätte sie so etwas schon oft benutzt. Wie eine kleine Gewohnheitskriminelle, die stets gefährliche Gegenstände bei sich trug.

Das Glas fiel zu Boden, blieb auf den Holzdielen aber intakt. Nach dem Glas stürzte Evelyn. Ihre Beine gaben einfach nach, obwohl sie versuchte, sich an der Spüle festzuhalten. Bei dem Sturz prallte sie gegen den Schrank und stieß sich den Kopf. An ihrer Seite wurde es so warm, noch wärmer als der heiße Sommer, eklig warm. Es klingelte an der Tür. Das war bestimmt wieder Noah. Sie musste Noah doch eine Nachricht schreiben, ihm Bescheid geben, dass die Nachhilfe heute ausfiel, weil ihr ein Arzttermin dazwischengekommen war. Sie musste endlich wieder ins Leben finden, in ihr gewohntes Leben, musste den ganzen damit zusammenhängenden Anforderungen wieder gerecht werden. Eigentlich brauchte sie Noah jetzt. Sie hatte ihn in letzter Zeit nicht gut behandelt, auch das musste sich ändern. Der arme Kerl steckte wahrscheinlich heillos in der Pubertät, und im Grunde war er ja ein lieber Junge. Noah sollte durch die Tür kommen. Aber dazu musste ihm erst jemand die Tür öffnen, und Evelyn konnte nicht aufstehen. Hier war nämlich irgendetwas nicht richtig. Ganz und gar nicht richtig. Nicht so, wie es sein sollte. Doch es verhielt sich wie im Melodrama, die Personen verpassten sich haarscharf.

Evelyn sah einen Kanarienvogel. Wie absurd. Ein Kanarienvogel in ihrer Wohnung? Und dann auch noch auf dem klebrigen, dreckigen Küchenboden? Unter den Fingern spürte sie Krümel, fettige Schmierstellen. Sie war nicht der Typ für Haustiere, war es nie gewesen, hatte auch als Kind nie einen Hund haben wollen, vor allem keine großen schwarzen. Sie sah das leuchtende Gelb des kleinen Kanarienvogels, aber auch räudige Stellen im Gefieder, wo die nackte, rosige Haut durchschien. Und es war so, als könnte sie mit einem Röntgenblick durch Federn und Haut sehen und die winzig kleinen, dünnen Knochen darunter erkennen.

Es klingelte erneut an der Tür. Evelyn musste die Tür öffnen. Damit sich niemand verpasste. Dazu war es aber notwendig, sich zu erheben. Und sie konnte nicht aufstehen, sosehr sie sich auch anstrengte, es ging nicht.

34

»Ich mache mir Sorgen«, sagte Alina.

Sie dachte nicht weiter darüber nach, was für ein unreifer Junge mit höchst fragwürdigen Ansichten, die manchmal aufschienen, Noah war. Oder dass sie hier mit einem Vierzehnjährigen herumstand, ein völlig fremder Vierzehnjähriger noch dazu, wenn doch eigentlich ihr neues, aufregendes Leben beginnen sollte. In der Beratung für Studienanfänger hatte sie immerhin eine Frau kennengelernt, die vom Kosmos Universität ebenso überfordert war wie sie. Ein Lichtblick. Sie hatten einen Kaffee zusammen getrunken und Telefonnummern getauscht. Sie war auch neu in Berlin, genauso wie Alina, und sie hatten sogar über die Möglichkeit einer Zweier-WG gesprochen. Fehlte nur noch die Wohnung. Und natürlich ein Job.

Im Unterschied zu Alina kannte Noah ihre Tante schon seit Jahren. Auch er machte sich Sorgen, das sah sie ihm an, wenngleich er es um keinen Preis zugeben wollte. Der Anruf in Evelyns Firma hatte nichts Erhellendes gebracht. Im Gegenteil, womöglich wirkte er sogar aufdringlich. Wenn Evelyn hörte, dass Alina bei ihrer Arbeitsstelle angerufen hatte, ärgerte sie sich bestimmt. Eine verärgerte Tante konnte sie nicht gebrauchen. Eine verschwundene aber auch nicht. Angeblich war Evelyn im Homeoffice. Natürlich konnte sie es in einen Park oder ein Café verlegt haben. Oder sie arbeitete heute gar nicht, sondern war stattdessen im Schwimmbad, wie Noah gemutmaßt hatte. An einem der vielen Berliner Seen. Oder auf Shoppingtour. Was wusste Alina schon über ihre Tante? Nichts. Noah hatte allerdings auch gesagt, dass Evelyn erst in jüngster Zeit unzuverlässig sei und so etwas früher nie vorgekommen war. Früher habe sie Theater gemacht, wenn er sich nur um zehn Minuten verspätete. Auf Alinas wiederholte Frage, was genau er mit »früher« meine, ob er es eingrenzen könne, antwortete er nur: »Weiß nicht. Früher halt. Noch nicht so lange her. Paar Monate.«

Aus all dem schloss Alina, dass ihre Tante die Nachhilfestunden grundsätzlich ernst nahm und sich seit einiger Zeit aus irgendwelchen Gründen anders verhielt als noch vor einigen Monaten. Und dass sie auf nichts reagierte, weder auf Klingeln noch auf Anrufe, beunruhigte sie immer mehr.

Anscheinend wirkte es ansteckend, denn auch Noah schien zunehmend nervös. Sie standen ratlos auf dem Gehweg in der Kulmer Straße, zuerst auf der gegenüberliegenden Seite, weil sie etwas hinter Evelyns Fenstern zu erkennen hofften, eine Bewegung, einen vorbeihuschenden Schatten, irgendein Anzeichen, dass sie sich in der Wohnung aufhielt. Vielleicht wollte Evelyn einfach nur ihre Ruhe haben. Niemanden sehen. Weder ihren Nachhilfeschüler noch ihre Nichte. Dann überquerten sie die Straße und stellten sich wieder vor die Haustür.

Die Tür wurde geöffnet, und eine dünne Frau kam aus Evelyns Haus. Alina war geistesgegenwärtig, nutzte den Moment und hielt die Tür auf, bevor sie sich wieder schloss.

»Los, komm mit«, sagte sie zu Noah.

Er zierte sich. »Ich weiß nicht«, sagte er. »Was sollen wir denn da, wenn sie gar nicht zu Hause ist?«

»Jetzt komm schon.«

»Die kannte ich übrigens«, sagte Noah, als er Alina die Treppe nach oben folgte. »Die habe ich schon mal gesehen.«

»Wen hast du schon mal gesehen?«

»Die Frau, die gerade aus dem Haus gekommen ist.«

»Ist wahrscheinlich eine Nachbarin.«

»Glaube ich nicht«, sagte Noah. »Die habe ich gesehen, als Evelyn die Nachhilfe das erste Mal vergessen hat. Danach hat sie gesagt, ich hätte mich mit dem Termin vertan. Dabei stimmt das gar nicht, ich schwöre! Ich habe mich nicht mit dem Termin vertan.«

»Und was ist nun mit dieser Frau?«

»Ach so, ja, die stand draußen rum, auf der anderen Seite, einfach so, und hat geglotzt. Hat das Haus angeglotzt. Als wollte sie es verhexen.« Noah kicherte. »Die hat nicht telefoniert oder so was. Die hat sich ganz komisch benommen. Hat sich überhaupt nicht bewegt und so. Voll creepy. Ich meine, wenn man hier wohnt, steht man doch nicht draußen rum und glotzt auf das Haus, oder? Und die hat irgendwie voll komisch geguckt. Und weil die so creepy war und so komisch geguckt hat, habe ich sie mir gemerkt. Sag mal, was machen wir hier eigentlich? Evelyn macht doch auch nicht die Tür auf, wenn wir oben klingeln. Sie ist bestimmt im Prinzenbad, habe ich doch gesagt.«

»Los, komm weiter.«

Alina wusste zwar auch nicht, genauso wie Noah, was sich an der Situation ändern sollte, indem sie jetzt im Haus waren, und sie fragte sich, ob das alles völlig übertrieben war. Aufdringlich und übergriffig. Ob sie beide einfach umkehren und ihrer Wege gehen sollten. Noah hatte wahrscheinlich recht und ihre Tante machte sich einen schönen Tag bei rund dreißig Grad. Pfiff auf die Arbeit und genauso auf diesen Vierzehnjährigen. Auf ihre Nichte sowieso. Warum erteilte sie ihm überhaupt Nachhilfe? Sicher nicht, weil sie ein Zubrot von fünfzehn bis zwanzig Euro pro Stunde nötig hatte.

Oben angekommen, betätigte Alina Evelyns Klingel. Wie zu erwarten geschah nichts. Und nichts war aus der Wohnung zu hören. Ob Evelyn in diesem Moment hinter der Tür stand, bemüht, kein Geräusch zu verursachen, den Blick durch den Spion auf Alina und Noah gerichtet? Und hoffte, dass sie bald wieder verschwänden? Alina klingelte ein weiteres Mal. Und noch einmal.

»Ich habe dir doch gesagt, sie ist nicht da«, quengelte Noah.

Alina dachte nach. Entweder verließ sie jetzt zusammen mit dem Vierzehnjährigen das Haus, fuhr wieder nach Friedrichshain zum Hostel und den drei Spanierinnen, sie vermisste fast die stille Verlagsfrau mit den Businessklamotten aus Frankfurt, oder sie blieb hier. Und wartete zur Not so lange, bis Evelyn endlich heimkam. Womöglich hatten ihre Eltern recht, Evelyn machte sich nichts aus Familie und Alina konnte nicht auf sie zählen. Sie hasste es, wenn ihre Eltern recht hatten. Dann jedenfalls sollte sie es sofort mit einem klaren Schnitt beenden und ihre Tante nie wieder kontaktieren.

Zwei Wohnungstüren auf jeder Etage. Das Naheliegendste waren die direkten Nachbarn. Alina drückte auf die Klingel. Zuerst dachte sie, auch hier wäre niemand zu Hause, denn es rührte sich lange nichts. Noah maulte herum und fühlte sich sichtlich unwohl. »Das bringt doch nichts«, sagte er.

Dann hörten sie schwere, schleppende Schritte. Ein älterer Mann öffnete die Tür. Er war unrasiert, roch nach Alkohol, das Hemd hing ihm aus der Hose, und sein Reißverschluss stand offen.

»Entschuldigung, dass wir Sie stören«, sagte Alina. »Ich bin Alina, Alina Beckmann, und das hier ist Noah. Ich bin die Nichte von Evelyn. Also von Frau Beckmann.« Sie deutete zur Tür nebenan. »Noah und ich machen uns Sorgen um sie, weil sie nicht erreichbar ist. Wir dachten, dass Sie vielleicht einen Schlüssel für ihre Wohnung haben. Das ist bei Nachbarn doch so üblich, falls mal was passiert. Ich würde nur gern überprüfen, ob bei meiner Tante alles in Ordnung ist. Wie gesagt, sie meldet sich nicht. Das ist vielleicht eine etwas seltsame Bitte –«, Alina kramte in ihrem Rucksack herum, zog ihr Portemonnaie heraus und hielt dem Nachbarn ihren Personalausweis vor die Nase, »hier sehen Sie es, Alina Beckmann. Ich bin die Nichte von Frau Beckmann. Haben Sie zufälligerweise einen Schlüssel zu ihrer Wohnung? Zu der Wohnung von Frau Beckmann?«

Der Mann in der muffig riechenden Kleidung, der überdies ziemlich betrunken war, wie Alina jetzt bemerkte, was seine Alkoholfahne ja bereits angedeutet hatte, er schwankte und musste sich in seiner Diele an der Wand abstützen, sah sie eine ganze Weile an. Genau genommen sah er haarscharf an Alina vorbei, weil er anscheinend den Blick nicht richtig fokussieren konnte. Noah hatte sich hinter Alinas Rücken verkrochen. Der Mann wirkte so, als hätte er die Frage nicht verstanden, doch als Alina sie gerade wiederholen wollte, Frau Beckmann, Nichte, Schlüssel, schien es ihm zu dämmern.

»Ja, wir haben einen Schlüssel zu Evelyns Wohnung.« Er zeigte auf Noah. »Dich kenne ich. Meine Frau ist auch nicht erreichbar. Ich kann meine Frau einfach nicht erreichen. Moment.«

Er öffnete die Schubladen einer Dielenkommode, knallte sie wieder zu, fluchte zwischendurch, wühlte in einem Schrank herum, warf Mützen und Schals auf den Boden, fluchte, bis er schließlich wankend zurück zur Tür kam. Er hielt Alina einen Schlüssel entgegen.

Bevor sie danach greifen konnte, sagte er: »Ich weiß ja nicht, ob das richtig ist. Ob das erlaubt ist. Wer sind Sie noch mal? Dich kenne ich ja.« Er zeigte wieder auf Noah.

»Ich bin Frau Beckmanns Nichte.«

»Sie sind Evelyns Nichte?«

»Ja. Wollen Sie meinen Ausweis noch mal sehen?«

»Ich weiß ja nicht. Kann ich das machen, Ihnen einfach den Schlüssel geben? Ach, was soll's. Ich habe jetzt auch zu tun. Bestellen Sie ihr Grüße. Sie müssen bestimmt die Blumen gießen. Ich muss jetzt meine Frau anrufen.«

Alina nahm den Schlüssel, und Evelyns betrunkener Nachbar schloss seine Wohnungstür. Was für eine Stadt, dachte Alina. Hart. Heftig. Sogar in einem so bürgerlichen Haus wie diesem.

An Evelyns Tür zögerte sie. Sie konnte doch nicht eigenmächtig die Tür zur Wohnung ihrer Tante aufschließen, ohne dass diese davon wusste, ihrer Tante, die vielleicht einfach nur zum Einkaufen gegangen war oder gerade mit einer neuen Freundin im Bett lag, weshalb sie für niemanden Zeit hatte, ihrer Tante, die sie kaum kannte und die im Übrigen keinen Hehl daraus machte, dass Alina ihr lästig war.

Noah hatte das Reden komplett eingestellt. Er stand einfach mit seinem Rucksack neben Alina und wartete darauf, was sie als Nächstes tat.

Alina klingelte noch einmal. Einen weiteren Anruf schenkte sie sich, sie hatte Evelyn schon zig Nachrichten auf der Mailbox hinterlassen. Ich tue es einfach, dachte sie. Ich bin jetzt mutig.

Noah stand wieder hinter ihr, Alina musste sich zu ihm umdrehen, um zu sehen, ob er überhaupt noch anwesend war. Sie steckte den Schlüssel ins Schloss. Drehte ihn. Nicht zweimal abgeschlossen, sondern nur zugezogen. Davon riet die Polizei zwecks Einbruchsprävention dringend ab. Alina schob die Tür ein Stück auf, rief »Hallo? Evelyn? Bist du da? Evelyn?« in die Wohnung, schob die Tür weiter auf und trat ein.

Im Flur sah sie auf dem kleinen niedrigen Schrank direkt neben dem Eingang ein flaches, in Geschenkpapier gewickeltes Paket, auf das Evelyn »Alina« geschrieben hatte. Bevor Alina sich Gedanken darüber machen konnte, was darin steckte, nahm sie den Geruch wahr. Es roch streng. Nicht nach dem ganzen Dreck, nach überreifen oder verfaulten Früchten, nicht nach ungewaschenen ranzigen Klamotten, sondern urtümlich, archaisch. Es roch nach Blut. Alina folgte dem Geruch. Sie kümmerte sich nicht um Noah und ob er ihr nachkam.

Evelyn lag in ihrer Küche vor der Spüle. Sie trug diesmal keinen Schlafanzug, sondern ein schwarzes T-Shirt und eine verwaschene Jeans. Wegen des dunklen T-Shirts bemerkte Alina das Blut an ihrer Seite nicht sofort. Aber sie sah die rote Lache, die sich neben Evelyn gebildet hatte und die Dielen des Küchenbodens tränkte.

Alina dachte an ein Tourniquet, wobei die allerdings für Arme oder Beine konzipiert waren, an irgendetwas zum Abbinden. Sie konnte nicht erkennen, wo sich die Wunde befand. Sie hatte mal einen Erste-Hilfe-Kurs absolviert, sehr zur Freude ihrer Eltern, die danach die Hoffnung hegten, sie würde vielleicht Medizin studieren. Alina würde ganz sicher nicht Medizin studieren. Ging ja auch gar nicht wegen des Numerus clausus. Auch nicht Jura oder BWL.

Auf dem Boden lagen auch ein Glas und ein Butterflymesser mit goldfarbenem Griff.

»Das Messer«, sagte Noah.

Alina hatte gar nicht mitbekommen, dass er jetzt neben ihr in der Küche stand. Er sah völlig bleich aus, wie ein Gespenst, als würde er gleich in Ohnmacht fallen.

»Was ist damit?«, fragte sie.

»Das Messer –«

Alina rief die 110 an, noch bevor sie näher an Evelyn herantrat, und danach sicherheitshalber auch noch die 112, weil sie gar nicht wusste, welche Nummer die richtige war. Noah rannte ins Badezimmer. Alina hörte ihn dort würgen. Dass er sich übergab, war zwar verständlich, er war halt noch sehr jung, half aber auch nicht weiter. Evelyn auf dem Küchenboden rührte sich nicht. Nichts. Keine Bewegung. Alina versuchte zu erkennen, ob sie atmete. Sie sah auf die Uhr. Wie lange brauchte der Rettungswagen? Hatte sie alles korrekt genannt, Name, Adresse? Sollte sie noch mal anrufen? Zur Sicherheit? Sie hätte sich am liebsten auch übergeben. Oder sich in einem Mauseloch versteckt. Aber sie war erwachsen. Ende des Jahres wurde sie zwanzig. Sie hatte Abitur. Führerschein. Begann bald ihr Studium. Evelyn trug auch Schuhe. Robuste, derbe Schuhe, die nicht zum Wetter passten. Als wollte sie zu einer Wanderung aufbrechen. Alina wusste nicht, was sie tun sollte, Erste-Hilfe-Kurs hin oder her. Wie lange brauchte der Rettungswagen? Sie kniete sich neben Evelyn und strich ihr vorsichtig über die Stirn. Ihre Stirn war warm. Das war doch ein gutes Zeichen. Atmete sie noch?

»Hallo Evelyn«, sagte Alina. »Du willst bestimmt nicht, dass ich dich Tante nenne, oder? Darüber haben wir gar nicht geredet. Wäre wirklich komisch, dich Tante zu nennen. Ich dachte, du flippst bestimmt aus, wenn ich dich so anspreche.

Ich glaube, ich weiß jetzt, was ich studiere. Darüber würde ich mich gern mit dir unterhalten. Gleich kommt Hilfe.«

Evelyns Augen waren geöffnet. Sie blinzelte nicht. Das war ein schlechtes Zeichen. Noah kam nicht mehr aus dem Badezimmer heraus. Alina kniete neben Evelyn, die Hand auf ihrer Stirn. Sie hörte ein Martinshorn, erst weiter weg, dann kam es immer näher. Alina blickte zum Fenster über sich. Am Sommerhimmel trieben ein paar flauschige Wolken träge dahin.

Mehr Thriller von Regina Nössler

Schleierwolken

320 Seiten,
Klappenbroschur,
ISBN 978-3-88769-563-7

Elisabeth reist oft von Berlin zu ihrer Mutter, die in Wattenscheid alleine in einem zu großen Haus lebt und sich weigert, ins betreute Wohnen zu ziehen. Auch mit sechsundvierzig erträgt Elisabeth es kaum, dass ihre Mutter an allem herummäkelt und sie und ihre Art zu leben immer abgelehnt hat. Zunehmend fühlt Elisabeth sich verfolgt, in Berlin, dann auch in Wattenscheid und sogar unterwegs im Zug. Paranoia?

„Selten wurde subtiler Horror so leise und so gekonnt erzählt … das Buch ist mehr als spektakulär, ein absolutes Schwergewicht!"
(Thomas Wörtche, DLF)

Die Putzhilfe

404 Seiten,
Klappenbroschur,
ISBN 978-3-88769-595-8

Franziska verlässt ihr Zuhause, setzt sich in den Zug nach Berlin, es hätte auch eine andere Stadt sein können, lässt eine vielversprechende Karriere als junge Akademikerin zurück. In Berlin kriecht sie in einem verwahrlosten Parterreloch im Hinterhof unter. Den Mietvertrag unterscheibt sie mit falschem Name. Niemand weiß, wo sie ist, denn zu Hause ist etwas Furchtbares geschehen. Sie irrt ziellos durch die Stadt, begegnet Henny Mangold , die ihr an anbietet, bei ihr zu putzen. Sie sagt zu.

Deutscher Krimipreis
Stuttgarter Krimipreis

Katzbach

352 Seiten,
Klappenbroschur,
ISBN 978-3-88769-593-4

Es ist nie still in der Katzbachstraße. Wie kommt die Leiche in ihre Wohnung. Isabell schlägt sich mit mehreren ungeliebten Jobs durch. Sie ist schroff,andere Leute sind ihr herzlich egal. Die wirren Geschichten, die ihr eine verrückte alte Schachtel aufdrängt (sie zu betreuen ist einer ihrer Jobs), gehen ihr gewaltig auf die Nerven. Eines Tages bittet ihr Vermieter sie um einen Gefallen …

„ … ein außerordentlich raffiniert um das eher traditionelle Motiv der Beseitigung einer Leiche herum konstruierter Roman. Ein Muss!“
(Tobias Gohlis)

Kellerassel

320 Seiten,
Klappenbroschur,
ISBN 978-3-88769-563-7

Dieser Roman lässt sich als Fortsetzung von „Katzbach“ lesen, aber auch unabhängig. Isabel lebt immer noch in ihrer Souterrainwohnung in der Katzbachstraße. In einem ihrer früheren Jobs hatte sie zufällig etwas herausgefunden, das Matthias Baumann belastete, als Gegenleistung für ihr Schweigen erhielt sie damals Geld von ihm. Sie will Nachschub. Isabel blendet aus, dass Erpressungen meistens schiefgehen. Zeitgleich bedrängt sie ein seltsamer Arbeitskollege …

„Subtiler Noir vom Feisten.“
(Hanspeter Eggenberger)

PF 1621, D – 72006 Tübingen, Telefon: 0172 7233958
Ansprechpartnerin: Claudia Gehrke: gehrke@konkursbuch.com
Covergestaltung unter Verwendung eines Fotos von Anna-Stina Treumund, Fotografin aus Estland (1982–2017). Wir möchten ihr posthum danken für die vielen schönen Arbeiten, die sie uns zur Verfügung gestellt hat.

Gerne schicken wir Ihnen auch unser gedrucktes Gesamtverzeichnis.
ISBN-Buch: 978-3-88769-993-2. Erscheint auch als E-Book.